혼들리는 교사를 위한 안내서

철학을 가진
교사로 살기

철학을 가진 교사로 살기

초판인쇄	2020년 02월 05일
초판발행	2020년 02월 10일
지은이	최성민
발행인	조현수
펴낸곳	도서출판 프로방스
마케팅	이동호
IT 마케팅	신성웅
디자인 디렉터	오종국 Design CREO
ADD	경기도 고양시 일산동구 백석2동 1301-2
	넥스빌오피스텔 704호
전화	031-925-5366~7
팩스	031-925-5368
이메일	provence70@naver.com
등록번호	제2016-000126호
등록	2016년 06월 23일
ISBN	979-11-6480-036-0-03810

정가 15,000원

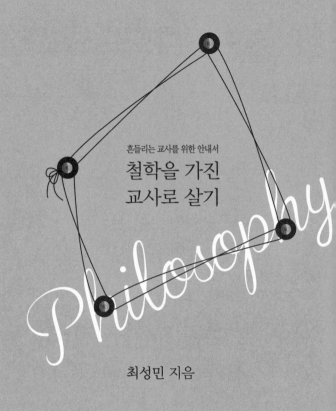

흔들리는 교사를 위한 안내서

철학을 가진
교사로 살기

Philosophy

최성민 지음

프로방스

"평생 이렇게 살 것인가?"

'철학'이라는 말은 부담스럽다. '철학' 하면 떠오르는 이미지가 어렵고 복잡하고 난해하기 때문이다. 특히 요즘 세대 사람들에게 철학은 안드로메다에서 온 이야기로 느껴질 정도로 관심 밖이다. 아는 철학자를 이야기하라고 하면 소크라테스, 플라톤, 아리스토텔레스 정도 나오지 않을까? 나 또한 철학에는 문외한이다. 철학책에 손을 대본 적도 없고 학교 다닐 때 도덕, 윤리 시간에 배웠던 철학 지식도 시간이 지나면서 잊혔기 때문이다. 철학이라는 용어에 대한 정의도 아직 내리지 못했다. 철학의 철자도 모르는 사람이 철학에 대해 쓴다는 것 자체가 아이러니하다.

대학교 때 '교육철학' 수업을 들었다. 어떤 일이든 그 일을 하는 이유와 목적이 뚜렷해야 마음에서 우러나와 할 수 있기 때문에 앞으로 교육을 할 사람으로서 교육철학은 꼭 알아야 한다고 생각했다. 강의에서는 교육의 목적, 개념, 교육론 등과 같은 내용을 배웠다. 안 그래도 평소에 생각해보지 않은 개념들인데 철학자들이 평생에 걸쳐 고찰한 내용을 몇 시간 안에 이해하고 따라가기란 쉽지 않았다. 생각해보면 교육철학 중 한 분야를 정해 공부해도 몇 년이 걸린다고 하는데 한 학기 안에 교육철학 전반을 배우고 이해하는 것은 불가능한 일이다.

내가 이야기하려고 하는 철학은 그렇게 어려운 철학은 아니다. 철학자들이 말하는 철학은 체계화되고 학문화된 철학이지만 이 책에서 말하는 철학은 나만의 철학이다.

철학에 대한 정의를 찾아보면 '인생, 세계에 관해 연구하는 학문'이라고 나온다. 철학의 어원은 '필로스(philos)-사랑하다'와 '소피아(sophia)-지혜'가 합쳐진 말로 '지혜를 사랑한다'는 뜻이다. 이런 정의와 어원을 통해 생각해보면 철학이란 '인생에 대한 지혜를 사랑의 마음으로 고찰하는 것'이라고 볼 수 있다. 인생에 대해 논하자고 하면 아마 한 가지씩은 이야기할 것이 있을 것이다. 인생 경험 속에 수 많은 실패와 성공을 경험하면서 나름대로의 생각이 생겼기 때문이 다. 그것이 바로 '철학'이다. 이 책은 그 철학에 대해 이야기하고 있 다.

얼마 전 직원 여행을 간 적이 있다. 직원 여행을 가는 버스 안에서 과학 선생님이 레크레이션을 진행해주셨다. 본인이 맡은 일도 아닌 데 문제와 선물까지 준비하시는 열정이 대단하다고 생각했다. 문제 를 맞힌 사람에게는 선물을 주면서 인터뷰를 하는데 내가 우연치 않 게 인터뷰를 하게 되었다. 과학 선생님이 내가 곧 아들이 태어난다 는 것을 알고 인터뷰를 하신 것이다.

"선생님. 아들이 태어나시면 어떤 아이로 키우실 건가요?"

갑자기 훅 들어온 질문에 당황이 됐다. 어떤 아이로 키울지 생각해 본 적이 없는 거 같은데 뭐라고 대답해야 할지 난감했다. 그러다가 생각나는 대로 대답했다.

"저... 저는 행복한 아이로 키우고 싶습니다."

그랬더니 과학 선생님께서 이런 말씀을 하셨다.

"역시. 부장님은 철학이 있으시네요."

'엥? 갑자기 웬 철학? 내 대답에서 무슨 철학이 있다는 말이지?'

잠깐의 대화였지만 이 대답과 철학이 무슨 관련이 있는지 곱씹어 보게 되었다.

사람은 누구나 자신만의 생각을 갖고 있다. 남들과는 다른 나만의 생각 말이다. 어떤 삶이 행복하고 의미 있는지 자신만의 기준과 목표가 있다. 나는 아이를 낳으면 행복한 사람으로 키우고 싶다고 이야기했지만 어떤 사람은 아이를 훌륭한 사람으로 키우고 싶다고 이야기한다. 더 나아가 어떤 사람이 행복한 사람, 훌륭한 사람인지 물어보면 또 답이 다르게 나올 것이다. 그렇게 질문에 꼬리를 물고 들어가다 보면 그 사람 깊은 곳에 있는 생각이 나온다. 그것이 바로 그 사람의 철학이다.

처음 몇 해는 나만의 철학이 뚜렷하지 않았다. 그저 학교에서 시키는 대로, 남들이 하는 대로 따라가기 급급했기 때문이다. 하지만 시간이 지나면서 수동적인 삶에 지치게 되었다. 교사로서 어떻게 살아야 할지 고민이 되었고 그에 대한 답을 찾지 못하면서 점점 교사의 삶에 회의를 느끼게 되었다.

'평생 이렇게 살 것인가? 나는 어디에서 보람과 가치를 찾아야 할까?'

어떤 사람은 승진이 목표라고 했고, 어떤 사람은 연금 받을 때까지 다녀서 나중에 편하게 사는 것이 목표라고 했다. 또 어떤 사람은 안정적인 삶이 목표라고 했고, 어떤 사람은 안전하게 아이들이랑 지내는 것이 목표라고 했다. 나는 어디서도 교사로서 어떻게 살아야 할지 명쾌한 답을 찾을 수 없었고 나 스스로 답을 찾아야겠다고 생각했다.

아이들과 7년을 보내면서 나만의 철학이 생기게 되었다. 나만의 철학은 나를 사랑하는 마음에서 시작되었다. 아이들과 선생님들, 학부모들과 지내면서 나에게 가치 있는 것, 나에게 소중한 것, 내 가슴을 뛰게 하는 것을 생각했기 때문이다.

이제 나는 나만의 철학을 갖고 흔들리지 않는 교직 생활을 하고 있다. 어떤 상황에서도 나만의 철학에 따라 소신껏 결정하고 행동할 수 있는 자신감이 생겼기 때문이다.

이 책에서는 나만의 철학을 갖게 된 과정들을 이야기하고 있다. 부디 이 책을 읽고 마음에 울림이 있어 여러분도 자신만의 철학을 갖게 되길 바란다.

2020년 1월 새아침에...

저자 **최성민**

"교사의 삶, 그것은 경이를 넘어선 행복입니다"

어느덧 교직경력 21년차에 들어섰습니다. 교사로서 수많은 실패와 좌절을 딛고 성장의 길을 걸어온 지 벌써 21년이 된 것입니다. 지난 삶을 돌아보면 기뻤던 날, 슬펐던 날, 울면서 좌절했던 날, 스스로 자괴감을 느끼며 괴로워했던 날… 많은 기억들이 저절로 떠오릅니다. 저는 교사라면 누구나 이런 희노애락의 긴 여정을 거쳐 성숙해 간다고 생각합니다.

교실은 배우고 가르치는 곳입니다. 보통은 교사가 아이들을 가르치는 줄로만 압니다. 하지만 아이들은 교사의 교사이기도 합니다. 아이들을 만나고 가르치면서 교사도 제대로 된 교사로 거듭날 뿐 아니라, 교사 스스로 성장하고 배워가기 때문입니다. 이 책을 읽으면서 제가 떠올린 것은 아이는 교사의 교사라는 겁니다.

청지기샘은 블로그에서 이미 그 삶의 궤적들을 오랜 기간 지켜봐 왔습니다. 찬찬하고 느리지만 그 어느 것 하나 허투루 아이들을 만 나지 않았다는 것도 짐작할 수 있었습니다. 그런데 이번에 이 책을 읽고 깨달았습니다. 선생님은 제가 기대했던 것보다 훨씬 더 깊이 아이들과 만나고 있었습니다. 선생님은 아이들을 깊고 뜨겁게 섬기 면서 살아오셨고, 책에서 그 삶을 진실 된 언어로 풀어내셨습니다.

책을 읽는 내내 교사로서 살아왔던 저 자신을 떠올렸습니다. 나도 이런 과정을 거쳐서 교사로서 자라왔었지, 하면서 고개를 끄덕였고 저와 비슷한 생각을 하는 부분에선 크게 공감하기도 했습니다. '선 생님의 꿈은 무엇인가' 챕터는 특히 제 마음을 더 사로잡았습니다. 제가 선생님들을 강연이나 책에서 만날 때마다 강조하는 부분이었 으니까요. 이렇게 저와 같은 가치관 또는 철학을 가진 교사이기 때 문에 제가 더 크게 공감한 것인지도 모르겠습니다.

이 책을 쓰신 청지기샘 뿐 아니라 모든 교사에겐 교육철학이 있습 니다. 저마다 이것을 이렇다 저렇다 일일이 말하진 않지만 어떤 교 사든 자신의 신념과 가치관으로 아이들을 만납니다. 특별히 교사들이 어떤 철학으로 아이들을 만나느냐에 따라 그 교실은 저 깊은 내부에서부터 변화하기 시작합니다. 이 책이 청지기샘의 삶의 어린 시절부터 교사로 성장하는 모든 순간들을 담은 까닭입니다. 독자들께서도 한 사람이 교사로 성장해가는 모든 순간들을 함께 하실 수 있을 것입니다.

철학이 있는 교사로 산다는 것은 외부의 바람에 쉽게 흔들리지 않는다는 뜻입니다. 내 안이 바로 서있어야 남도 가르칠 수 있고, 내 스스로 중심이 선 뒤에라야 남 앞에 설 수도 있습니다. 자신의 삶을 차근차근 돌아보는 기회를 이 책에서 얻으실 수 있으면 좋겠습니다.
교사의 삶은 경이를 넘어선 어떤 행복을 맛보는 것입니다. 가르치는 일은 정말로 위대한 일이며, 경이로운 일입니다. 교사는 그 너머를 바라보면서 나아가는 사람들입니다. 우리는 이 가르치는 일 뒤에 숨은 위대한 행복을 잘 압니다. 우리는 모두 가르치는 이들이니까요. 청지기로서 살아오신 선생님의 삶이 나눠질 수 있어 참으로 감사합니다.

전라북도 교육청 장학사 **김성효**

철학을 한마디로 요약하면 '인생, 세계 등등에 관해 연구하는 학문'이라 한다. 교실은 다양한 철학이 존재한다. 사람의 수 만큼 존재한다고 봐도 무방하다. 사람마다 각자의 경험과 지혜의 정도가 다르기에 서로 상충한 철학으로 1년이란 세월을 공존한다. 이때 중요한 것을 한가지 뽑으라면 나는 '교사의 철학'을 뽑는다. 철학을 가진 교사! 가까이서 본 최성민 선생님은 그런 사람이었다. 7년이란 세월이 결코 적은 세월이 아니다. 그 세월 동안 철학을 가진 교사로 성장하기 위한 이야기가 이 책 속에 고스란히 담겨있다. "나만의 철학은 나를 사랑하는 마음에서 시작되었다."라는 선생님의 고백을 세상과 나눌 수 있으니 얼마나 감사한지 모른다. 이 책을 마지막 장까지 읽고 덮는 순간 펜을 들고 써 내려간다. 나는 어떤 철학을 가진 교사인지를…. 그리고 어떤 철학을 가진 교사로 성장하고 싶은지를…. **김진수**(『교사가 성장하면 수업도 성장한다』저자, 초등교사)

좋은 교사가 되는 길은 힘들고 험난하다. 그래도 우리는 그 길을 걸어야 한다. 그래야 힘든 하루를 열정 하나로 지켜나가는 교사들의 고난과 보람을 오롯이 느낄 수 있기 때문이다. 이 책은 신규 교사에서부터 현재까지, 나아가 부장교사로서 교실 밖의 모습을 바라보게 되는 한 교사의 노력과 성장기이다. 지식 없는 실천은 무모하고 실천 없는 지식은 공허하다 했다. 철학을 바탕으로 실천하며 좋은 교사가 되기 위해 자신의 경험을 나누는 최성민 선생님, 이 길을 함께 걷고 있는 많은 선생님, 그리고 이 길에 첫걸음을 내딛을 선생님들이 있어 행복하다. **송수한**(초등교사)

Contents | **차례**

PART
01
왜 철학인가

01 교사의 출발점

　　2011년 3월 17일 교사가 되어 첫 아이들을 만났
다. 5학년 3반 담임교사 최성민. 발령받은 전날이 학부모 총회가 있
는 날이어서 하루 전날 학교에 갔다. 담임 선생님이 누구일지 궁금
해서 오신 학부모님들과 아이들 이야기를 나누는데 누가 누군지 이
름으로만 막연하게 짐작할 뿐이었다. 학부모님들도 처음 온 신규교
사에게 선생님이 젊으셔서 아이들이 좋아하겠다는 말만 되풀이하고
돌아가셨다. 낯선 학교와 낯선 아이들에 대해 준비할 겨를도 없이
만남이 시작되었다.

　　첫날 만난 5학년 3반 아이들은 긴장한 모습이었다. 선생님이 무
슨 말씀을 하실까 눈치를 보며 쥐 죽은 듯이 조용히 있었다. 나도 아
이들 분위기를 살피기 위해 아무 말도 하지 않고 그저 컴퓨터만 보
고 있었다. 1교시가 시작될 무렵 교무부장 선생님께서 아이들에게
나를 소개해주셨다. 선생님 말씀 잘 들으라는 교무부장님의 인사가
끝나고 드디어 아이들과 나만의 시간이 시작되었다. 교사로서 처음

만나는 아이들. 아이들과 금방 친해지고 싶은 마음에 환한 미소를 보이며 반갑게 인사했다. 미리 준비한 PPT를 보여주면서 나를 소개했다. 선생님의 고향, 다닌 학교, 장점, 좋아하는 것 등 기본적인 정보들을 아이들에게 소개했다. 혹시 선생님에 대해 질문할 것이 있는지 물어보니 나이를 물어봤다. 아이들에게 함부로 나이를 가르쳐주면 안 된다는 생각에 몇 살처럼 보이는지 되물었다. 돌아오는 대답은 30? 장난인지 진심인지 모르겠지만 무거웠던 분위기는 조금씩 풀어지고 있었다. 약간은 어색하고 조심스러웠던 우리의 만남은 그렇게 시작되었다.

어떤 선생님이 되고 싶은가? 내 교직 생활에 출발점이 된 질문이었다. 초임 시절 아이들과 행복하게 지내는 것이 가장 중요하다고 생각했다. 그래서 아이들을 행복하게 해주는 선생님이 되는 게 목표였다. 아이들이 행복하려면 아이들이 좋아하는 활동을 많이 해야 한다. 아이들은 딱딱한 의자에 앉아 공부하기보다는 밖에서 신나게 노는 걸 좋아한다. 그래서 아이들과 가장 많이 했던 활동이 체육이었다.

"얘들아. 오늘 날씨도 좋은데 나가서 체육할까?"

"네!"

"오늘은 너희가 많이 지쳐 보여. 그래서 나가서 체육을 할까 하는데 어때?"

"좋아요."

일주일에 체육 수업이 3시간 있었는데 늘 그 이상 체육을 해서 거의 매일 나갔다. 여자아이들은 서로 편을 나눠서 피구를 시키고 나는 남자아이들과 축구를 했다. 선생님이 같이 축구하니까 아이들이 좋아했다. 다른 반이랑 시합도 많이 했다. 같은 학년에 남자 선생님들 반과 돌아가며 반 대항 축구와 피구를 했다. 반 대항 축구, 피구에서 이기고 지는 것이 굉장히 중요했다. 이기면 기분이 좋았고 지면 다음에 복수하자고 결의했다. 그렇게 열심히 해서 그런지 여학생들은 전교에서 피구를 제일 잘했고 남학생들은 세 손가락 안에 들었다. 그때 아이들과 맛있는 걸 먹은 추억도 많다. 고등학교 2학년 때 담임 선생님께서 공부하느라 수고한다고 반 전체에게 아이스크림을 자주 사주셨었다. 당시 내가 반장이어서 아이스크림 심부름을 여러 번 했었다. 아이스크림을 들고 교실에 들어서면 환호하던 친구들의 모습이 아직도 생생하다. 그때는 잘 몰랐는데 아이스크림을 사주시는 선생님이 얼마나 감사한지 선생님이 되고 깨달았다. 그래서 나도 아이들에게 맛있는 걸 많이 사줘야지 생각했다. 처음 월급을 받고 아이들에게 맛있는 걸 사줬을 때 기억이 난다. 학부모 공개수업이 있던 날 처음으로 학부모님들 앞에서 수업을 했다. 수업하기 전 아이들에게 평소보다 잘해야 된다고 신신당부를 하고 수업을 했다. 다행히 아이들이 수업에 집중하며 잘 참여했고 학부모님들도 재미있는 수업이라고 말씀해주셨다. 기분이 좋아 학교 앞 슈퍼에 가서 아이스크림을 사와 아이들과 함께 먹었다. 그 이후로 더우면 더워서, 아이들이 잘하면 잘해서 아이스크림을 자주 사줬다. 음식도 자주 만들어 먹었다. 놀토가 본격적으로 시작되기 전이어서 격주로 토요일에 학교에 나갔었는데 그 날은 음식 만드는 날이었다. 떡볶이, 스파게티, 볶음밥, 샌드위치 등 아이들이 할 수 있는 요리는 거의 다 해봤다.

지금 우리 반은 초임 때와는 너무나 다르다. 초임 때 매일 하던 체육은 이제 일주일에 한 번 체육 선생님과 함께 한다. 교육 과정상에 계획되어 있는 시간이 아니면 특별한 일이 아니고는 체육을 하지 않는다. 나이가 들어서 밖에 나가고 싶지 않아서가 아니다. 아이들에게 계획과 규칙에 대해 몸소 알려주고 싶기 때문이다. 학교에는 아이들을 어떻게 가르치겠다고 하는 계획이 있고 그 계획이 나타난 것이 교육과정이다. 아이들은 계획 속에서 다양한 것을 체험하고 성장해 나가는 것이다. 그렇다고 아이들이 하고 싶은 활동들을 하지 않는 게 아니다. 학급에서 아이들과 자유롭게 사용할 수 있는 창의적 체험활동 시간에는 함께 하고 싶은 것을 한다. 하지만 초임 때처럼 무분별하게 하고 싶은 대로 하지는 않는다. 지금 초임 때를 돌아보면 부끄럽다. 교육과정이 있고 주간 학습계획이 있는데 당시에는 계획과 무관한 활동들이 많았기 때문이다. 그날 기분에 따라 시간표가 바뀌었고, 즉흥적으로 하는 활동들이 많았다. 아이들에게 무엇이 필요한지, 무엇을 가르쳐야 할지를 생각하지 않았고 그저 즐겁고 건강하게 지내는 게 제일이라고 생각했다.

　교사는 아이들을 가르치는 사람이다. 아이들을 가르친다는 건 자극을 주어 생각과 행동을 변화시키는 것을 의미한다. 변화에는 방향이 있다. 긍정에서 부정으로, 위에서 아래로, 안에서 밖으로와 같이 출발점과 지향점이 있다. 우리는 아이들을 변화시키기 위해 출발점과 지향점을 제대로 인식해야 한다. 아이들의 지금 모습이 어떤지 그리고 나아가야 할 방향이 어디인지 생각해야 한다. 그런데 그 방향은 아이들을 만나는 교사가 결정한다. 교사가 가르침의 주체이고 아이들에게 큰 영향력을 주는 사람이기 때문이다. 아이들은 교실에서 서로 가르치고 배우지만 큰 방향은 교사에 달려있다. 정확히 말하자면 교사의 철학에 달려있다. 교사가 어떤 철학을 갖고 아이들을 만나는지에 따라 아이들의 나중 모습은 달라진다.

　교사의 철학은 교사 스스로 만든 것이 아니다. 지금까지 살아오면서 만났던 수많은 경험들이 모여 교사의 철학이 만들어진다. 교사는 어렸을 때 부모님과 선생님, 주변 어른들로부터 교육을 받았다. 그분들이 보여줬던 모습들과 말과 행동들, 교육 방식들, 삶의 가치관들이 교사의 철학에 영향을 미쳤다. 교사는 여러 상황들도 지나왔다. 살아오면서 겪었던 행복하고 슬프고 기쁘고 절망스럽고 서운하고 힘들었던 모든 경험들도 철학에 영향을 주었다. 교사는 그렇게 자신만의 철학을 만들어 왔다. 행복의 기준에 대해, 인생의 목표에 대해, 추구해야 할 가치에 대해, 인생을 살아가는 방법에 대해 나름의 철학을 갖게 되었다. 철학은 아이들을 만나는 교실에서 자연스럽게 나타난다.

교사의 철학은 수업에서 나타난다. 교사는 수업을 계획할 때 학습 목표에 도달하기 위해 여러 활동을 구성한다. 학습 목표는 산 정상과 같고 수업에서 이루어지는 활동은 정상에 오르는 길과 같아서 다양하다. 교사는 아이들과 자신을 생각했을 때 가장 효과적이고 재미있는 활동을 선택한다. 수업에서 누가 주체가 될 것인지 어떤 교구를 사용하고 어떤 활동 형태를 활용할 것인지도 모두 교사의 철학에 담겨있다.

교사의 철학은 학급 경영에서도 엿볼 수 있다. 하나의 학급을 운영해 나가는 경영자의 입장에서 학급에 필요한 것들을 결정한다. 아이들의 인성교육을 중요시하는 선생님은 학급을 경영할 때 인성에 초점을 맞춰 서로를 이해하고 협동할 수 있는 구조를 만든다. 아이들의 진로교육을 중요시하는 선생님은 게시판에 직업과 관련된 정보를 붙이기도 하고 학생의 꿈과 관련된 부서활동을 계획하기도 한다. 교사 주도로 학급을 이끌어 가는 경우도 있고 아이들 주도로 학급을 맡기는 경우도 있다.

관계의 측면에서도 교사의 철학이 드러난다. 교사와 교사, 교사와 학생, 교사와 학부모의 관계 등 학교 안에는 여러 관계들이 얽혀 있다. 어떤 교사는 독립적이어서 혼자서 일하는 것을 좋아하는데, 어떤 교사는 협력하고 나누는 것을 좋아하기도 한다. 어떤 교사는 안정적인 것을 좋아해 주어진 것에 충실한데, 어떤 교사는 도전하는 것을 좋아해 다양한 분야의 일을 하기도 한다. 아이들과 친구처럼 지내는 교사가 있는 반면 아이들과 거리를 두고 선을 지키는 교사도 있다. 학부모를 교육의 동반자로 생각하여 관계를 친밀하게 맺는 교사도 있지만 학부모와 친밀한 것이 중립성을 해칠까 일부러 멀리하는 교사도 있다. 이처럼 교사의 철학은 교육현장의 곳곳에서 나타난다.

철학은 교사의 출발점이다. 만나는 아이를 어떤 아이로 키우고 싶은지에 대한 답이 우리 속에 늘 있어야 한다. 살아오면서 경험했던 수많은 일들을 통해 어떤 삶이 가치 있고 행복하며 중요한 삶인지에 대한 스스로의 답이 있어야 한다. 그래서 우리가 만나는 아이들에게 이런 답이 있다고 보여줄 수 있어야 한다. 말뿐이 아닌 우리의 삶 속에서 답을 보여줘야 하는 것이다. 철학이 없는 사람은 없다. 하지만 철학이 정리된 사람은 별로 없다. 교사로서 스스로의 철학이 정리되어 있어야 한다. 철학은 우리가 만나는 아이들에게 수업, 생활지도, 학급 경영, 관계 등 다양한 모습으로 나타난다. 우리 아이들이 각자의 철학을 가진 여러 선생님들을 만나며 세상을 살아가는 자신만의 철학을 가질 수 있도록 돕는 것이 바로 교사의 역할이다.

02 직장인가 가치인가

　　세상에서 가장 가치 있는 일은 무엇일까? 나는
세상에서 가장 가치 있는 일이 교사라고 생각한다. 한 사람의 인생
에 꿈을 심어주고 영향력을 끼치며 길잡이가 될 수 있는 사람이 교
사이기 때문이다. 지금 돌이켜보면 나도 나를 사랑해주고 관심 가져
준 많은 선생님들 덕분에 이렇게 교사가 될 수 있었다.

　　초등학교 1학년 때 교실은 부족한데 학생들은 많아 오전, 오후반
으로 학교를 다녔다. 내 나이에 그런 학교를 다녔다는 사실이 참 신
기한데 당시 내가 살던 평택이 발전하고 있어서 교실이 부족한 상황
이었다. 한 달은 오전반으로 한 달은 오후반으로 학교에 갔었다. 그
때 담임 선생님은 나이가 40대 정도 되시는 아줌마 선생님이셨다.
지금보다 인원이 많아 한 반에 45명 정도 있었을 텐데 그중에 선생
님이 나를 알고 이름을 불러준다는 건 정말 고마운 일이었다. 선생
님은 내가 좋아하는 것과 잘하는 것을 알고 계셨다. 생활 통지표를

보면 운동을 좋아하고 활발한 성격이라고 적어주셨는데 딱 나의 모습이었기 때문이다. 수많은 아이들 중에 나를 알고 기억해 주시는 선생님. 그것만으로도 학교 가는 일이 행복하고 즐거웠다.

시간이 흘러 4학년이 된 어느 날 우연히 길거리에서 선생님을 만났다. 선생님께서는 반가운 얼굴로 인사를 해주시며 잘 지내고 있냐고 물으셨다. 오랜만에 만났는데 선생님의 따뜻함이 느껴졌다. 선생님은 나를 대뜸 서점으로 데려가셨다. 그리고 서점에서 읽고 싶은 책을 마음껏 고르라고 하셨다. 당시 나는 독서와는 거리가 먼 학생이어서 책을 잘 고르지 못하고 서성이고 있었다. 그랬더니 선생님께서 4학년 국어 책에 나오는 한자가 재미있게 설명된 책을 골라주셨다. 나는 당장 그 책을 학교에 가져다 놓고 틈날 때마다 책을 읽었다. 책을 펼칠 때마다 선생님이 생각나고 감사한 마음이 들었다.

중학교 2학년 때 선생님은 신규 발령을 받은 수학 선생님이셨다. 키가 작으시고 안경을 쓰셨는데 착한 인상이었다. 한창 장난기 많고 말 안 듣는 우리는 선생님을 많이 힘들게 했다. 수업 시간에 떠들고 장난치는 건 기본이고 선생님 뒤에서 놀리고 말대꾸하는 친구도 있었다. 처음에는 웃으며 좋게 말씀하시던 선생님의 얼굴에 점점 웃음이 사라지고 그늘이 드리워졌다. 심한 장난들이 계속되자 우리를 혼내기도 하시고 때리기도 하시다가 결국에는 며칠 동안 우리 반 들어오는 걸 거부하셨다. 당시 철없던 우리는 선생님을 위로해드리지 못하고 반성하지도 않았다. 시간이 지나 선생님께서 마음이 풀려 다시 들어오셨지만 한 해를 힘겹게 보내셨다.

중학교 2학년 생일날 선생님께서 나를 따로 교무실로 부르셨다. 선생님께서는 생일 축하한다며 작은 카세트테이프 하나를 주셨다. 선생님께 생일 선물을 받는 건 처음이었다. 카세트테이프에는 선생님께서 직접 하나하나 녹음하신 찬양이 들어 있었다. 내가 교회 다니는 걸 알고 선생님께서 여러 테이프에 있는 찬양을 섞어서 녹음해 주신 것이다. 테이프 케이스에는 앨범처럼 찬양 목록이 적혀있었고 정성껏 쓰신 편지가 있었다. 다른 친구들과 똑같이 말 안 듣고 장난치며 선생님을 무시했었는데 카세트테이프에 담겨 있는 선생님의 정성을 보니 감사하고 죄송했다. 이후로 나는 선생님을 돕는 수호천사가 되었다. 다른 친구들이 선생님께 함부로 대하면 은근히 저지하고 반대했다. 수업 시간에 열심히 듣기 위해 집중했고 선생님과 하는 모든 활동들이 재미있었다. 원래는 수학을 잘 못하고 어려워했었는데 선생님을 좋아하게 되니 수업이 들리고 열심히 하니 성적이 올랐다. 그렇게 선생님으로 인해 태도가 바뀌고 수학에 흥미를 갖게 되었다.

학창시절을 돌이켜 보면 수많은 학생들 중 나에게 관심을 가져 준 선생님들이 떠오른다. 그분들에게 나는 여러 학생 중 한 명이었을지 모르지만 나에게는 특별한 선생님들이다. 그분들의 관심과 사랑 덕분에 학교생활에 용기를 얻었고 학교는 따뜻함을 느끼는 공간이 되었다. 이렇게 한 사람의 교사는 수많은 아이들을 만나면서 사랑의 씨를 뿌리고 그 사랑의 씨가 어떤 학생에게는 학교생활의 힘과 용기가 되는 것이다. 교사는 학생이 교사의 사랑을 깨닫고 변화할 때 뿌듯함을 느낀다.

직업으로서 교사는 매력적이다. 먼저 경제적으로 안정적이다. 공무원이기 때문에 큰 잘못을 저지르지 않는 이상 은퇴까지 일할 수 있다. 비록 대기업이나 다른 직장에는 미치지 못하지만 월급도 꼬박꼬박 나온다. 시간이 지나면 호봉이 쌓여 월급도 조금씩 오른다. 은퇴 후에는 연금도 받을 수 있다. 경제적으로 부유하지는 않지만 부족하지도 않다. 시간적으로도 여유가 있다. 출퇴근 시간이 정해져 있고 야근을 하거나 휴일 근무를 하는 일은 극히 드물다. 정시에 퇴근하고 나면 여유로운 저녁 시간이 기다리고 있다. 자신이 시간을 잘 활용하면 하고 싶은 여가활동이나 취미활동을 얼마든지 할 수 있다. 교사에게는 방학이라는 시간도 주어진다. 방학을 이용해서 부족한 부분을 채우고 재충전의 시간을 가질 수 있다.

교사는 스트레스도 덜 받는다. 눈에 띄는 성과를 내야 하는 것도 아니고 교육청과 학교에서 주어진 업무만 성실히 하면 된다. 아이들에게는 주어진 교육과정을 잘 가르치면 되고, 학급에서 큰 문제가 일어나지 않도록 관리하면 된다. 사회적으로도 인정을 받는다. 비록 예전만큼은 아니지만 어디 가서 교사라고 하면 지식인으로 인정하는 분위기가 있다. 아무리 나이가 어린 신규 교사라도 모든 사람들이 선생님이라고 부르며 존댓말을 사용한다. 이렇게 교사라는 직업은 아이들을 만나는 걸 어려워하지만 않으면 사회에서 말하는 워라밸(work and life balance)을 추구할 수 있는 좋은 직업에 속한다.

요즘 청소년들의 희망 직업 1위가 교사라고 하지만 막상 현장에 있는 교사들은 이런 결과에 의아해 한다. 교사라는 직업이 밖에서 볼 때처럼 좋은 면만 있지 않기 때문이다. 교사들은 급속도로 바뀌는 사회 분위기 속에 힘들어하고 있다. 개인의 권리와 자유를 중요시하는 사회 분위기에 힘입어 학생들은 학생으로서의 의무는 다하지 않으면서 개인의 자유를 더 많이 요구하고 있다. 이에 교사들은 국가와 사회의 교육적 요구와 학생들의 요구 속에서 갈등하고 있다. 예를 들면 학생인권을 강조하며 학교 내 휴대폰 사용이나 화장하는 문제 등을 요구하지만 교사의 수업권을 침해하는 행위나 학생으로서 해야 하는 학업에는 깊이 관심을 갖지 않는다. 또한 교사의 전문성에 대한 신뢰도 점점 떨어지고 있다. 교사는 단순히 공부를 가르쳐 주는 사람을 뛰어넘어 학생에게 전인적인 교육을 하는 존재인데 교사의 수업이나 생활지도에 대해 불신하는 사회 분위기가 생겨나고 있다. 그로 인해 전문성을 인정하지 못하고 민원을 제기하는 학생이나 학부모가 늘어나고 있다. 그동안 신뢰를 잃은 교사들의 잘못도 있지만 직업적 전문성에 대해 불신하고 있는 사회 분위기가 학교 현장에도 나타나는 것 같아 아쉬움이 있다.

직업으로서의 교사는 안정적이기도 하지만 어려움이 있는 것이 현실이다. 그리고 앞으로 교사는 더 힘들어질 것이다. 이미 미디어의 영향으로 아이들은 학문에 대해 깊이 생각하기를 거부하고 자극적이거나 재미있지 않으면 관심을 갖지 않는다. 세월호 사건 이후 안전교육이 초등학교 교과로 들어온 것처럼 사회는 사회에서 해결할 수 없는 많은 부분들을 교육 현장에 더 요구하게 될 것이다. 교사에게 요구하는 것들이 많아지면 그만큼 책임은 더 늘어나고 부담은 커지게 되는 것이다. 학부모와 사회가 원하는 교사는 모든 분야에서 탁월한 사람이어야 할 것이다.

이렇게 점점 더 어려워지는 현실 속에서, 그럼에도 불구하고 교사를 해야 하는 이유는 무엇일까? 교사는 이런 상황에서 어떤 철학을 갖고 살아가야 할까? 그것은 바로 한 사람의 교사가 한 아이의 인생을 변화시킬 수 있다는 믿음이다. 우리가 만나는 수많은 아이들의 이름을 기억하고 한 아이 한 아이의 삶에 관심을 갖고 사랑을 부어주면 그 아이가 변할 수 있다는 믿음을 가져야 한다. 그리고 그것을 보면서 보람을 느껴야 한다. 교사라는 직업의 장점보다 아이들로 인해 얻는 기쁨이 더 클 때 우리는 더 힘들어질 미래에도 교사를 선택할 수 있을 것이다.

왕가리 마타이라는 사람이 있다. 그녀는 케냐의 환경 운동가이다. 그녀는 1950년대 어려운 환경 속에서 여성으로서는 드물게 학교 교육을 받았다. 그녀가 외국에서 대학을 마치고 고향으로 돌아왔을 때 충격적인 현실을 만난다. 독재정부와 개발업자들이 케냐의 나무들을 다 베고 자연환경을 파괴해 놓은 것이다. 그리고 황폐해진 땅에서 땔감과 식수를 구하기 위해 수십 킬로미터를 걸어 다니는 여성들을 만나게 된다. 그녀는 고향 땅을 살리기 위해 여성들과 함께 나무를 심기 시작한다. 한 그루 당 3센트씩의 돈을 지불하면서 함께 나무 심기 운동을 해 나간다. 이른바 그린벨트 운동이 아프리카에서 최초로 시작된 것이다. 그리고 여성들에게 나무를 잘 가꾸는 법부터 시작해 가정을 잘 이루어 가는 법 등 다양한 교육을 펼쳐 나간다. 1989년 케냐 정부가 나이로비에 있는 유일한 녹지인 '우후루 공원'을 개발한다는 계획을 발표하자 그녀는 이 계획에 반대하는 운동을 펼친다. 이 반대 운동은 미국과 유럽에 전해져 결국 외국인들의 투자를 포기하게 만든다. 이로 인해 정부와 개발자들로부터 비난과 폭행 등 불이익을 당하지만 그녀는 그린벨트 운동을 포기하지 않는다. 온갖 어려움을 이겨내고 그녀는 결국 나이로비 대학의 교수와 국회의원이 된다.

왕가리 마타이의 삶을 보면 황폐해진 고향 땅을 살리기 위해 나무를 심는 일부터 시작했다. 그녀가 시작한 그린벨트 운동은 땅을 다시 푸르게 만들었고 떠났던 동물들이 다시 돌아오게 했다. 나무를 심는 작은 일이 케냐를 변화시킨 것이다. 나는 교사의 삶도 꾸준히 나무를 심는 일과 같다고 생각한다. 땅에 나무를 심듯이 아이들 한 명 한 명을 이 땅 위에 세우는 것이다. 아이들의 이름을 불러가며 사랑으로 보살피며 세워가는 것이다. 그러면 그중에 교사의 사랑을 깨닫고 감사하는 아이들이 조금씩 자라기 시작한다. 그리고 땅을 푸르게 하는 크고 튼튼한 나무가 되어 이 땅을 변화시켜 나간다. 때로는 우리가 나무를 키우는 걸 방해하는 사람들이 있겠지만 그녀가 포기하지 않았듯이 우리도 아이들을 포기하지 않고 심고 가꾼다면 아이들도 이 나라도 바뀌어 있을 것이다.

우리는 사람을 변화시키는 가치 있는 삶을 선택한 사람들이다. 직업의 안정성이나 만족도 중요하지만 우리는 아이들이 변화할 때 가장 큰 만족과 보람을 느낀다. 아이들의 변화를 기대하며 오늘도 수많은 아이들 중 한 아이의 이름을 불러본다.

03 아이들을 위한 삶

　　세상에서 훌륭한 업적을 남긴 사람들 곁에는 훌륭한 선생님들이 있었다. 그중에서도 설리번 선생님은 많은 사람들의 기억 속에 훌륭한 선생님으로 남아있다. 설리번 선생님은 시력과 청력을 잃어 희망이 없어 보이는 헬렌 켈러를 만나 사랑으로 가르친다. 헬렌 켈러는 설리번 선생님의 헌신적인 사랑 덕분에 삶의 희망을 찾고 최선을 다하는 삶을 살아간다. 그녀는 결국 하버드 대학교를 졸업하고 세계적인 작가 겸 교육자로 활동하게 된다. 이렇게 헬렌 켈러를 사랑으로 가르친 설리번 선생님도 어렸을 때 아픔과 상처가 있었다. 그녀는 알코올중독자인 아버지 밑에서 태어나 어린 시절 학대를 당했고 어머니와 동생은 결핵으로 세상을 떠나 큰 충격을 받았다. 그녀는 분노를 조절하지 못하고, 타인에 대한 공격성이 심해져 결국 정신병원에 갇히게 된다. 모든 사람들이 그녀를 포기했을 때 한 간호사가 그녀를 만난다. 간호사는 매일 그녀에게 "나는 너를 사랑한단다."라고 속삭인다. 처음에는 간호사에게 공격적이던 설리번은 점점 마음을 열고 사랑에 반응하기 시작한다. 결국 설리번은 사랑으로 회복되어 학교를 수석으로 졸업하고 선생님이 된다. 그녀는 자신처럼 어렵고 힘든 아이들을 돕기 위해 선생님이 되어 헬렌 켈러를 만나게 된 것이다. 이처럼 한 아이를 포기하지 않고 끝까지 사랑하겠다는 교사의 철학은 아이의 인생을 바꿀 수 있다.

우리 부모님은 선생님이셨다. 아버지는 역사 선생님, 어머니는 음악 선생님이셨다. 지금은 은퇴를 하시고 다른 일을 하시지만 내가 초임 발령받았을 때도 함께 교직에 계실 정도로 오랜 기간 교사 생활을 하셨다. 우리 부모님은 나와 동생을 기르실 때 몇 가지 원칙이 있으셨다.

첫 번째는 우리가 원하면 지원해주고 원하지 않으면 시키지 않는다는 것이다. 나는 어렸을 적 거의 모든 남자아이들이 다닌다는 태권도 학원을 한 번도 가 본 적이 없다. 나는 밖에서 축구하고 뛰어노는 걸 좋아했지만 태권도처럼 자세를 연습하고 겨루고 하는 운동은 관심이 없었다. 그래서 태권도 학원에 가고 싶다는 말을 하지 않았고 부모님도 먼저 말씀하시지 않으셨다. 중학생이 되어 공부를 하는데 아무리 해도 학원 다니는 친구들을 따라갈 수가 없었다. 학원에서 어떻게 공부를 하나 궁금해서 부모님께 학원을 가고 싶다고 이야기해서 학원을 다니기 시작했다. 처음에는 학교 마치고 학원에 가서 저녁때 공부를 하는 게 별로 힘들지 않았다. 그런데 시험기간 한 달 전부터 마치는 시간도 1시간 더 늦어지고 주말에도 학원을 나오라고 하니 학원 가기가 점점 싫어졌다. 특히 문제를 몇 십 장씩 복사해서 나눠주고 반복해서 문제만 푸는 것이 지루하고 하기가 싫었다. 결국 세 달 만에 학원을 그만두고 혼자서 공부하겠다고 했다. 그랬을 때도 부모님께서는 흔쾌히 동의해주셨다. 부모님은 우리의 의견을 충분히 듣고 조언해주시며 스스로 선택할 수 있도록 도와주셨다.

두 번째는 타협하지 않고 원칙을 지키셨다. 중학생이 되자 핸드폰을 갖고 있는 친구들이 주변에 생기기 시작했다. 한 명 두 명 핸드폰을 갖다보니 주변 친구들 중에 핸드폰 없는 사람이 나밖에 없었다. 나도 핸드폰을 사서 친구들이랑 연락도 하고 핸드폰 게임도 하고 싶어 부모님께 사달라고 했다. 하지만 부모님께서는 핸드폰이 학생에게 필요하지 않다고 하시며 고등학교 졸업하면 사주겠다고 약속하셨다. 그때는 다른 친구들은 다 있는데 나만 없는 게 속상했지만 생각해보면 핸드폰이 없는 게 도움이 되었다. 핸드폰이 있었다면 쓸데없는 데에 신경을 많이 썼을 텐데 부모님께서 현명하게 막아주신 것이다.

세 번째는 믿어 주신 것이다. 내가 다닌 고등학교는 비평준화 지역에 있어서 공부를 열심히 하는 학생들이 모인 곳이다. 이 학교는 야간 자율학습 시간을 최대한 보장하여 스스로 공부할 수 있는 환경을 만들었다. 대부분의 학생들이 집에 가지 않고 야간에 학교에 남아 각자 공부 계획을 세워 공부하는 분위기였다. 나는 잘하는 친구들 속에서 뚜렷하게 두각을 내지 못했다. 그저 매일 주어진 학습량을 채우기 위해 노력했고 그러다 보면 성적은 자연스럽게 오를 것이라고 생각했다. 부모님은 성적에 대해 한 말씀도 하지 않으셨고 스스로 계획한 대로 꾸준히 하라고만 말씀하셨다. 그런 믿음 덕분에 성적이 잘 안 나와도 낙심하지 않았고 결국은 원하는 대학교에 진학할 수 있게 되었다. 이렇게 세 가지 부모님의 교육철학은 지금 나의 철학과 비슷하다. 부모님께서 내게 보여주신 철학처럼 만나는 아이들에게 그런 모습을 보여주려고 노력하고 있다.

철학을 가진 교사는 흔들리지 않고 아이들을 가르칠 수 있다. 설리번 선생님처럼 아이들을 사랑으로 가르쳐야 한다고 생각하는 교사는 사랑을 하다가 지치더라도 다시 시작할 수 있다. 지치고 낙심될 때 자기의 철학을 되돌아보며 다시 사랑할 힘을 얻기 때문이다. 아이들에게 억지로 시키면 안 된다고 생각하는 교사는 어떻게 하면 아이들 스스로 할 수 있게 만들지 생각하게 된다. 그리고 수업에서 그런 문제들을 풀어내기 위해 준비하고 노력한다. 아이들을 원칙을 갖고 가르치는 교사는 무분별하게 약속하지 않고 선을 정해주고 그 안에서 할 수 있도록 안내해준다. 아이들을 믿는 교사는 아이들이 문제행동을 보일 때 그걸 통해 배우고 성장할 수 있도록 돕는다. 이렇게 철학은 아이들을 대하는 교사의 태도나 방식을 바꿀 수 있다. 그 속에서 배운 아이들도 생각과 태도, 마음의 변화가 생긴다.

올해 우리 아이들에게 매일 써주는 게 있다. 바로 칠판 편지이다. 칠판에 큰 하트를 그리고 그 안에 명언이나 책에서 본 좋은 글귀에 덧붙여 내 의견을 적어 놓는다. 아이들은 학교에 오자마자 칠판 편지를 훑어서 읽는다. 1교시가 시작되면 아이들과 칠판 편지를 읽고 그와 관련된 이야기를 들려준다. 명언은 주로 위인들의 이야기이고 나머지는 실생활에서 체험하고 느낀 것이다. 어떤 주제로 칠판 편지를 쓸까 매일 고민이 되지만 아이들을 생각하면 신기하게 무슨 말을 해야 할지 떠오른다. 아이들에게 이야기를 들려주면 몇몇 아이들은 관심 없는 듯 쳐다보지도 않지만 몇몇 아이들은 눈빛을 반짝거리며 쳐다본다. 나와 눈이 마주치는 아이들의 마음속에는 선생님의 말이 들어간다. 실제로 이 칠판 편지를 통해서 진로교육, 인성교육을 하고 있는데 아이들이 이 말들을 꼭 기억했으면 하는 생각이 든다. 내가 칠판 편지를 하는 가장 큰 이유는 교사로서 가진 철학을 아이들에게 자주 이야기하고 싶은데 수업 시간을 활용하자니 길고 시간이 부족하기 때문이다. 우리 아이들이 얼마나 소중한지, 얼마나 큰 잠재력을 갖고 있는지 이 시간을 통해 깨닫고 앞으로 그렇게 살아갔으면 좋겠다.

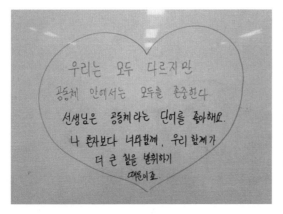

매일 아침 써주는
칠판편지

내가 칠판 편지를 하는
가장 큰 이유는
교사로서 가진 철학을
아이들에게
자주 이야기하고 싶은데
수업 시간을 활용하자니
길고 시간이 부족하기
때문이다.

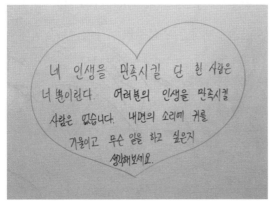

2년 전 겨울 동생의 대학 졸업식이 있어서 부모님과 함께 한동대학교 졸업식에 참석한 적이 있다. 졸업식장에는 졸업생들만 들어갈 수 있어 동생은 졸업식장으로 들어가고 부모님과 나는 강의실에서 화면으로 졸업식을 봤다. 식순에 따라 졸업식이 진행되다가 한 교수님이 나와서 졸업하는 학생들에게 이야기를 하는 시간이 있었다. 졸업을 해서 사회에 나가는 학생들에게 마지막으로 해주는 말은 이 학교의 철학이 담겨 있는 말이다. 그분의 주제는 '그다음에는 무엇을 할 것인가?'이었다. 졸업한 다음에는 무엇을 할 것인가? 직장을 잡은 다음에는 무엇을 할 것인가? 가정을 이루고 난 다음에는 무엇을 할 것인가? 자식을 낳고 난 다음에는 무엇을 할 것인가? 이런 물음들이 계속 이어졌다. 이 질문을 따라가 보니 마지막에 이르게 되었다. 마지막 순간에서 살아온 삶을 되돌아보니 정말 가치 있는 삶인지 생각해보게 되었다. 한동대학교의 표어는 'why not change the world?'인데 이 표어에 맞게 세상을 변화시키는 삶을 살기 위해서는 이 길의 끝에서 되돌아보는 자세가 필요하다는 것을 말씀해주신 것이다. 그저 남들이 가는 대로 따라가면 학교에서 배웠던 세상을 변화시키는 삶은 멀어진다는 것을 깨닫게 해주셨다. 그때 이후로 교사로서의 철학을 가져야겠다고 생각했고 철학에 맞게 가고 있는지 이 길의 끝에 서서 점검해봐야겠다는 생각을 했다.

내가 좋아하는 말 중에 이런 말이 있다. '아이들은 3가지를 통해 배운다. 본보기를 통해, 본보기를 통해, 본보기를 통해.'아이들은 본보기인 선생님을 통해 배운다. 선생님이 뚜렷한 철학이 없으면 아이들이 뚜렷한 삶의 철학을 갖기 어렵다. 뚜렷한 삶의 철학이 없으면 삶을 살아가는 방향이 흔들리고 무엇이 중요한지 덜 중요한지,

옳고 그른지를 나름대로 분별하기 어렵다. 반성적 사고를 통해 인생을 계획해야 하는데 그게 부족하게 되는 것이다. 아이들은 그저 우리를 스쳐 지나가는 것이 아니다. 우리의 철학이 교육을 통해 조금씩 마음에 스며들어가는 것이다. 그러므로 우리는 아이들을 위해 자기 나름의 철학을 가져야 한다. 이왕이면 사회를 이롭게 하고 아이들에게 도움이 되며 아이들을 행복하게 해주는 철학을 가져야 한다. 아이들을 진정으로 위하는 삶은 아이들이 보고 배울 수 있는 철학을 가진 어른이 되는 것이다.

04 월급쟁이를 넘어

몇 년 전 수학여행 때 교감 선생님과 버스 옆자리에 나란히 앉게 되었다. 아이들 이야기, 업무 이야기 등 학교생활에 대한 전반적인 이야기를 나누다가 교감 선생님께 질문을 드렸다. 한창 아이들 문제로 힘들어서 이런 질문을 드렸다.

"교감 선생님. 교감 선생님은 교사로서 힘들 때 무슨 생각 하세요?"

"최 선생님. 힘들 때 나는 월급 받는 사람이라고 생각해보세요. 월급 받으니까 월급 받는 만큼 일하자. 아이들 때문에 힘들거나 업무 때문에 힘들어도 이게 내 일이고 이 일을 해야 월급을 받으니까 이만큼만 하자고 생각하는 거예요. 그러면 힘들어도 책임감으로 버틸 수 있을 거예요."

우리나라 교사의 월급은 200~600만 원 정도 된다. 연봉으로 따지면 3000~8000만 원 정도 되는 것이다. 대기업 연봉에는 미치지 못하지만 결코 적은 돈이 아니다. OECD 국가 중에서도 봉급이 높은 편에 속한다. 교감선생님의 이야기를 들으며 힘들 때는 철저하게 월급쟁이가 되어야겠다는 생각을 했다. '이 정도 돈을 받고 있는데 견뎌내야지'라고 생각하게 됐다. 세상의 모든 사람들이 노동한 것에 대한 대가를 받는 것처럼 교사도 노동에 대한 대가로 월급을 받는 다. 바꿔 말하면 월급 받는 만큼만 일하면 된다. 힘들 때는 교육에 대한 사명, 헌신, 열정이라는 말이 소용없다. 그저 월급 받는 만큼만 한다는 생각이 버틸 수 있는 힘이 된다. 하지만 이런 생각만 지속된 다면 교사로서의 삶이 그리 유쾌하지 못할 것이다. 교사라는 직업이 돈을 벌기 위한 수단에 불과한가? 교사로서 어떤 생각을 가져야 할 까?

결혼 전 내 별명은 학교 지킴이였다. 퇴근 시간을 훌쩍 넘겨 퇴근 하는 일이 많았기 때문이다. 어차피 집에 가도 특별히 할 일이 없었 고 교실에 혼자 남아서 여유로운 시간을 보내는 것이 좋았다. 주로 고학년 수업을 해서 아이들이 하교하고 나면 퇴근 시간까지 2시간 정도 여유가 있었는데 그 시간에 회의나 연수가 있으면 금방 퇴근 시간이 됐다. 여유롭게 시간을 보내고 싶어 다 퇴근한 학교에 남아 서 시간에 구애받지 않고 하고 싶은 것들을 하다 보면 밖이 어둑어 둑 해지고 그제서야 짐을 들고 학교를 나섰다.

지금 돌이켜보면 학교에 늦게까지 남았던 시간이 교사로서 성장 하는 시간이었다. 어떻게 하면 즐겁게 잘 가르칠 수 있을지 고민했 고, 학급을 원만하고 행복하게 운영하기 위해 고민했다. 교사로서 성장하고 싶은 욕구가 강했던 시기이다. 김성효 선생님, 정유진 선생님, 김성현 선생님 등 유명한 선생님들의 연수도 찾아서 들었다. 연수를 들을 때마다 궁금한 것이 하나씩 풀리는 느낌이었고 연수에서 배운 것을 학급에 적용하며 재미를 느꼈다. 배우고 알게 된 것은 어떤 것이든 학급에 적용해봤다. 김성효 선생님 학급의 두레활동을 교실에 적용해서 아이들 주도로 학급을 운영하게 했다. 경찰서, 우체국, 체육부, 학습부, 방송국 등 역할을 맡은 두레가 주도적으로 활동을 계획하고 진행했다. 정유진 선생님의 행복교실에서는 학기 초 아이들에게 학급의 가치와 분위기 심어주는 걸 배워 적용했다. 덕분에 아이들을 만나는 첫날 아이들에게 어떤 가치를 심어줄 것인지, 우리가 바라는 학급은 어떤 모습이고 어떤 노력을 해야 할지 가이드라인이 생겼다. 김성현 선생님을 통해서는 독서토론 교육을 배워 수업에서 아이들이 말하고 생각하도록 적용했다. 이외에도 다양한 책을 통해 수업과 학급 운영에 대한 철학을 쌓았다. 지금도 교실 책장에 보면 그때 읽었던 책들이 꽂혀 있는데 가끔 열어보면서 적용할 것들을 찾는다.

퇴근 시간을 넘기면서까지 배우고 성장하려고 노력했던 이유는 나와 아이들 모두 행복하고 싶었기 때문이다. 학교에 와서 우리 교실에 들어오면 따뜻하고 즐겁고 행복했으면 좋겠다고 생각했다. 그러기 위해서는 그런 교실을 운영하고 계신 선생님들을 만나야 했다.

선생님들께 배우고 싶었고 책과 연수를 통해 그분들을 지속적으로 만났다. 그 만남을 시작으로 수업과 학급 분위기가 달라졌다. 아이들 앞에 서는 자신감이 생겼고 학교에서 보내는 시간이 즐거워지기 시작했다.

　　교사를 단순히 월급쟁이로만 생각했다면 아마 학교에 늦게까지 남지 않았을 것이다. 시간에 맞춰 퇴근해서 하고 싶은 일들을 하며 시간을 보냈을 것이다. 돈을 더 주는 것도 아닌데 늦게까지 남아서 나머지 공부하는 느낌으로 있고 싶지 않았을 것이다. 하지만 그렇게 하고 싶었기에 학교 지킴이라는 소리를 들으며 그렇게 했다. 학교에 남고 안 남고가 중요한 게 아니다. 정시에 퇴근하고도 자신의 철학을 갖고 아이들과 열심히 활동하시는 선생님들도 있다. 여러 가지 개인적인 일들 하시면서도 아이들을 훌륭하게 가르치시는 선생님들이 전국에 많으시다. 중요한 건 월급 받는 만큼 주어진 일만 하는 것에 만족할 것인가 아니면 아이들과 자신을 위해 성장할 것인가의 마음가짐이다. 단순히 아이들 수업하는 사람, 반에서 문제없이 지내게 하는 관리자 역할을 하는 월급쟁이가 될 것인지 아니면 아이들에게 꿈을 갖게 해주고 공부해야 하는 이유를 알게 해주며 학교가 행복한 곳이라는 걸 깨닫게 해주는 선생님이 될 것인지 진지하게 고민해야 한다.

최근 타지역에서 근무하고 계시는 선생님 부부를 만났다. 그 선생님 부부와 우리 부부는 지난 겨울 함께 중동에서 교육봉사를 하면서 가까워졌다. 2주 정도 시간을 보내면서 함께 먹고 자고 하다 보니 형동생 할 정도로 친해졌다. 오랜만에 만난 선생님 부부와 이야기를 나누다가 그 선생님이 최근 교육부 장관 표창을 받았다는 이야기를 들었다. 어떤 분야에서 표창을 받았는지 물어보니 '교육복지 부분'이라고 했다. 선생님이 최근 3년 정도 학교에서 교육복지 일을 맡아서 했고 교육청에서 교육복지 매뉴얼을 만드는 작업에도 참여해서 도움을 준 게 공적으로 인정되어 받게 되었다고 했다. 내 주변에서 교육부장관 표창을 받은 건 처음이라 이것저것 물어봤다.

"선생님. 이 사람 그때 몸이 아픈 아이 데리고 제주도 갔다 왔어요."

아내 선생님이 말해줬다. 그랬더니 선생님이 말을 덧붙였다.

"내가 교육복지 업무를 맡고 예산을 사용하다보니 원래 취지와는 다르게 쓰이는 돈이 많은 거야. 경제적으로 어렵고 힘든 아이들에게 물질적으로 지원해주는데 그것이 과연 아이들을 행복하게 해주는 것일까 고민하게 되었지. 그래서 아이들과 면담을 해봤어. 이야기를 나눠보니까 아이들이 부모님이랑 여행을 가 본 적이 별로 없는 거야. 아마 주말까지 일하시느라 바쁘니까 아이들이랑 어디 가 본 적이 없으신 거지. 비행기도 한 번 못 타본 아이들도 여럿 있었어. 그래서 '가족과 함께 하는 추억여행'을 추진하게 되었지."

교육복지 예산으로 사제동행 프로그램을 하거나 아이들이 필요한 물품을 사는 건 들어봤지만 가족과 함께 여행을 추진하는 건 처음 들어봤다.

"비용은 학교예산으로 하고 인솔은 내가 하기로 했지. 그런데 학교에서는 안전사고나 문제가 생길까 부담이 되니까 교육청의 허락을 받으라고 했어. 교육청도 이렇게 추진했던 일이 없으니까 주저하다가 결국 허락을 받게 되었지. 그래서 방학 때 신청한 세 가정을 인솔해서 2박 3일 제주도에 다녀왔지."

2박 3일 동안 학생 가족들과 함께 제주도에 다녀오다니 누구나 쉽게 할 수 있는 일은 아니라고 생각했다.

"형. 근데 몸이 아픈 아이 이야기는 뭐예요?"

"같이 갔던 아이 중에 루게릭병을 앓고 있는 아이가 있었어. 점점 근육이 굳어가는 병이라서 너무 안타까웠지. '이 아이를 행복하게 해주는 게 뭘까?' 고민하다가 이 아이에게 비행기 타보는 경험을 선물해주고 싶었어. 그래서 이 여행을 추진하려고 끝까지 노력했던 거 같아."

선생님의 이야기를 듣고 집으로 돌아오는 길에 교사의 역할이 단순히 가르치는 것 이상이라는 생각이 들었다. 교사는 아이들의 행복을 위해 때로는 자신을 희생할 수도 있어야 한다고 생각했다. '가족과의 추억 여행'을 다녀온 아이들은 학교와 선생님에 대해 어떻게 기억할까? 학교는 나에게 관심이 있고 나를 행복하게 해주는 곳, 선생님은 나를 행복하게 도와주는 사람이라고 기억하지 않을까?

　　우리는 인생의 중요한 선택의 기로에서 교사를 선택했다. 다른 직업을 가질 수도 있었지만 교사라는 직업을 선택한 것이다. 교사에게 안정적인 월급과 정년이 보장되는 환경도 중요하지만 교사의 행복은 아이들에게서 찾아야 한다. 아이들과 행복하지 않으면 행복을 학교가 아닌 다른 곳에서 찾게 된다. 깨어 있는 시간 중에 절반을 학교에서 보내는데 아이들과 행복하지 않으면 어디서 행복을 찾을 수 있을까? 우리는 단순히 월급을 받아 그만큼만 일하는 교사를 뛰어넘어 아이들과 행복한 교사가 되어야 한다. 교사는 아이들이 행복할 때 월급쟁이를 넘어 교사로서의 진정한 보람을 느낀다.

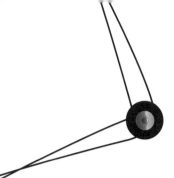

05 알파고 시대의 교사

　　지난 2016년 전 세계가 주목하는 대결이 펼쳐졌다. 이세돌 9단과 인공지능 알파고(AlphaGo)의 바둑 대결이었다. 당시 지상파와 인터넷 포털 사이트에서 전 경기를 생중계해주었다. 바둑을 잘 모르는 사람들도 관심을 가질 만큼 세기의 대결이었다. 알파고와 맞붙기 전 이세돌 9단의 승리를 예상하는 전문가들이 많았다. 바둑은 경우의 수가 많고 돌을 놓을 때마다 급변하는 분위기에서 경기를 읽는 눈이 필요하기 때문이다. 이세돌 9단이 지금까지 쌓아온 경험과 직관은 인공지능의 학습으로 따라갈 수 없다고 생각했다.

　　총 5일 동안 매일 한 경기씩 치러진 경기에서 이세돌 9단은 알파고에게 4:1로 패했다. 누구도 예상하지 못한 결과에 전 세계가 충격을 받았다. 압도적인 알파고의 경기력에 이세돌 9단은 자신이 원하는 바둑을 펼치지 못했다. 이세돌 9단은 경기 중 고개를 갸우뚱하는 모습을 보이며 전혀 이해할 수 없다는 표정을 자주 지었다. 알파고는 현존하는 세계 최고 바둑 기사의 생각을 뒤흔들 정도로 다양한 경우의 수를 생각하고 승리하는 쪽으로 수를 둔 것이다. 사람들은 알파고의 경기를 보면서 이세돌 9단이 한 경기를 이긴 것만으로도 대단한 것이라고 했다. 인공지능이 사람을 앞선다는 것은 이제 피할 수 없는 현실이 된 것이다.

　이세돌 9단과 알파고의 대결 이후 인공지능에 대한 관심이 높아졌다. 인공지능을 상용화한 다양한 제품들이 나왔고 인공지능이 대신하게 될 미래 사회를 예측하는 이야기도 들려왔다. 그중에서 인공지능으로 인해 없어질 직업에 대한 이야기가 있었다. 없어질 확률이 가장 높은 직업에는 약사, 변호사, 법조인 등 수많은 데이터를 통해 결정을 내려야 하는 직업이 있었다. 데이터를 저장하고 분석해서 결정을 내리는 일은 사람보다 인공지능이 훨씬 유리하기 때문이다. 이밖에도 운전기사, 우주 비행사 등 기계를 움직이는 일과 계산하고 정리하는 직종이 순위권에 있었다. 이렇게 인공지능이 미래 사회에 다양한 직업을 차지하게 되는데 이상하게 교사는 순위에 없었다. 교사는 왜 순위권에 있지 않을까? 교사가 지식 전달자라면 사람보다 많은 지식을 저장할 수 있는 인공지능이 유리할 것이다. 인공지능은 우리 아이들에게 더 많은 지식을 사람보다 체계적으로 가르칠 수 있다. 그럼에도 불구하고 교사가 인공지능이 대체할 직업에 속하지 않았다는 것은 인공지능이 할 수 없는 일을 교사가 하고 있다는 말이다. 교사는 인공지능과 어떻게 다를까? 인공지능은 할 수 없지만 교사는 할 수 있는 일이 무엇일까?

　알파고로 전 세계가 떠들썩했던 2016년 태현(가명)이를 만났다. 태현이는 5월 중순에 전학 왔는데 전학 온 날 할머니께서 남자 선생님으로 담임을 해달라고 부탁하셔서 우리 반으로 오게 되었다. 태현이는 키는 또래보다 큰 편이고 살집이 있으며 얼굴은 하얗고 안경을 쓴 학생이었다. 포근한 이미지를 풍겨서인지 성격도 착할 것 같았다. 물어보니 전에는 충북에 살았는데 평택에 할머니와 아버지와 이사를 오게 되었다고 했다. 그날 오후에 태현이 할머니에게 전화가 왔다. 부모님께서 태현이가 초등학교 입학 전에 이혼을 하셔서 태현이가 엄마에 대한 그리움과 상처가 있다고 하셨다. 그런 상처 때문에 여자 선생님들과 잘 맞지 않아 남자 선생님을 부탁하셨다고 했다. 남자 선생님을 좋아하고 잘 따를 것이라고 잘 부탁드린다고 말씀하신 뒤 전화를 끊으셨다.

　태현이는 생각보다 학급에 잘 적응했다. 낯을 가리지도 않고 자기 얘기를 잘해서 친구들이 금방 마음을 열었다. 운동을 좋아하지는 않지만 게임을 좋아해서 남학생들과 통하는 부분들이 많았다. 나와도 금방 친해졌는데 아침에 오면 꼭 앞으로 와서 자기 얘기를 했다. 아침 먹은 이야기, 어제 있었던 일 등 구구절절 이야기했다. 다만 여학생들과는 맞지 않는 부분들이 많았다. 짝꿍을 하는 여학생들마다 태현이랑 티격태격하는 부분들이 많았다.

태현이는 시간이 지날수록 본색을 드러냈다. 수업 시간에는 교과서를 펴지 않고 읽고 싶은 책을 폈다. '교과서 펴고 공부해야지' 라고 해도 들은 척도 하지 않았다. 전담 수업 시간에는 안 가겠다고 교실에 혼자 남아서 버텼다. 태현이랑 짝을 하는 여학생들은 힘들다고 바꿔달라고 말했다. 어떤 부분이 힘든지 들어보니 태현이가 자기 마음대로 한다고 했다. 모둠 활동을 하면 하기 싫다고 안 하거나 자기가 하고 싶은 부분만 했다. 짝이랑 활동을 시키면 규칙을 어기면서 이기려고 하거나 관심 없다는 듯 혼자서 하라고 하고 무임승차하기도 했다. 그런 태현이의 성격을 점점 알아가면서 남학생들도 하나둘 태현이를 멀리하기 시작했다. 남학생들과 주먹다짐하는 일도 잦아지고 태현이 때문에 힘들다는 말이 여기저기서 들려왔다. 친구들이 놀고 있으면 가서 방해하고 친구들이 껴주지 않으면 저학년들과 놀다가 거기서도 문제를 일으켰다. 그런 태현이를 타이르고 달래도 봤지만 별로 나아지지 않았다.

한번은 태현이가 우리 반 남학생을 때려서 어머님이 화가 나서 학교로 찾아오셨다. 흥분한 어머님을 진정시키고 태현이 아버님께 전화를 드렸더니 단숨에 학교로 오셨다. 태현이 아버님은 태현이에게 이렇게 말했다.

"아빠가 친구 때리지 말라고 했지? 친구 때리면 끝이라고 했어. 학교

안 보낼 거야."

"네. 잘못했어요. 다시는 안 그럴게요."

태현이는 겁먹은 표정으로 대답했다. 태현이 아버님은 어머님께 바로 사과를 하시고 태현이도 한 마리 양처럼 바로 친구에게 사과를 했다. 태현이와 아버님이 먼저 가시고 어머님은 자기가 너무 흥분해서 일을 크게 만들었다고 미안해하시며 돌아가셨다. 다음 날 태현이에게 물어보니 어제 집에 가서 많이 혼났다고 했다.

하지만 2학기가 되어도 달라지는 건 없었다. 태현이와 아이들과의 갈등은 여전했고 태현이의 자기중심적인 행동도 바뀌지 않았다. 수업 때도 태현이와 실랑이하고 싶지 않아 하고 싶은 대로 두고 수업에 참여하고 싶을 때만 참여하게 했다. 모둠 친구들에게는 태현이를 배제하고 활동하라고 했고 짝꿍은 최대한 모범적인 아이들로 붙여 아예 싸움의 여지를 만들지 않았다. 그렇게 태현이와 1년을 마무리했다.

태현이는 5학년에 올라가서도 선생님 속을 많이 썩였다. 태현이 담임 선생님께서는 첫날부터 급식실 가는 문제로 태현이와 실랑이를 벌였다. 이후에도 태현이가 담임 선생님과 실랑이 벌이는 모습을 몇 번이나 봤고 태현이가 힘들다는 이야기가 6학년까지 들려왔다. 가끔 태현이를 복도에서 만나면 반갑게 인사하며 관심을 표현하고 등을 두드려주며 잘하고 있다고 격려했지만 태현이가 바뀔 것이라는 기대는 할 수 없었다.

해가 지나고 작년에 이어 6학년을 지원했는데 태현이가 우리 반이 되었다. 2년 전 태현이에 대한 힘들었던 추억이 있어 걱정이 되었다. 새 학기 첫날 태현이는 앞으로 나오더니 밝게 인사하며 선생님 반이 되어서 좋다고 했다. 속으로는 태현이가 어떤 문제를 일으킬까 두려웠지만 이렇게 말했다.

"태현아. 선생님도 태현이가 우리 반이 되어서 좋아. 선생님은 태현이랑 즐겁게 한 해를 보내고 싶어. 태현이가 선생님 도와줘."

"네. 선생님. 노력해 볼게요."

태현이의 그 약속을 믿고 지켜보기로 했다. 태현이는 관심과 사랑이 필요한 아이라고 믿었고 잘할 때는 칭찬과 격려로, 예전의 모습이 나올 때는 타이르면서 가르쳤다. 나뿐만 아니라 모든 선생님들께 태현이의 상황을 알리고 양해를 구했다. 반 친구들도 태현이를 이해하고 도와주기 위해 노력했다. 태현이는 그런 관심으로 조금씩 변해 갔다. 수업 시간에 교과서도 안 피던 아이가 교과서를 펴고 교과서에 글씨를 썼다. 자기만 생각하던 아이가 친구들을 위해 준비물을 사 왔다. 한번은 음식 만들기를 했었는데 자기 모둠에 필요한 식빵을 혼자 다 사 와서 친구들을 나눠줬다. 친구들과 다툼도 줄어들고 자기가 잘못하면 인정하고 사과하는 아이로 바뀌었다.

어느 날 퇴근길에 국악 선생님을 만났다. 국악 선생님과 안부를 묻다가 국악 선생님이 태현이 얘기를 꺼내셨다. 태현이가 5학년 때 와는 전혀 달라졌다는 것이다. 작년에는 국악 시간에 소금도 안 챙겨오고 소금을 입에 가져가지도 않던 아이가 올해는 소금을 불려고 노력한다는 것이다. 저번에는 소금을 잘하고 싶은데 잘 안돼서 울기까지 했다고 하셨다. 이야기를 듣는데 아이가 얼마나 애쓰고 노력했을지 그 마음이 느껴져 울컥한 마음이 올라왔다. 그동안의 태현이를 향한 수고가 헛되지 않았음을 느끼는 순간이었다.

태현이는 여름이 깊어지는 어느 날 전학을 갔다. 우리 학교에서만 2년을 채우고 아버지의 새로운 일자리를 따라가게 된 것이다. 태현이의 변화된 모습을 더 못 보고 전학 가는 것이 아쉬웠다. 아버지 손을 잡고 전학 가는 날 태현이에게 말했다.

"태현아. 언제든지 힘들 때면 선생님한테 전화해. 선생님이 도와줄게. 그리고 태현이 소식 종종 알려줘. 가서도 건강하게 잘 지내야 돼."

"네. 선생님. 감사합니다. 꼭 연락드릴게요."

종종 태현이는 우리 반 밴드에 글을 올린다. 반딧불이 잡은 이야기, 과수원 가서 사과 딴 이야기, 전학 간 학교에서 현장체험학습 간 이야기 등 우리에게 소식을 알려준다. 그럴 때면 잘 지내고 있는 것 같아 안심이 된다.

철이 철을 날카롭게 하듯 사람만이 사람을 변화시킬 수 있다. 태현이에게 사람이 아닌 인공지능이 있었다면 이 아이는 어디에서 따뜻함을 느낄 수 있었을까? 아무리 뛰어난 인공지능도 아이의 마음을 만져줄 수는 없다. 아이들은 변할 수 있다는 철학을 가진 교사만이 마음을 만질 수 있다. 그런 교사가 모인 공동체는 아이들을 변화시켜 나간다. 알파고 시대 아이들은 철학을 가진 교사를 필요로 한다. 자신을 이해해주고 사랑해주고 끝까지 믿어 주는 철학을 가진 교사가 필요하다.

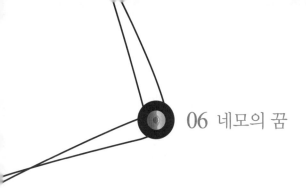

06 네모의 꿈

차가운 바람이 불어오던 2012년 3월 19일 나는 해병대에 입대했다. 입대를 고민할 시기에 어디를 가야 할지 막막했다. 원래 가고 싶었던 육군 운전병은 이미 지원이 마감된 상태였고 바로 갈 수 있는 부대는 최전방 부대였다. 교사라는 직업의 특성상 입대 시기와 제대 시기가 새 학기와 잘 맞아야 해서 3월에 갈 수 있는 부대를 찾다가 해병대를 알게 되었다. 해병대는 주변에 간 사람도 없었고 가고 싶은 마음도 없었는데 입대 시기가 3월이어서 지원을 했다. 지원을 하고서도 합격할 것이라는 기대를 안 했었는데 서류 심사를 통과하고 체력 테스트와 면접을 거쳐 합격하게 되었다. 나이도 많고 해병대에 대해 아는 것도 없는데 합격했다는 사실이 얼떨떨했다. 입대하기 전까지도 해병대에 입대한다는 사실이 믿기지 않았다.

해병대 훈련소에서 부모님께 인사하고 헤어지는데 그제서야 입대한다는 실감이 났다. 첫날 저녁 허기진 배를 느끼며 훈련소 식당으로 들어갔는데 오와 열이 맞춰진 식판에 동일한 양의 밥과 반찬이 담겨 있었다. 식판에는 난생처음 보는 숟가락 포크가 놓여 있었다. 지금도 생각나는 첫 메뉴는 김칫국에 어묵, 김치, 오징어채볶음이었다. 김칫국은 다 식어 있었고 먹을 만한 반찬이 별로 없었지만 이제부터는 먹고 싶어도 못 먹는다는 생각에 식판을 깨끗이 비웠다. 저녁을 먹고 나와 어두컴컴하고 찬바람이 부는 연병장에 집합했다. 연병장에서 당장 생활하는데 필요한 슬리퍼를 던져줬고 앞에 가는 동기들을 따라서 생활관으로 들어갔다. 생활관에는 갈아입을 전투복과 잘 때 덮을 모포와 침낭이 가지런히 놓여 있었다. 사회에서 입던 옷을 벗고 전투복으로 갈아입었고 동기들의 낯선 모습을 멀뚱멀뚱 쳐다보며 쥐 죽은 듯이 앉아 있었다. 첫날부터 교관들의 날카롭고 우렁찬 목소리는 마음을 긴장하게 만들었다. 작은 움직임 하나도 용납되지 않는 숨 막히는 시간이었다. 개인 짐 정리부터 규칙과 세면까지 12시를 넘어서야 잠자리에 들 수 있었다.

해병대 훈련소의 생활은 상상 이상으로 힘들었다. 총 7주간 진행되는 훈련에서 쉬는 날은 없었다. 심지어 일요일에도 오전에 종교활동을 다녀온 뒤 오후부터는 훈련이 있었다. 매 주차마다 훈련 내용이 달랐는데 먼저 훈련소를 거쳐 간 선배들이 훈련소 책상마다 어떤 훈련이 있는지 적어놔서 그걸 보고 훈련의 난이도나 어려움을 짐작할 수 있었다. 훈련 자체가 힘들기도 했지만 훈련하는 곳까지 무장을 메고 걸어갈 때가 더 힘들었다. 차로 가면 2~30분이면 가는 거리인데 걸어가니 2~3시간이 걸렸다. 일부러 산길로 가기도 하고 돌아가기도 해서 훈련하기 전 힘을 다 빼놓으려고 한 것이다. 훈련뿐 아니라 생활 하나하나 힘든 부분들이 많았다. 해병대는 점호가 힘들기로 유명하다. 교관들은 흰색 장갑을 끼고 침상 밑, 관물함 위, 창틀 등 구석구석 닦아본다. 거기서 먼지가 나오면 전원이 다시 청소를 했다. 점호를 한 번에 통과하는 날은 거의 없었고 몇 번에 걸쳐 청소를 하다 보면 3월인데도 땀이 비 오듯이 흘렀다. 밥을 먹는 것도 쉽지 않았다. 밥을 먹으려면 구령에 맞춰 식당까지 이동해야 됐고 이동 중에 동작이 맞지 않으면 체력단련을 받았다. 팔굽혀 펴기, 쪼그려 뛰기, 선착순 등 밥 먹기 전에 입에 단내가 나도록 움직여야 했다.

해병대 훈련소에서 가장 영광스러운 날은 빨간 명찰을 받는 날이다. 훈련병일 때는 명찰 색깔이 노란색인데 해병대의 상징인 빨간 명찰로 바뀌면 해병으로 인정받는 것이다. 훈련소에서의 7주는 빨간 명찰을 달기 위해 훈련받는 기간이다. 빨간 명찰을 받기 위해서는 다양한 훈련을 거쳐야 한다. 사격훈련, 이함훈련, 유격훈련, 각개전투, 천자봉 행군 등 굵직한 훈련들을 거쳐야 한다. 특히 마지막 2주는 극기 주라고 해서 야외에서 먹고 자는데 밥 양은 평소의 절반밖에 되지 않는다. 해병대 훈련에서 열외는 없다. 특별히 아픈 병사들은 의무대에 가서 진료를 받고 훈련 지원팀으로 빠져 조리와 설거

해병대 훈련소에서 _ 해병대 훈련소에서 가장 영광스러운 날은 빨간 명찰을 받는 날이다.

지를 담당한다. 한마디로 누구도 훈련에서 빠져 마음 편히 쉴 수 없는 것이다. 그렇게 모든 훈련병이 빨간 명찰을 달 수 있도록 교관들이 옆에서 최선을 다해 돕는다.

　해병대 훈련소의 목표는 최강의 해병을 양성하는 것이다. 그것이 훈련소가 존재하는 유일한 이유이고 목표다. 최강의 해병을 양성하기 위해서 동일한 훈련을 받게 한다. 개인의 체력이나 수준에 맞게 훈련의 난이도를 고려해 줄 수 없다. 모두가 같은 훈련을 받는 것이 강한 해병을 만드는데 효율적인 방법이기 때문이다. 각자에 맞게 훈련한다면 다양한 수준의 해병이 나오겠지만 그건 훈련소에서 원하는 것이 아니다. 결국 훈련소를 지내고 나면 비슷한 수준의 군인들이 생겨나고 이로써 훈련소는 그 역할을 다하게 되는 것이다.

초등학생들이 부르는 동요 중에 '네모의 꿈'이라는 노래가 있다. 가사에는 네모로 된 물건들이 나온다. 네모난 침대, 네모난 창문, 네모난 문, 네모난 버스, 네모난 교실, 네모난 달력 등 우리 주변에서 찾을 수 있는 네모난 것들이다. 네모난 세상 속에서 잘난 어른들은 아이들에게 둥글게 살아야 한다고 말한다. 아이들에게는 네모난 것들만 보여주고 둥글게 살아야 한다고 말하는 현실을 비판하는 내용이다. 네모난 것들로 가득한 사회에서 동그란 것들을 추구하지만 결국 네모난 것들을 찍어내고 있는 것이다. 다양성과 독창성을 추구하지만 결국은 획일화된 것을 만들어내는 학교가 그런 모습이다. 학교 교실도 아이러니하게 네모 모양이다.

네모난 것들을 만들어내고 있는 학교에서 철학을 갖고 있는 교사는 중요하다. 학교는 네모난 것을 만들기 위해 세워졌다. 현재 학교의 모습은 근대 산업혁명 시기 학교의 모습과 유사하다. 당시에는 공장에서 물건을 만드는데 필요한 인재를 키워내야 했다. 공장에서는 반복된 일을 해야 하기 때문에 생각을 하는 사람보다는 일을 잘하는 사람이 필요했다. 말을 잘 알아듣고 성실한 사람이 창의적인 사람보다 좋은 인재였다. 사회의 이러한 요구로 학교는 최소한의 지식을 아이들에게 가르치고 사회로 내보냈다. 학교에서 가르치는 덕목은 성실과 순종, 인내였다. 학교를 효율적으로 운영하기 위해 교실을 직사각형 모양으로 만들어 공간을 최대한 활용하였고 교사 한 명당 5~60명의 학생들을 맡게 했다. 교사들도 학교의 이런 방향에 발맞춰 아이들의 개성을 존중하고 발휘하게 하기보다는 모두가 일정 수준 이상이 될 수 있도록 가르치고 기대했다. 전체적으로 아이들의 성취도가 높으면 잘 가르치는 교사, 아이들의 성취도가 낮으면 못 가르치는 교사로 평가받았다. 교사 자신의 교육철학은 무시되고 학교의 목적에 맹목적으로 따르는 교사만 남게 되었다.

심각한 것은 근대 학교의 모습이 지금 현실에도 나타나고 있다는 것이다. 학교와 교실의 구조만 봐도 예전과 달라진 부분이 거의 없다. 여전히 선생님 한 명을 아이들 수십 명이 바라보고 있고 교사는 주어진 교육과정을 성실히 가르치고 있다. 아직도 학습 수준을 획일적으로 평가하는 시험에서 자유롭지 못하고 성적이 아이들의 진학을 결정하고 있다. 이러한 문제들을 해결하기 위해 철학이 있는 교사들과 행정가들이 학교 구조와 교육의 구조 자체를 바꾸려고 하고 있지만 쉽지 않다.

학교는 사회에서 필요로 하는 인재를 양성하고 가르치는 곳이다. 문제는 사회는 급속도로 발전하고 바뀌고 있는데 학교가 그 변화를 따라가고 있지 못하다는 것이다. 우리 사회는 과거 산업화와 정보화를 거쳐 4차 산업혁명 시대로 가고 있다. 4차 산업혁명 시대는 인공지능, 사물 인터넷, 빅데이터, 모바일 등 첨단 정보통신기술이 경제, 사회 전반에 융합되어 혁신적인 변화가 나타나는 차세대 산업혁명이다. 이런 시대에는 정보와 기술의 연결, 기술과 기술의 연결이 중요하다. 연결의 핵심은 창의성과 소통이다. 지금껏 세상에 존재하지 않았던 것을 생각하고 만들어내는 것은 창의적인 사고를 바탕으로 한다. 창의적인 사고는 기본적으로 지식을 바탕으로 해야 하며 주변 사물과 사회에 대한 관심이 있어야 한다. 이에 덧붙여 개인의 노력에는 한계가 있음을 알고 소통하며 협업하는 문화가 만들어져야 한다. 사회에 대한 통찰을 갖고 아이들을 어떻게 가르칠지 생각하는 것이 철학이다. 빠르게 변하는 사회 속에 교사가 철학을 갖고 무엇을 어떻게 가르칠 것인지 정해져 있지 않으면 과거 근대 학교 교육의 모습을 답습하게 되는 것이다.

해병대와 학교는 다르다. 해병대는 언제나 동일한 수준의 군인을 만들어내야 한다. 학교는 동일한 수준의 아이들이 아니라 아이들의 개성을 바탕으로 변화하는 사회에서 기여하는 아이들을 기르는 곳이다. 아이들과 직접적으로 만나는 교사에게 철학이 없다면 아이들은 군인처럼 동일하게 자라게 될 것을 요구받을 것이다.

그리스 로마 신화에 프로크루스테스의 침대 이야기가 나온다. 프로크루스테스는 힘이 엄청나게 센 거인이자 강도이다. 그는 길을 지나가는 사람들을 집으로 잡아와 물건을 빼앗고 잔인하게 죽였다. 데려온 사람을 침대에 눕히고 침대보다 길면 다리를 잘라내서 죽이고 침대보다 짧으면 몸을 늘여서 죽였다고 한다.

학교에서 똑같은 물건을 만들 듯이 아이들을 가르치는 건 아이들을 죽이는 것이다. 철학이 없는 교사는 우리가 학교 다닐 때 배운 대로 획일적으로 아이들을 가르치게 될 가능성이 높다. 교사는 반드시 철학을 가져야 한다. 학교는 훈련소가 아니라 아이들이 다양하게 꿈을 꿀 수 있는 곳이 되어야 한다. 철학을 가진 교사만이 학교와 교실을 바꿀 수 있다.

PART
02
교사에게 필요한
철학이란

01 아이들은 '나'로 인해 변화한다

　　오디션 프로그램이 한창일 때 '보이스코리아'라는 프로그램이 있었다. 다른 오디션 프로그램에서는 노래뿐 아니라 춤이나 외모, 스타성을 보고 평가하는데 이 프로그램에서는 오직 노래 실력만으로 평가했다. 심사위원들은 무대를 뒤돌아서 보다가 실력이 마음에 들면 통과를 누르고 무대를 정면으로 보게 된다. 심사위원들이 오직 노래로만 평가하기 때문에 숨은 실력자들이 다수 배출되었다. 그중에 시즌 1에서 우승한 손승연이라는 가수가 있다. 당시 20살의 나이임에도 불구하고 엄청난 가창력으로 쟁쟁한 경쟁자들을 이기고 우승을 차지했다. 우승까지 오면서 기억에 남는 다양한 무대들이 있었지만 결승에서 부른 '물들어'라는 곡은 지금까지도 경연 최고의 무대로 기억되고 있다.

　　'물들어'라는 곡은 사랑하는 연인에게 익숙해져 버린 사람의 고백을 담은 노래이다. 사랑하는 연인들은 가까이 지내는 시간이 점점 늘면서 서로를 알아가고 닮아간다. 그 사람의 손길, 그 사람이 좋아하는 것, 그 사람의 습관, 냄새 등 사랑하는 사람의 모든 것이 익숙해진다. 마치 종이가 물을 머금듯 서서히 물들어 가는 것이다. 물들어 가는 것은 강요로 되지 않는다. 자연스럽게 가까이 있다 보면 물들게 되는 것이다.

어렸을 적 할머니 집에 가면 봉숭아물을 들인 적이 있다. 할머니께서 봉숭아를 따서 백반과 함께 빻아 손톱 위에 올리고 비닐을 감싸고 고무줄로 묶어 준다. 밤새 비닐을 벗기고 싶은 마음을 꾹 참고 나면 아침에 빨갛게 물든 손톱을 볼 수 있다. 그렇게 물든 손톱은 쉽게 물이 빠지지 않는다. 매니큐어는 아세톤으로 지울 수 있지만 봉숭아물은 지울 수 없다. 오히려 시간이 지날수록 색이 조금씩 변하면서 더 예쁘게 물든다.

새 학기가 되면 교실은 긴장 상태에 놓인다. 아이들은 선생님이 어떤 분일까 경계하며 눈치를 본다. 선생님도 아이들이 어떤 아이들인지 파악하기 전까지 긴장의 끈을 놓지 않는다. 소개팅에 나와 서로를 탐색하는 남녀처럼 서로 조심하며 본색을 드러내지 않는다. 긴장된 분위기를 깨고 서로를 알기 위한 활동을 한다. 주로 선생님이 먼저 자기를 아이들에게 소개한다. 사진을 보면서 소개하는 선생님, 마술을 보여주는 선생님, 옛날이야기를 들려주는 선생님 등 자기만의 스타일대로 자기를 소개한다. 선생님이 어떻게 지내왔는지, 선생님이 좋아하고 싫어하는 것은 무엇인지, 올 한해 어떤 걸 바라는지 여러 정보들을 쏟아 놓는다. 아이들은 이야기를 들으며 선생님의 분위기를 파악하고 조금씩 마음을 열어간다. 선생님의 소개가 끝나면 아이들의 소개가 시작된다. 선생님이 나눠준 학습지에 자기를 소개하는 경우도 있고, 친구들 앞에서 발표를 하는 경우도 있고, 간단하게 이름 정도만 이야기하는 경우도 있다. 각자 소개를 했지만 분위기는 여전히 냉랭하고 긴장된다.

첫날의 분위기는 3월 한 달 정도 이어진다. 서로가 아직 어색하기 때문이다. 새 학년이 되어 선생님께 잘 보이고 싶은 마음에 아이들이 노력하는 모습이 느껴진다. 선생님들도 수업 하나하나에 더 열심을 쏟는다. 아이의 행동 하나 말 한마디에 관심을 기울인다. 서로에게 좋은 모습을 보여주고 좋은 이미지를 쌓고 싶기 때문이다. 그때는 각자의 욕구와 생각도 잠시 내려놓는다. 서로가 원하는 것을 웬만하면 들어주려고 노력한다. 가면을 벗지 않은 포장된 시기에는 물들어 가지 않는다.

평온했던 한 달이 지나면서 조금씩 본색이 드러난다. 선생님도 아이들도 서로가 편해졌기 때문이다. 교실에 생기가 돌고 시끄러워지기 시작한다. 아이들이 장난치고 소리 지르고 웃는 소리가 교실에서 들려온다. 선생님의 잔소리도 시작된다. 선생님이 원하는 방향과 아이들이 다른 모습을 보일 때 선생님의 바람이 잔소리로 나온다. 수업 분위기도 유연해진다. 떠드는 아이도 생기고 농담하는 아이도 생기고 적극적으로 이야기하는 아이도 생긴다. 선생님도 그런 분위기가 익숙해져 당황하지 않고 아이들을 하나로 모아 이끌어 나간다.

익숙하고 편해진 교실이 되면 아이들은 선생님을 닮아간다. 아이들은 선생님과 보낸 시간을 통해 선생님이 어떤 걸 좋아하고 싫어하는지 알게 된다. 선생님을 좋아하는 아이들은 선생님이 좋아하는 행동을 조금씩 하기 시작한다. 아이들의 마음속에 인정받고 싶은 욕구가 있기 때문이다. 아이들은 선생님이 좋아하는 모습뿐 만 아니라 선생님의 모습 자체도 닮아 간다. 선생님의 말투나 행동, 습관들을 닮아간다. 더 나아가 어떤 아이는 선생님의 가치관도 닮는다. 평소 선생님이 보여줬던 말과 행동 그 이면에 있는 가치관을 깨닫고 마음속으로 닮아 가는 것이다. 아이들이 어떤 행동에 대해 좋고 나쁘다는 기준을 갖고 있는 건 선생님이나 부모님으로부터 영향을 받은 경우가 많다. 하루 중 많은 시간을 보내는 학교에서 자신에게 보이는 몇 안 되는 어른 중 한 명이 선생님이다. 선생님의 일거수일투족은 아이들에게 본보기가 되는 것이다.

가끔씩 아이들을 대할 때 어릴 때 경험했던 선생님들의 모습이 나타난다. 특히 아이들을 다그치거나 혼낼 때 어렸을 때 혼났던 경험이 떠오른다. 친구들과 복도에서 장난치다가 선생님께 걸려서 혼나고 손들고 벌섰던 경험, 점심시간 마치는 종소리를 듣지 못해 교실에 늦게 들어왔다가 혼났던 경험, 여학생과 서로 놀리다가 선생님께 혼났던 경험 등 그때 혼내시던 선생님의 말투나 표정이 생각난다. 놀라운 건 똑같은 말투와 표정으로 아이를 혼내고 있는 자신을 발견했을 때이다. 선생님이 하셨던 수업은 하나도 기억이 나지 않는데 혼났던 기억들은 아직도 생생한 걸 보면서 내가 만나는 아이들 마음 속에 어떤 이미지로 남을지 생각하게 되었다.

아이들의 기억 속에 선생님은 이미지와 느낌으로 남는다. 선생님이 해주신 구체적인 행동보다 분위기가 먼저 떠오른다. 초등학교 3학년 때 매를 들고 다니면서 자신의 코를 비비셨던 선생님은 장난기 많은 선생님으로 기억된다. 6학년 때 담임 선생님은 교무부장이셨는데 수업 시간에도 자주 자리를 비우셔서 바빴던 선생님으로 기억된다. 중학교 3학년 때 선생님은 말을 할 때 욕을 섞어가면서 재미있게 말씀하셨던 기억이 나고, 고등학교 1학년 때 선생님은 편지도 써주시고 장난도 걸어주시며 눈높이에 맞춰주셨던 기억이 난다. 어린 시절 경험했던 선생님들의 이미지가 십 년 이상 지난 지금까지도 남아있는 걸 보면 그 기억이 강하다는 걸 알 수 있다.

다시 우리 반으로 돌아와서 현재 우리 반은 오래된 연인처럼 편한 사이다. 가끔씩 변하는 내 모습에 움찔하는 아이들도 있지만 대부분 나를 잘 알고 이해하고 있다. 아이들은 내 눈빛만 봐도 내가 무슨 말을 할지 알고 있다. 내가 줄을 서라고 할지 손을 씻으러 가라고 할지 알림장을 꺼내라고 할지 알고 있다. 지금 나의 기분이 좋은지 안 좋은지 컨디션이 어떤지 알고 있다. 말을 길게 하지 않아도 되는 때가 온 것이다. 아이들은 내가 원하는 것을 내면화해서 행동하기 시작한다. 더 이상 설명하지 않아도 왜 해야 하는지 알고 있기 때문이다. 이런 걸 보고 우리는 손발이 맞는다고 이야기한다.

아이들과 드림보드를 만든 적이 있다. 드림보드란 자기의 꿈과 롤 모델, 버킷리스트, 좌우명이 담겨 있는 꿈 칠판이다. 자기가 되고 싶은 꿈을 정하고 되고 싶은 이유를 적고, 책이나 인터넷에서 자기가 닮고 싶은 롤 모델을 찾아 사진을 뽑아 붙였다. 꿈을 이루는 응원의 말이 되는 좌우명도 찾아 적고, 하고 싶은 일, 갖고 싶은 것 등 버킷리스트도 적었다. 아이들이 정성껏 만들어 놓은 드림보드를 하나씩 보는데 아이들이 적은 내용이 우리가 했던 말들이어서 놀랐다. '남을 위해 봉사하는 삶', '실패란 없다. 새로운 배움의 기회만 있을 뿐이다.', '세상에 도움이 필요한 사람들을 위해 살자.' 등 평소에 아이들에게 했던 말들이 드림보드에 쓰여 있었다. 드림보드 여백에는 우리 반에서 강조하는 좋은 열매를 맺는 나무가 그려져 있었다. 나무가 자라 깊이 뿌리를 내려 좋은 열매를 맺는다는 우리 반의 철학이 담겨 있었던 것이다. 아이들의 작품 속에 그동안 했던 말들과 철학이 담겨 있는 것을 보고 지금까지 했던 수고가 헛되지 않았음을 깨닫게 되었다. 아이들은 시간이 지나며 교사의 말과 행동, 철학에 물들어 가는 것이다.

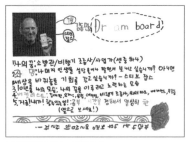

아이들이 만든 드림보드

어렸을 때 집에서 콩나물을 키운 적이 있다. 당시 콩나물을 키우는 장치가 신기해서 학교 끝나고 집에 오면 장치 앞에서 신기한 듯 구경했다. 3단 시루에 층층마다 콩이 놓여 있다. 시루는 벌집처럼 촘촘한 구멍이 있어 물은 빠지지만 콩은 떨어지지 않는다. 제일 위층에 물을 채우는데 어느 정도 물이 채워지면 자동으로 물이 밑으로 떨어진다. 콩은 흐르는 물을 잠시 맞고 물은 제일 밑에 칸으로 흘러 간다. 3분에 한 번씩 물이 이렇게 떨어지는데 신기하게도 콩에서 싹 이 나고 콩나물이 자란다. 우리가 말을 한 귀로 듣고 한 귀로 흘리는 것처럼 콩도 물을 흘려보냈는데 그 물 때문에 콩나물이 자란 것이 다. 우리 아이들도 마찬가지다. 아이들에게 선생님이 보이는 말과 행동이 흘러내려가는 물과 같다. 효과가 없어 보이고 자라는 것 같 지 않아 보인다. 하지만 시간이 지나고 나면 어느새 변해 있는 아이 들을 보게 된다. 콩나물이 자란 것처럼 성장해 있는 아이들 말이다.

'근묵자흑' 이라는 말이 있다. 검은 먹을 가까이하면 검어진다는 한자 성어이다. 아이들은 선생님과 가까이 있는 동안 선생님 물이 든다. 그 물은 아이들의 말과 행동, 생각을 변화시킨다. 아이들이 교 사 자신을 통해서 변한다는 사실을 꼭 기억해야 한다. 부담스럽겠지 만 그것이 교사의 숙명이다.

02 나는 왜 교사가 되었는가

가수 신용재의 노래 중에 '가수가 된 이유'라는 곡이 있다. 군대에 있을 때 알게 된 곡인데 처음 듣고 너무 좋아 자주 들었다. 그 곡의 가사를 들어보면 가수가 된 이유는 헤어진 여자친구 때문이다. TV에 나와서 노래를 부르면 떠나간 여자친구가 자기를 기억하고 돌아올 거라는 기대 때문에 가수가 된 것이다. 신용재의 진짜 이야기인지는 모르겠지만 노래에서 여자를 그리워하는 마음이 간절하게 느껴진다. 정말 우리나라 사람들 대부분이 신용재를 알게 됐으니 유명한 가수가 되어 여자 친구를 찾겠다는 신용재의 바람이 절반 정도 이뤄진 것이다.

우리는 왜 교사가 되었는가? 세상에 수많은 직업이 있고 다양한 길이 있었는데 왜 교사의 길을 선택하였는가? 가끔 고등학교 때 친구들을 만나보면 각자 다양한 일들을 하고 있다. 보험회사 다니는 친구, 의류회사 다니는 친구, 출판사에 다니는 친구, 사업하는 친구 등 고등학교 때는 전혀 상상하지 못했던 일을 하고 있다. 원래부터 꿈을 정하고 직장을 잡은 친구들도 있지만 일을 구하다 보니 지금의 일을 하고 있다는 게 대부분이다. 그런 친구들은 교사 친구가 신기한 지 가끔 이렇게 물어본다.

"요즘 아이들 힘들지 않아? 초등학생들도 담배 피우고 그런다는데?"

"아이들 대들고 버릇없다고 하던데? 교사하기 힘들겠다."

어디든 안 힘든 곳이 있겠냐마는 친구들에게 교사는 힘든 직업으로 느껴진다. 아마 그 친구들에게 교사 한번 해보라고 하면 손사래를 치며 사양할 것이다. 이렇게 다들 교사를 좋은 직업이라고 생각하지만 막상 하려고 하지 않는 세상 속에서 우리는 교사가 되었다. 왜 우리는 교사를 꿈꾸고 교사가 되었는가? 우리가 어렸을 때부터 교사를 꿈꾼 이유는 무엇인가?

신용재처럼 그가 가수가 된 이유가 있듯이 우리도 교사가 된 이유가 있다. 나는 어렸을 적 선생님의 사랑을 많이 받는 학생이었다. 부모님께서 맞벌이를 하셔서 할머니 손에 자라다가 청주에 있는 이모 집에서 자랐다. 거기서 교회에서 운영하는 어린이집에 처음 다녔는데 선생님들께서 사랑을 듬뿍 주셨다. 어디를 가나 선생님들께서 안아주시고 귀여워해 주시며 맛있는 초콜릿과 사탕을 주셨다. 하도 단것을 많이 먹어 어렸을 때부터 때우고 씌운 이들이 많았다. 초등학교에 입학하고 나서도 선생님들이 잘 대해주셨다. 선생님들이 써주신 생활 통지표에 보면 성실하고 다른 사람에게 모범이 되며 활발하고 책임감이 강하다고 한결같이 칭찬만 있었다. 선생님께서 나를 미워한다고 생각해 본 적이 없었고 선생님과의 관계가 늘 좋았다. 중고등학생 때도 선생님들과의 관계가 좋아서 개인적으로 맛있는 것도 사주시고 좋은 얘기도 많이 해주셨다. 이렇게 선생님들과의 관계가 좋으니 선생님이라는 직업도 좋아 보였다. 내가 만났던 선생님들처럼 좋은 선생님이 되어야지 생각했다.

선생님이신 부모님의 영향도 있었다. 부모님을 보면 안정적인 모습이 느껴졌다. 모두가 힘들다고 얘기했던 IMF 때 우리 가족은 감사하게도 큰 어려움 없이 지나갔다. 부모님께서 돈 문제로 싸우시거나 걱정하시는 걸 보지 못했고 필요한 물건은 잘 사주시는 편이었다. 방학 때는 부모님께서 함께 집에 계시면서 밥도 해주시고 함께 여행도 가고 하니 심적으로 안정되었다. 부유하지도 가난하지도 않은 부모님의 모습을 보면서 교사가 되면 안정적인 생활을 할 수 있겠다고 생각했다.

초등학교 6학년 때 미국에 갔다. 미국 뉴욕에 이모가 살고 계셔서 여름에는 가족들과 함께 갔었는데 겨울에 갑자기 혼자 다녀오라고 하셨다. 당시 부모님께서 어떤 마음이셨는지 잘 모르지만 아마 미국에 가서 넓은 세상을 보고 오라는 뜻 같았다. 초등학교 6학년이 혼자서 비행기를 타고 13시간을 날아 미국에 간다는 건 두려운 일이었다. 인천공항에서 비행기 타는 건 하겠는데 미국에 도착해서 이모 가족을 만나지 못하면 어떡하지 하는 걱정이 컸다. 미국으로 가는 비행기에서 긴장이 되어 한숨도 못 잤다. 혹시 자다가 비행기에서 내리지 못하면 어떡하나 짐을 잃어버리면 어떡하나 걱정이 되었던 것이다. 깨어있는 시간 동안 할 일이 없어 앞에 있는 화면만 봤다. 당시에는 좌석마다 화면이 있지 않고 중간중간 큰 화면만 있어서 보고 싶은 채널을 선택할 수 없었다. 화면에서는 뉴스와 영화가 주로 나왔다. 재미는 없지만 할 게 없어서 이어폰을 끼고 뉴스를 봤다. 그날 뉴스에서 한 가지 일로 몇 번이나 기사가 나왔는데 자세히 들어보니 교육부 장관에 대한 이야기였다. 교육부 장관이 임명된 지 2주도 안되어서 사퇴를 한 것이다. 무슨 이유인지는 모르지만 교육부 장관에게 문제가 있어 2주 만에 사퇴한 것은 초등학생에게도 의아한 일이었다. '교육이 중요하다고 백년대계라는 말도 들어봤는데 장관이 흠이 있이 2주 만에 바뀌다니 무책임하다.' 이런 생각을 갖고 비행기 안에서 책임감 있는 선생님이 되어야겠다고 생각했다. 지금 돌아보면 한낱 초등학생의 호기로운 생각이지만 그때부터 교사의 꿈을 갖게 되었다.

시간이 흘러 대학 진학을 결정할 때 교사가 된다는 건 무엇일지 고민했다. 단순히 지금까지 바라왔던 안정적인 생활을 뛰어넘어 교사가 되어야 하는 이유를 생각했다. 교사가 된다면 어떤 교사가 되고 싶은지, 교사가 되어 무엇을 하고 싶은지 고민했다. 생각해보니 교사는 여러 직업들 중에서 가장 가치 있다고 느끼는 직업이었다. 교사는 세상을 이끌어 갈 다음 세대를 키우는 직업이다. 교사가 잘 가르치지 않으면 미래는 희망을 잃어버리게 된다. 반대로 잘 가르치면 미래에 희망이 생긴다. 다음 세대 아이들을 만나 그 아이들을 바르게 변화시킬 수 있는 일이 교사라고 생각하니 해볼 만한 가치가 있다고 생각했다. 이렇게 가치 있는 삶이 교사라고 생각하니 교사를 꼭 해야겠다는 생각이 들었다.

교대에 입학해서 가장 기다렸던 시간은 교생실습 기간이었다. 아직 대학생이고 배울 게 많은데 학교에 나간다는 게 부끄럽기도 했지만 앞으로 근무하게 될 학교를 경험한다는 게 기대가 되었다. 걱정 반 기대 반으로 나갔던 교생실습은 교사가 되고 싶은 마음을 더 크게 해주었다. 교사가 되는데 중요한 요소 중 하나가 아이들을 좋아해야 하는데 교생실습은 아이들이 좋아지는 시간이었기 때문이다. 교생실습을 나가면 아이돌 못지않은 인기를 누리게 된다. 외모나 실력을 떠나서 아이들은 교생 선생님이 우리 반에 왔다는 사실만으로도 들뜨고 기뻐한다. 담임 선생님과 지내던 평범한 일상 속에 일탈의 시간이 생기는 것이다. 아이들은 교생 선생님을 향해 애정을 표현하며 관심을 바란다. 담임 선생님이 미처 관심 가져주지 못한 아이들은 특별히 교생 선생님께 달라붙는다. 교생 선생님은 아이들이 주는 작은 편지, 좋아한다는 말, 멋지고 예쁘다는 말에 눈에 콩깍지가 낀다. 아이들이 사랑스럽고 얼른 현장에 나와 이런 아이들을 만나고 싶은 마음이 생긴다. 교생실습을 다녀와서는 자기가 받았던 인기와 사랑을 동기들과 나누며 아이들이 더 좋아졌다고 이야기한다. 교사가 되고 싶은 이유가 또 하나 생긴 것이다.

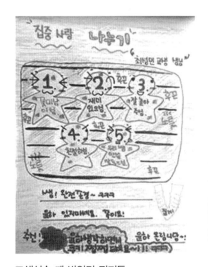 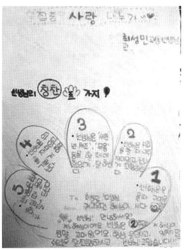

교생실습 때 받았던 편지들

지금까지의 삶을 돌아보니 교사가 되고 싶은 이유가 한두 가지가 아니었다. 어렸을 적 선생님께 사랑을 받아 사랑을 주는 선생님이 되고 싶어서 교사가 되었다. 안정적으로 월급을 받고 방학이 있는 삶이 좋아 보여 교사가 되었다. 나라의 미래를 바꿀 수 있는 가치 있는 일이라고 생각해서 교사가 되었고, 아이들이 사랑스럽고 좋아서 교사가 되었다. 삶에서 만나고 느꼈던 것들이 교사가 되고 싶은 이유들이었고 그게 동기가 되어 교사가 되었다.

　교사가 된 지금도 항상 어떤 교사가 되어야 할지 생각하게 된다. 마치 즐겁게 놀기 위해서 놀이동산에 갔는데 안에서 어떻게 놀 것인지 생각하는 것과 같다. 즐겁게 놀기 위해서 어떤 놀이기구를 타면 좋을지, 어떤 장소를 구경하면 좋을지, 무얼 먹으면 좋을지 생각하는 것이다. 놀이동산 안에서 계획 없이 그냥 노는 것도 물론 재미있지만 롤러코스터를 타고 싶은데 회전목마를 타면 그리 즐겁지만은 않을 것이다. 마찬가지로 사랑을 주는 일을 위해, 안정적이기 위해, 가치 있는 일을 하기 위해 어떤 교사가 되고 무엇을 해야 하는지 고민해야 하는 것이다.
　'왜'라는 질문이 우리를 생각하게 만든다. 왜 살아야 하는지, 왜 하고 싶은지, 왜 교사가 되었는지 등 '왜'라는 말이 들어가면 과거부터 현재까지의 자신을 돌아보고 미래를 생각하게 된다. 우리는 자주 자신에게 '왜 교사가 되었는가?'를 질문해야 한다. 이 질문에 대한 답변이 명확해야 교사로서 나아갈 방향이 명확해지기 때문이다. 받은 사랑만큼 아이들을 사랑하고 싶은 교사는 아이들을 사랑하는 방법을 배운다. 안정적인 것을 추구하기 위한 교사는 월급과 시간의 안정성을 뛰어넘어 교실 내에서 안정을 지키는 방법을 배운다. 가치 있는 일을 하고 싶은 교사는 아이들의 삶을 바꾸는 것은 무엇인지 고민하고 배운다. 이처럼 교사의 삶은 지향점을 향해 나아간다.

교사가 된 이유를 알아야 다음 삶이 보인다. 교사가 된 이유는 우리로 하여금 삶을 살게 하는 원동력이다. 힘들고 좌절할 때면 교사가 된 이유를 생각해보라. 그 이유가 지금의 나를 만들고 이끌어 가고 있음을 깨닫게 될 것이다.

03 교사의 꿈은 무엇인가

어렸을 적 내 꿈은 축구선수가 되는 것이었다. 공을 뻥뻥 차면서 뛰어다니는 게 자유롭고 재미있었기 때문이다. 또래 친구들보다 달리기도 빠르고 운동신경이 좋았기 때문에 축구를 하면 잘한다는 소리를 들었고 1등이 된 기분이었다. 친구들도 축구 잘하는 나를 인정해주고 좋아해 주니 축구하는 시간이 가장 행복한 시간이었다.

초등학교에 입학하고 조금씩 나 자신을 객관적으로 보게 되었다. 6학년 때 학교 대표를 뽑아 평택시 축구 대회에 나갔는데 함께 연습하면서 잘하는 친구들이 많다는 것을 느꼈다. 이렇게 작은 초등학교에서도 나보다 잘하는 친구가 있는데 전국에서 모이면 얼마나 많을까 생각이 됐다. 초등학교 시절 내내 축구선수를 꿈꾸며 아침 시간이나 오후 시간에 늘 축구를 했었는데 자신감이 떨어지다 보니 축구 선수를 하고 싶지 않았다. 운동선수라는 직업 특성상 특출나지 않으면 성공하기 어렵기 때문에 축구는 취미로만 즐겨야겠다고 생각했다.

그런 면에서 교사는 참 좋은 직업이다. 다른 직업처럼 능력에 따라 연봉이나 대우가 달라지는 폭이 작기 때문이다. 공립학교 교사들은 연공서열로 임금을 받기 때문에 실적에 대한 부담이 적다. 교육이라는 이름에 성과라는 걸 적용하는 것 자체가 모순이지만 어찌 됐든 교사는 능력이나 실적에 대한 평가에서 자유로운 편이라고 할 수 있다.

교사가 되고 나서 선배님들의 조언을 많이 들었다. 공적인 회의에서부터 사적인 회식 자리까지 후배를 아끼는 마음으로 해주신 조언들은 경험에서 나온 소중한 이야기였다. 업무를 처리하는 방법, 아이들을 다루는 방법, 수업을 준비하는 방법, 선생님들과의 관계, 학부모와의 관계까지 다양한 조언들을 해주셔서 교직 생활에 적응하는데 큰 도움이 되었다.

그런데 한 가지 빠지지 않고 꾸준히 해주시는 조언이 있었다. 바로 승진에 대한 조언이었다. 초임 학교는 시내에 있는 큰 학교였다. 이 학교에는 신규 교사부터 은퇴를 앞두신 선생님들까지 다양한 연령층의 교사들이 있었다. 교사 문화를 접해보면 알겠지만 대도시나 중소도시의 큰 학교는 업무를 여러 사람이 나눠서 해서 부담이 적고 주거지와 가까워 선생님들이 선호한다. 반대로 농어촌 지역이나 시

외곽에 있는 작은 학교들은 업무 부담도 많고 주거지와 멀어 선생님들이 선호하지 않는다. 대도시나 중소도시 학교에 선생님들이 몰리는 것을 막기 위해 농어촌 지역에 있는 학교에서 근무를 하면 승진 가산점을 준다. 승진을 하기 위해 필요한 조건들이 다양하겠지만 선배 선생님들께서는 젊은 선생님들에게 농어촌 지역에 있는 작은 학교로 가서 가산점을 준비하라고 조언해주셨다. 특히 남자 선생님들끼리 모이는 자리에서는 승진에 대한 고민과 이야기들이 더 활발하게 이뤄졌다. 모이면 듣는 이야기가 승진에 대한 조언이기에 내 또래 선생님들은 대부분 동일한 생각을 갖고 있었다. 승진을 준비하기 위해 앞으로 어떤 계획을 갖고 있는지 이야기하고 정보가 있으면 서로 알려주었다.

승진에 대한 이야기를 자주 듣게 되면서 승진이 곧 교사로서의 목표가 되었다. 특히 남자 교사는 승진을 해야 한다는 생각이 머릿속에 박혀있다. 승진을 하기 위해 지금 해야 할 일은 무엇인지 다음 학교는 어디로 가야 하는지 고민하게 되었다. 학교에서 일을 할 때도 승진에 도움이 되는 일을 하려고 했다. 당시 학교에서 승진 점수를 받을 수 있는 일 중에 내가 할 수 있는 일은 청소년 단체였다. 가끔씩 주말에도 나가고 평일에도 활동을 해야 해서 하고 싶은 마음은 없었지만 아이들을 위한 일을 하면서 점수를 딴다는 마음으로 했다.

시간이 흘러 학교를 옮길 시기가 되면서 승진에 대해 다시 생각하게 되었다. 승진을 하려면 시 외곽으로 나가 가산점을 모으는 것이 도움이 되기에 외곽에 있는 학교를 지원해야 했다. 학교 옮기는 고민을 하면서 교사로서 승진하는 것이 정말 내가 원하는 것인지 스스로에게 질문을 했다. 오래도록 고민하면서 아직은 승진이 원하는 것이 아니란 것을 깨닫게 되었다. 지금 내가 원하는 것은 승진이 아니라 좋은 교사가 되는 것이었다. 승진을 준비한다고 좋은 교사가 되지 않는 것은 아니지만 승진을 준비하다 보면 역량이 분산되어 힘들 것 같다는 생각이 들었다. 가보지 않은 길에 대해 함부로 예측하고 판단하는 것은 위험하지만 적어도 지금 아이들에게 하고 싶은 것을 열심히 해보자는 마음이 있어 승진의 길을 유보하게 되었다.

지금은 승진에 대한 마음을 내려놓고 좋은 교사가 되기 위해 노력하고 있다. 좋은 교사라는 단어가 갖고 있는 뜻이 다양하지만 구체적으로 아이들에게 존경받는 교사가 되는 것이 나의 꿈이다. 아이들에게 존경받는 교사는 지금 당장이 아닌 몇 년 후 아이들이 초등학교 시절을 되돌아볼 때 우리 선생님이 너무 좋았고 감사하다는 말을 듣는 교사이다. 지금 만나는 아이들의 자존감을 높여주고 아이들이 따뜻한 마음을 갖게 하며 앞으로의 진로에 영향을 끼치는 교사가 되어 아이들의 삶을 가치 있게 빛나도록 만드는 교사이다. '좋은 교사는 태어나는 것이 아니라 만들어진다.'는 말을 믿으며 좋은 교사가 되기 위해 매일 조금씩 성장해 나가고 있다.

교사의 꿈에 대해 생각하면서 떠오르는 책이 있었다. 바로 '꽃들에게 희망을' 이라는 책이다. 이 책은 존경하는 선생님께서 주신 책이다. 선생님께서 책을 주시면서 하셨던 말씀이 생각나 다시 책을 읽어보았다. 이 책에는 호랑 애벌레가 등장한다. 호랑 애벌레는 이상적인 삶을 추구하는 인물이다. 호랑 애벌레는 나뭇잎을 갉아먹고 살다가 문득 삶에서 먹고사는 문제보다 더 중요한 문제가 있다고 생각한다. 중요한 것을 찾아 돌아다니다가 애벌레들이 떼를 지어 기어가는 모습을 보게 된다. 그 애벌레들을 따라간 호랑 애벌레는 애벌레들이 만든 커다란 기둥을 발견한다. 기둥은 하늘 높이 치솟아 구름에 가려져 있어 꼭대기를 알 수 없다. 호랑 애벌레가 다른 애벌레에게 기둥 꼭대기에 무엇이 있는지 묻지만 아무도 알지 못한다. 호랑 애벌레는 그 기둥이 자신이 찾던 중요한 것이라고 생각하고 애벌레 기둥을 오르기 시작한다. 애벌레들은 꼭대기로 올라가기 위해 서로를 짓밟고 치면서 경쟁한다. 호랑 애벌레도 마찬가지로 다른 애벌레를 밟고 올라가는데 도중에 노랑 애벌레를 만난다. 차마 노랑 애벌레를 밟고 올라갈 수 없는 호랑 애벌레는 정상을 얼마 안 남기고 오르는 것을 포기하고 노랑 애벌레와 기둥 밑으로 내려온다. 둘은 함께 시간을 보내며 행복한 시간을 보낸다. 시간이 지나 서로에게 익숙해질 때쯤 호랑 애벌레는 다시 기둥 위를 생각한다. 결국 호랑 애벌레는 노랑 애벌레를 두고 더 큰 삶의 의미를 찾아 기둥으로 떠나고 노랑 애벌레는 호랑 애벌레가 돌아오기를 기다린다. 그러던 중 노랑 애벌레는 늙은 애벌레 한 마리가 나뭇가지에 매달려 있는 것을 보게 된다. 늙은 애벌레는 나비가 되기 위해 번데기가 되어 기다리고 있었다. 노랑 애벌레도 나비가 될 수 있다는 말을 듣고 늙은 애벌레와 같이 번데기가 된다. 한편 기둥으로 올라간 호랑 애벌레는 기둥 정상 가까이 다다른다. 그곳에서 호랑 애벌레는 다른 애벌레들이 하는 충격적인 이야기를 듣는다. 그건 바로 정상에 아무것도 없다는 것과 저 멀리에도 이런 애벌레 기둥이 여러 개 있다는 내용이었다. 이야기를 들은 호랑 애벌레가 충격을 받고 좌절하는 순간 눈앞에 노랑나비가 나타난다. 그 노랑나비는 호랑 애벌레에게 날갯짓으로 무엇인가 이야기를 한다. 호랑 애벌레는 그 나비를 보고 다시 기둥 밑으로 내려간다. 가면서 호랑 애벌레는 다른 애벌레들에게 기둥 꼭대기에는 아무 것도 없고 우리는 나비가 될 수 있다고 말하지만 다른 애벌레들은 그 말을 믿지 않는다. 밑으로 내려온 호랑 애벌레는 노랑나비의 도움을 받아 번데기가 되고 결국 나비가 된다.

이 이야기를 다시 읽으면서 우리의 삶이 떠올랐다. 우리 교사들은 호랑 애벌레와 같이 더 중요하고 가치 있는 삶을 찾는 사람들이다. 교사로서 어떤 꿈을 갖고 어떤 목표를 향해 나아가야 할지 고민하고 있기 때문이다. 호랑 애벌레가 먹고사는 문제보다 더 중요한 문제에 대해 고민했던 것처럼 우리 교사들도 교사라는 직업을 생계유지를 위한 수단 이상으로 생각한다. 호랑 애벌레는 더 중요한 것이 높이 올라가는 것이라고 생각했지만 그곳에는 아무것도 없다는 걸 알게 된 순간 좌절했다. 하지만 나비를 만나고 자신이 가야 할 길이 나비의 길임을 깨닫게 된다. 우리 교사들도 어쩌면 높이 올라가는 것에 대해서만 생각하고 있지는 않을까? 맹목적인 승진을 통해 관리자가 되는 것이 교사로서의 성공이라고 생각하는 것은 아닐까? 우리는 나비가 되어야 한다. 애벌레 속에 있는 진짜 본질은 나비가 되는 것이다. 우리 속에 있는 진정한 나를 발견하고 그저 높이 올라가는 삶이 아닌 날아다니는 삶을 살아야 한다. 이 책이 '꽃들에게 희망을' 이라는 제목인 것은 바로 나비가 꽃들에게 희망이기 때문이다. 우리는 나비고 아이들은 꽃이다. 꽃은 나비가 없으면 생명을 퍼뜨릴 수 없다. 나비가 되어 아이들의 생명을 살리는 교사가 좋은 교사이다.

사람마다 나비가 되는 것은 각자 다른 의미이다. 어떤 사람은 승진을 하는 것이 나비가 되는 길이다. 좋은 관리자가 되어 학교를 경영하고 선생님들을 지원하는 것이 아이들을 살리는 일이 될 수 있다. 어떤 사람은 교사로서 아이들을 사랑으로 가르치는 일이 나비가 되는 길이다. 교실에서 아이들과 가까이 호흡하며 아이들의 마음을 위로하고 사랑을 불어 넣는 일은 가치 있는 일이다. 나비가 되는 길은 누가 규정할 수 없고 내 속에 있는 나만이 알 수 있다. 그 이유는 이미 애벌레인 내 안에 나비의 모습이 있기 때문이다.

"너는 아름다운 나비가 될 수 있어. 우리는 모두 너를 기다리고 있을 거야!"

늙은 애벌레가 번데기가 되는 걸 두려워하는 노랑 애벌레에게 했던 말이다. 나비가 되기 위해서는 반드시 번데기의 시간이 필요하다. 번데기의 시간은 애벌레의 모습이 죽는 시간이다. 길고 긴 인내의 시간이다. 아무것도 할 수 없는 것처럼 느껴지는 그때가 나비가 자라는 시간인 것이다. 우리에게도 예전의 모습이 없어지고 새로운 모습을 준비하는 시간이 필요하다. 교사의 꿈을 이루기 위해 노력하고 인내하는 시간이 필요한 것이다.

선생님의 꿈은 무엇인가? 선생님 속에 있는 나비의 모습은 어떤 모습인가? 남들이 말하는 꿈이 아닌 내 안에 가슴 뛰는 꿈을 찾길 바란다. 높이 올라가는 삶이 아닌 나비가 되어 꽃들에게 희망을 주는 삶을 살길 응원한다.

04 보람과 긍지

인생에서 가장 우울했던 날을 꼽자면 바로 군대 입소 다음 날이었다. 잠에서 깨어 보니 낯선 사람들과 낯선 환경 속에 있었다. 아직 피복을 받기 전이라 사복을 입고 줄을 맞춰 밥을 먹으러 가는데 훈련복을 입은 앞 기수 선임들이 우리를 보고 웃었다. 그 웃음의 의미는 너희보다는 내가 빨리 집에 간다는 조롱의 의미였을 것이다. 그날은 아침을 먹고 나와서 하루 종일 신체검사를 했다. 수백 명이 한꺼번에 신체검사를 받으려고 하니 기다리는 시간이 많았다. 뭐라도 할 일이 있으면 시간이 빨리 갈 텐데 하염없이 기다리고 있으니 시간이 멈춘 듯했다. 헤어진 부모님과 친구들 생각에 바깥세상이 그리운데 군대에서의 시간은 이렇게 느리게만 갈 것 같아 답답했다.

신체검사를 받고 기다리는 동안 소대장들은 생활반에 훈련병들을 모아놓고 기본적인 교육을 했다. 소책자를 하나씩 나눠주고 반주 없이 군가를 가르치고 외워야 할 것들을 알려주었다. 그때 외운 것

중 하나가 '해병의 긍지'이다.

해병의 긍지

나는 국가 전략 기동부대의 일원으로서 선봉군임을 자랑한다.

하나. 나는 찬란한 해병대 정신을 이어받은 무적해병이다.

둘. 나는 불가능을 모르는 전천후 해병이다.

셋. 나는 책임을 완수하는 충성스러운 해병이다.

넷. 나는 국민에게 신뢰받는 정예 해병이다.

다섯. 나는 한번 해병이면 영원한 해병이다.

1주 차에는 특별한 훈련 없이 기본 훈련만 있었는데 틈날 때마다 해병의 긍지를 외우게 했다. 아침에 연병장에서 점호를 할 때도 제창했고, 밥을 먹을 때도 제창했다. 불시에 해병의 긍지를 물어봐서 외우지 못하면 체력단련을 했다. 수시로 해병의 긍지를 반복하며 외우게 되었고 시간이 지날수록 해병대에 대한 자부심은 높아져갔다.

해병의 긍지를 곱씹어 보면 병사들에게 자긍심을 갖게 해주는 문구이다. 육, 해, 공군이 있지만 특수부대인 해병대는 전쟁이 일어났을 때 가장 먼저 적진으로 뛰어드는 선봉군이다. 여기에 나오는 무적해병은 해병대 선배들이 전쟁에서 승리해서 얻은 칭호이다. 해병의 긍지를 한 번 외우고 나면 해병이라는 자부심이 하늘을 찔렀다.

아무리 어렵고 힘든 훈련이라도 해병이기 때문에 견딜 수 있다는 자신감이 생겼다. 해병은 어디를 가서도 다르다는 말을 듣고 싶었고 절대로 지면 안 된다는 마음을 갖게 되었다. 단 몇 줄의 문장이 군인으로서의 태도를 바꾸고 자부심을 갖게 해 준 것이다.

해병대에 자부심을 갖고 한 군 생활은 힘들기도 했지만 보람 있었다. 누구보다 힘들게 훈련받고 열악한 환경 속에서 근무했지만, 해병대이기에 감당할 수 있다는 생각에 보람을 느꼈다. 때때로 젊음의 시간이 아깝기도 했지만, 군인으로서 나라를 위해 희생하고 봉사할 수 있다는 것이 감사했다. 해병대에 와서 한계에 도전하고 뛰어넘을 때 한 개인으로서 자랑스럽고 뿌듯했다.

어떤 일이든 보람을 느끼고 긍지를 가질 때 재미있고 의미가 있다. 보람은 일을 통해 얻을 수 있는 기쁨, 성취감을 말한다. 긍지는 일에 대한 자부심과 자랑하고 싶은 마음이다. 일을 하면서 얻을 수 있는 기쁨과 성취감은 사람마다 다양하다. 직업마다 이룰 수 있는 성취와 만나는 대상, 일에서 오는 기쁨이 다양하기 때문이다. 이렇게 일에서 얻은 보람은 일에 대한 긍지와 연결된다. 긍지는 보람이 없으면 얻을 수 없고 반대로 보람도 긍지가 없으면 반감된다. 일에서 보람을 느끼면 일의 외적 요인이 아닌 내적 요인이 강화된다. 아무리 일이 힘들고 어려워도 즐겁게 되는 것이다. 일에 대해 긍지를 갖게 되면 의미를 찾게 된다. 나는 가치 있는 일을 하고 있는 중요한 사람이라는 생각을 갖게 되는 것이다. 이렇게 보람은 긍지를 갖게 하고 긍지는 다시 보람을 느끼게 상호 연결되어 있다.

교사로서 보람을 느끼는 경우가 있다. 먼저 아이들이 내가 가르친 것을 기억할 때이다. 사람은 배운 것을 잘 까먹는다. 여러 번 반복해야 기억하고 이해한다. 아이들도 마찬가지로 여러 번 반복해야 한다. 학기 초 아이들에게 같은 말을 반복해야 하는 경우가 있다. 알림장 확인하기, 교실 들어오면 선생님께 인사하기, 청소할 때 의자 올리기, 복도에서 뛰어다니지 않기, 급식 먹을 만큼만 받기 등 기본적인 생활을 이야기한다. 새 학년이 되어 새로운 교실에 적응해야 하는 건 몇 년 동안 반복해 온 습관을 바꾸는 일이기에 힘들다. 하루이틀이 지나면서 조금씩 적응하는 아이들이 생긴다. 선생님이 가르쳐 준 방법대로 준비하고 생활하는 아이들이 보인다. 선생님의 말을 경청하고 바꾸려고 시도하는 것이다. 이렇게 배운 것을 기억하고 실천하려고 노력하는 아이들을 보면 교사로서 보람을 느낀다.

선생님이 중요하다고 생각하는 걸 아이들이 몸소 보여줄 때가 있다. 교실에 보면 항상 으르렁대며 성격이 맞지 않아 자주 다투는 아이들이 있다. 아이들끼리 주로 말로 상처를 주는데 상처받은 아이가 울기도 한다. 그럴 때 그 아이를 안아주면서 달래주는 아이들이 있다. 선생님의 마음을 알고 그렇게 달래주는 아이들을 보면 고맙다. 수업 시간에도 내용을 이해하고 따라오는 데 어려움을 겪는 아이들이 있다. 교사가 일일이 살피지 못해 안타까운 마음이 드는데 선생님을 대신해 친구를 도와주는 아이들이 있다. 다하고 쉬면서 시간을 보낼 수도 있는데 배려와 섬김의 마음으로 다른 친구를 도와주는 것이다. 선생님뿐 아니라 모든 아이들이 남을 돕는 것이 중요하다고 생각하지만 실제로 도와주는 건 희생이 필요하다. 아이들이 자신을 희생하면서 다른 친구를 도와줄 때 교사로서 보람을 느낀다.

몇 해 전 아이들과 8자 줄넘기에 도전했다. 아이들을 하나로 단합하게 할 수 있는 활동이 없나 찾아보다가 8자 줄넘기를 하게 된 것이다. 대부분 8자 줄넘기를 해 본 적이 없어 처음부터 하나하나 가르쳤다. 규칙은 줄을 돌리는 2명 빼고 나머지 22명의 학생이 전부 줄을 뛰는 것이다. 아이들의 승부욕을 일깨우기 위해 2분에 120개라는 목표도 정했다. 처음에는 2분 동안 34개를 넘었다. 줄에 걸리면 비난하고 놀리고 화를 냈다. 서로에 대한 비난이 목표를 향한 비난으로 바뀌어 2분 동안 120개를 어떻게 하냐고 불평하기 시작했다. 8자 줄넘기를 왜 하는지 모른다고 비난하는 아이들도 생겼다. 그럼에도 불구하고 규칙과 목표는 수정하지 않고 매일 연습했다. 3일이 지나자 2분에 70개를 하기 시작했다. 처음보다 많이 나아졌지만 여전히 목표와는 차이가 있었다. 아이들은 목표를 달성하기 위해 쉬는 시간,

점심시간에도 연습하기 시작했고 7일이 지나자 100개를 넘기기 시작했다. 결국 11일 만에 120개를 채웠다. 120개를 채우는 순간 모두 얼싸안고 기뻐했다. 함께 노력하면 할 수 있다는 것을 알게 된 것이다. 아이들이 기뻐하는 모습을 보고 아이들에게 소중한 것을 알려준 것 같아 교사로서 뿌듯했다.

8자 줄넘기 하는 모습

학기를 지내다 보면 진급하거나 졸업한 아이들이 찾아올 때가 있다. 온다고 연락하고 오는 아이가 있는가 하면 불쑥 찾아오는 아이도 있다. 연락하고 오면 좋겠지만 예기치 않게 찾아와도 반갑고 기분이 좋다. 와서 맛있는 거 사달라고 조르기만 해도 선생님은 기분이 좋다. 이유는 그 아이가 기댈 만한 어른이 되었기 때문이다. 아이들이 선생님과 함께 했던 추억을 말하고 분위기를 기억하고 선생님을 찾아올 때 1년 잘했구나 생각하며 보람을 느낀다.

스승의 날이나 학기를 마칠 때면 아이들이나 학부모님들께 편지나 문자를 받는다. 형식적으로 쓴 것도 있지만 마음에서 우러나와 쓴 것도 있다. 아이들의 편지 내용은 주로 고맙다는 내용이다. 교사로서 특별히 해준 것도 없는 것 같은데 아이는 나를 특별하게 생각해 주는 것 같아 부끄럽다. 아이들의 고맙다는 한 마디 표현이 힘들었던 기억을 눈 녹듯이 녹게 한다. 학부모님들로부터 받는 장문의 문자나 편지도 감동이 된다. 분명히 부족한 교사인데 선생님 덕분에 1년을 잘 보냈다는 말을 해주시니 감사할 따름이다. 아이들과 학부모님들께 받는 응원의 말도 교사로서 보람을 느끼게 한다.

교사로서 보람을 느끼는 일이 많지만 관계에서 오는 보람이 크게 다가온다. 결국 교사는 아이들로부터 보람을 느껴야 한다. 아이들의 모습 속에 교사가 바라는 것이 담겼을 때, 아이들이 선생님을 따뜻하게 기억할 때, 아이들이 선생님께 감사할 때 보람을 느낀다. 아이들의 이 마음은 고스란히 학부모님들께 전해져 학부모님들도 교사에 대한 감사의 마음을 갖게 된다.

교사로서 느끼는 보람은 교사에 대한 긍지로 이어진다. 1년 동안 아이들을 만나 아이들이 변화된 경험은 아이들에게 영향력을 끼칠 수 있다는 자신감을 갖게 한다. 아이들이 선생님을 찾아올 때 나는 아이들에게 따뜻한 경험을 만들어 준 교사라는 자부심을 느끼게 한다. 아이들과 부모님께 감사하다는 말을 들을 때는 나는 존경받는 교사라는 믿음을 갖게 된다. 교사로서의 보람이 쌓일수록 교사로서의 긍지 또한 굳건해진다.

교사로서의 보람은 필수적인 것이다. 교사라는 직업에서 아이들을 제외하고 다른 곳에서 보람을 느끼려고 한다면 주객이 전도된 것이다. 교사는 아이들로부터 보람을 느끼고 힘을 얻어야 한다. 교사들은 아이들을 변화시켜 세상을 이롭게 하는 중요한 존재라는 긍지를 갖고 매일 아이들 앞에 서야 한다.

05 관리자인가 교육자인가

선생님들 사이에 이런 말이 있다. '3월에는 절대 교실에서 웃지 말아라.', '학기 초에는 엄하게 하고 시간이 지날수록 풀어줘라.' 이런 말들은 첫인상을 강하게 해서 아이들을 잘 관리해야 한다는 뜻이 담겨 있다. 처음부터 아이들에게 친절하고 편하게 대해주면 선생님을 쉽게 생각하고 함부로 행동하게 되어 교실의 질서가 무너질 것을 염려해 생긴 말이다. 실제로 학년 초가 되면 선생님들은 어떤 선생님이 될지 노선을 정한다. 어떤 선생님들은 웃지도 않고 엄격하고 무섭게 아이들을 맞이한다. 그 반은 분위기가 냉랭하고 아이들도 긴장 상태에 있다. 수업 시간에 떠들거나 딴짓하는 아이들도 없다. 선생님의 말 한마디 한마디에 아이들이 귀를 기울인다. 어떤 선생님들은 웃으면서 편하게 아이들을 맞이한다. 그 반은 엄격한 반과는 달리 긴장이 조금씩 풀어지고 아이들의 말소리와 웃음소리가 들린다. 무 자르듯이 딱 나눌 수는 없지만 대체로 선생님에 따라 반 분위기가 달라진다.

아이들과의 첫날을 어떻게 보내는지는 교사가 결정한다. 기본적으로 아이들은 남자 선생님이라고 하면 긴장하고 오는 경우가 많다. 남자 선생님은 여자 선생님보다 더 무섭고 화를 잘 내실 거라는 선입견이 있기 때문이다. 이런 생각 때문인지 첫날 교실에 들어오는 아이들의 표정이 긴장되고 어둡다. 몇 년 동안 만나서 친한 친구와도 말 한마디 섞지 않을 정도로 첫날 교실의 분위기가 무겁다.

나는 이런 아이들의 긴장을 풀어주기 위해 최선의 노력을 다한다. 우선 교실을 따뜻하게 데워놓고 칠판에는 환영한다는 문구를 붙여놓는다. 자리마다 아이들의 이름도 붙여놓고 책상 위에 우리 반과 선생님을 안내하는 유인물을 올려놓는다. 일찍 오는 아이들에게 먼저 웃으며 인사를 하고 자리를 안내한다. 자리에 앉은 아이에게 학교까지 오는 데 얼마나 걸렸는지, 작년에는 어떤 선생님 반이었는지, 아침밥은 먹고 왔는지 간단한 질문들을 하며 긴장을 풀어준다. 아이들이 대부분 등교하고 나면 잔잔한 음악을 틀고 자기를 소개하는 간단한 학습지를 쓴다. 학습지를 쓰는 아이들에게 다가가 미소를 보이며 눈을 맞춘다. 수업 시간이 되면 아이들에게 내 소개를 한다. 사진을 보여주며 어렸을 적 이야기를 해준다. 아이들과 같이 평택에서 태어나 초중고를 나온 경험 때문인지 아이들이 관심을 갖고 이야기를 듣는다. 선생님 소개를 마치면 아이들에게 질문 시간을 준다. 아이들은 선생님 나이가 몇 살인지 결혼은 했는지 개인사에 대해 주로 물어본다. 그런 질문들에 대해 오히려 몇 살 같아 보이는지 결혼한 거 같은지 되물어보면 재미있는 대답들이 나온다. 대답들을 수용해주고 웃다 보면 아이들과의 보이지 않는 벽이 무너지기 시작한다.

내가 마음을 열고 다가가니 아이들이 다가오기 시작했다. 엄격하고 무서운 반과 비교해서 선생님이 편하고 친절한 반이 다른 것은 쉬는 시간이나 점심시간에 선생님 주변에 아이들이 있다는 것이다. 아이들은 자기를 알리기 위해 선생님 주위로 온다. 괜히 할 말도 없는데 선생님 주변을 서성이거나 칠판에 낙서를 하면서 관심을 끈다. 가까이에서 선생님의 행동 하나하나에 관심을 가진다. 컴퓨터로 무얼 하는지 선생님 책상에 뭐가 있는지 이것저것 물어본다. 친절하게 대답해주면 듣다가 어떤 이야기가 생각나면 자기 이야기를 하기도 한다. 대화가 오고 가면서 마음이 열리고 서로를 이해하기 시작한 것이다.

몇 년 전 옆 반에 학급을 잘 운영하시는 선생님이 계셨다. 아침 시간에 보면 우리 반 아이들은 친구랑 얘기하면서 돌아다니고 있는데 옆 반 아이들은 책을 빌려와서 앉아 읽고 있었다. 가끔 지나가다가 수업하는 소리를 들으면 떠드는 아이 한 명 없이 모두가 조용히 수업을 받고 있었다. 제출해야 하는 안내장이 있으면 옆 반이 항상 1등으로 모였다. 학년 선생님들이 모이면 전담 선생님들이 그 선생님 반 수업 분위기가 좋다고 칭찬을 했다. 다들 어떻게 하면 그렇게 학급을 잘 운영하는지 궁금해 했다.

몇 년 후 그 반이었던 아이가 우리 반이 되었다. 우연히 그 아이에게 당시에 선생님이 어땠는지 물어봤다. 당연히 분위기가 좋았던 반이니 선생님에 대한 기억도 좋을 것이라고 생각했다. 하지만 아이의 대답은 정반대였다.

"선생님. 저는 그때 선생님이 정말 무서웠어요. 엄청 무섭게 혼내셨거든요. 숙제 안 해오거나 준비물 안 가져오면 남아서 혼났어요."

모두들 분위기가 좋고 잘 훈련되었다고 생각했던 반이었는데 실제로 그 속에 있던 아이는 반 분위기가 무섭고 힘들었다는 사실에 충격을 받았다. 아이는 선생님이 무서워 말을 잘 듣기 위해 노력했던 것이다.

아이들이 학교에서 아무런 문제없이 잘 지내려면 아이들을 잘 관리해야 한다. 사람이 살아가는데 문제가 없을 수 없지만 문제를 줄일 수는 있다. 우리가 아이들을 관리한다는 관점에서 바라보면 아이들을 상과 벌로 관리할 수 있다. 엄격하고 무서운 선생님이 되어 아이들이 문제를 일으킬 때 아이를 다그치고 혼내면 아이들의 행동은 금방 수정된다. 아이들은 어른인 선생님을 기본적으로 두려워하고 따르려는 마음이 있다. 그런 선생님이 엄하고 무섭다면 아이는 혼나기 싫어서 선생님의 말을 잘 따르고 문제를 일으키지 않으려고 노력할 것이다.

문제는 아이의 행동을 수정하기 위해 교사가 아이들의 두려움을 사용한다는 것이다. 어렸을 때 우리 세대는 선생님께 체벌을 당하면서 학교에 다녔다. 학교에 지각하거나 친구를 때리거나 놀렸을 때 맞았던 기억이 있다. 준비물을 안 가져오거나 숙제를 안 해오거나 수업 시간에 떠들면 벌을 섰던 경험도 있다. 체벌을 당하면서 우리는 마음속에 두려움을 갖게 되었고 그 상황을 피하고 싶어 바르게 행동했다. 이렇게 두려움을 통해 행동을 수정했던 아이는 자라서 똑같이 두려움을 사용하게 될 가능성이 높다. 아이들이 문제 행동을 보일 때 교사는 어렸을 적 경험했던 것처럼 무서운 표정을 짓고 아이를 몰아세우는 말을 하게 된다. 아이는 오감을 통해 선생님의 분위기를 느끼고 두려움을 느껴 행동을 수정하게 된다. 아이의 두려움을 사용하게 되면 수치심을 느끼게 되고 자존감이 낮아진다.

우리가 아이들을 관리한다는 마음을 갖고 있으면 아이들을 교육할 수 없다. 관리자의 목표는 바꾸거나 개선하는 것이 아니고 보존하는 것이기 때문이다. 관리자는 책임지고 보존하기 위해 여러 가지 방법을 사용한다. 교사는 아이들을 관리하는 사람인가? 관리의 역할도 분명히 있지만 교사는 관리의 역할을 뛰어넘어 교육하는 사람이다. 교육하는 사람에게는 교육이 최고의 목표가 되어야 한다.

아무리 수월하고 편한 방법이 있더라도 교육적인지를 항상 생각해야 한다.

교육적인 차원에서 볼 때 두려움과 수치심을 이용하는 것은 잘못된 방법이다. 두려움을 통해 배운 것은 두려운 대상이 사라지면 원래대로 돌아올 가능성이 크기 때문이다. 지난 몇 년간 교실에서 문제를 일으키는 아이들을 보면 집에서 부모님이 엄하게 키우는 아이들이 많이 있었다. 아이가 잘못을 하면 부모님이 아이를 크게 혼내고 때려서 가르친 것이다. 마음속에 두려움으로 인해 생긴 분노를 학교에서 다른 아이들에게 푸는 경우가 많았다. 선생님이나 부모님께 사랑의 매를 맞아서 고맙다고 하는 아이보다 분노의 감정이 생긴 아이들이 훨씬 많다.

수치심은 아이의 자존감을 떨어뜨린다. '바보 빅터'라는 책이 있다. 이 책에 나오는 주인공 빅터는 말을 더듬어 아이들에게 놀림을 받는다. IQ 테스트를 했는데 173이라는 수치가 나왔지만 담임 선생님이 1이 잘못 표기된 것으로 생각하고 공개적으로 빅터의 IQ가 73이라고 말한다. IQ가 73이라는 것이 모든 친구들에게 알려지고 빅터는 수치심을 갖고 주눅 든 채 살아간다. 자신이 IQ 73에 바보라고 생각한 빅터는 모든 일에 자신이 없고 어른이 될 때까지 놀림을 받으며 지낸다. 이후에 자기의 IQ가 173이란 것을 알게 되어 인생이 바뀌지만 수치심으로 인해 그가 힘들게 보낸 시간은 다시 돌아오지 않는다.

    교사는 관리자가 아닌 교육자의 입장으로 아이들을 만나야 한다. 교육은 좋은 관계에서부터 시작된다. 아이들을 관리하기 쉽게 만드는 것이 중요한 것이 아니라 아이들과의 좋은 관계가 중요하다. 우리에게 호의적이고 친절한 사람에게 쉽게 마음을 열듯이 아이들에게 편하고 친절한 사람이 되어야 한다. 좋은 관계가 되고 나면 모든 상황이 교육의 상황이 될 수 있다. 아이들이 어떤 문제나 갈등을 일으켰을 때 아이와 좋은 관계인 선생님의 말 한마디는 아이의 행동을 바꿀 수 있다. 관리자의 입장에서 아이의 잘잘못을 따지고 처벌하는데서 그치는 것이 아니라 근본적으로 아이의 마음과 행동을 변화시킬 수 있다. 아이는 무섭고 엄한 선생님을 기억하고 따르지 않는다. 아이는 편하고 친절한 선생님, 자기에게 진심 어린 조언을 해주는 선생님을 기억하고 따른다.

    『교실 속 자존감』이라는 책에 이런 말이 나온다.

    "한 아이를 진심으로 사랑하고 관심을 기울이고 그 아이를 위하여 자신의 시간과 노력, 재능과 에너지를 기꺼이 희생하고 투자할 수 있는 사람만이 한 아이의 인생을 바로잡아 줄 수 있다."

    아이들을 관리하는 교사가 되어 아이의 마음속에 두려움을 심어줄 것인가? 아니면 아이들을 교육하는 교사가 되어 아이들의 자존감

을 높여주고 인생을 바로잡아 주는 교사가 될 것인가? 우리의 선택
에 달려있다.

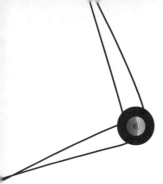

06 왜 나는 너를 사랑하는가

우리 반에 준형(가명)이라는 아이가 있었다. 준형이는 아버지와 할머니랑 살았다. 아버지는 일찍 일하러 나가셔서 할머니가 준형이의 아침을 챙겨주시는데 일주일에 두세 번씩 지각을 했다. 보통 지각을 하면 선생님께 미안한 마음에서 조용히 문을 열고 들어오는데 준형이는 문을 쾅 열고 들어왔다. 늦은 이유를 물어보면 집이 먼데 늦게 출발해서 늦었다고 이야기했다. 지각을 하고서도 당당한 모습에 어이없는 웃음을 보이면 그제서야 웃으면서 죄송하다고 이야기하는 아이다.

준형이의 옷은 항상 땀으로 젖어 있다. 힘이 넘치는 준형이는 매쉬는 시간, 점심시간마다 친구들과 학교를 신나게 뛰어다닌다. 수업시간을 알리는 종이 울리고 교실로 돌아온 준형이는 더위를 이기기 위해 세면대로 간다. 차가운 물로 머리부터 팔 다리까지 씻고 물을 뚝뚝 흘리며 자리로 돌아간다. 짝꿍은 냄새난다고 멀찍이 떨어져 앉고 준형이는 웃으면서 오히려 짝꿍을 나무란다. 방귀 뀐 놈이 성낸

다더니 뻔뻔하게 짝꿍을 무안하게 만들고 자기 자리에 앉는다. 그런 준형이는 우리 반에서 여러 문제를 일으킨다. 쉬는 시간이 되면 여학생들의 고발이 이어진다.

"선생님. 준형이 복도에서 뛰었어요."

"선생님. 저 아무것도 안 했는데 준형이가 때리고 갔어요. 혼내주세요."

"선생님. 아까 수업 시간에 준형이가 별명 불렀어요. 하지 말라고 했는데도 계속해요."

이런 이야기들이 들리면 준형이를 불러서 이야기를 한다.

"준형아. 복도에서 뛰면 안 되는 거 알지? 복도에서 왜 뛰었어?"

"잘못했어요. 다시는 안 그럴게요."

"그래. 준형이가 말한 대로 실천해줘."

"준형아. 아까 친구 왜 때리고 갔어?"

"아니 걔가 먼저 저 놀렸어요. 그래서 때렸어요. 그리고 걔도 저 때렸어요."

"준형아. 먼저 놀린다고 때리면 어떡해? 놀리면 어떻게 해야 될까?"

"잘못했어요. 다시는 안 그럴게요."

준형이는 자기의 잘못을 바로 인정하고 죄송하다고 한다. 친구에게 사과하라고 하면 가서 바로 사과를 한다. 잘못을 인정하는 것도 빠르고 사과하는 것도 빠르다. 하지만 아이들의 고발은 끊이지 않는다. 준형이가 얼마 지나지 않아 다시 장난을 치기 때문이다. 그럴 때면 준형이가 상황을 모면하기 위해 죄송하다고 말한 것 같아 속상한 마음이 든다. 준형이의 장난이 반복되면 아이들도 지치고 같은 말을 하는 나도 지친다. 준형이를 타이르지 말고 혼을 내볼까 생각하지만 막상 준형이에게 화를 낼 수가 없다. 준형이는 미워할 수 없는 아이이기 때문이다.

준형이는 우리 반 분위기 메이커이다. 준형이의 말 한마디 행동 하나하나에 우리 반 친구들이 웃음을 짓는다. 준형이가 발표를 하려고 입만 떼면 아이들이 웃는다. 준형이의 대답이 웃기기 때문이다. 준형이의 대답은 대부분 논리적이지 않고 억지로 끼워 맞추는 것이 많다. 수업을 이끌어 가는 교사 입장에서는 난감한데 아이들은 한바탕 크게 웃는다. 제일 크게 웃을 때는 준형이가 책을 읽을 때이다. 국어 시간에 읽을거리가 나오면 아이들을 시키는데 준형이가 글을 읽을 때면 아이들이 배꼽을 잡고 웃는다. 주인공에 맞게 목소리를 바꾸고 억양이나 높낮이를 조절하는데 어울리지 않고 어색하기 때문이다. 아이들은 준형이의 그런 모습이 재미있어서인지 읽을거리가 나오면 준형이를 시키자고 한다. 나도 수업 분위기가 가라앉아 있거나 웃음이 필요할 때는 일부러 준형이를 시킨다. 그러면 준형이는 기대를 저버리지 않고 우리 모두에게 웃음을 준다.

이렇게 모두에게 웃음을 주는 개구쟁이를 어떻게 미워할 수 있을까? 개인적인 상처와 아픔을 가리고 즐겁게 생활하는 준형이는 이미 최선을 다하고 있는 것이다. 단지 준형이가 조금 더 다른 사람을 배려하고 더불어 살아갈 수 있도록 조언해줄 뿐이다.

은영(가명)이라는 여학생도 생각난다. 은영이는 사춘기 여학생처럼 화장도 하고 친구 집에 모여 아이돌 춤 연습을 하는 아이였다. 은영이는 말을 직설적으로 하고 자기주장을 확실하게 말해 성격이 강한 편이었다. 이런 모습 때문에 함께 다니는 친구들과 몇 번 갈등이 있었다. 갈등이 있을 때면 직설적인 성격 때문에 은영이는 가해자가 되었고 친구들은 피해자가 되었다. 은영이는 자기의 의견을 말한 것뿐인데 친구들이 눈치 보면서 행동해 제3자의 입장에서 봤을 때 은영이에게 더 잘못이 있다고 느껴졌다. 교사로서 은영이에게 그런 부분들을 조언해주면 자기는 그런 의도가 없었다고 하며 억울해했다. 몇 번 그런 일들이 반복되다 보니 은영이는 내 앞에서 눈물을 흘렸다. 선생님이 자기 말을 들어주지 않는다고 억울하다고 흘린 눈물이었다. 그러면서 잘못했다고 인정하지는 않았다. 은영이를 위해서 해준 말이라고 생각했는데 억울해 하는 모습을 보니 기분이 좋지 않았다. 그렇게 은영이와는 서먹한 사이가 되었다.

은영이와의 관계가 멀어지니 함께 다니는 여학생들과도 거리가 멀어졌다. 당시 은영이와 다니는 친구들이 여학생의 절반이어서 영향력이 컸다. 친구들 간의 문제를 해결해 주려고 했는데 오히려 내가 그 아이들과 거리가 멀어지니 답답했다. 선생님에 대한 안 좋은 감정을 가진 아이들에게는 어떤 말도 먹히지 않았다. 수업 시간에 아이들이 하기 싫다고 하면 그만이었고 잘못된 행동에 대해 지적해도 한 귀로 듣고 한 귀로 흘렸다. 이상하게도 아이들끼리는 관계가 더 좋아지고 나는 공공의 적이 되는 느낌이었다. 이 모든 원인이 은영이에게 있다는 생각이 들었다. 은영이가 말을 잘 알아듣고 인정했으면 이렇게까지 되지 않았을 텐데 하는 아쉬움과 원망의 마음이 들었다.

은영이에 대한 미움의 마음이 싹 틀 무렵 새롭게 청소 당번을 정하는 시기가 되었다. 각자 한 가지씩 맡은 구역을 정했는데 은영이와 친구들은 함께 하고 싶어 교실 청소를 선택했다. 교실 청소는 일주일에 한 번 남아서 30분 정도 대청소를 하는 역할이었는데 은영이와 친구들이 하겠다고 한 것이다. 내심 성실하고 나랑 친한 아이들이 하길 바랐는데 은영이가 한다고 하니 걱정이 되었다. 은영이와 친구들은 청소를 놀이처럼 즐겁게 했다. 빗자루질, 대걸레, 청소기, 손걸레 등 각자 맡은 역할들을 어떻게 하면 대충하고 빨리 끝낼 수 있는지 시합하는 아이들 같았다. 나도 같이 빗자루를 들고 청소를 했는데 혼자 하는 게 낫겠다고 생각할 정도였다. 그렇게 몇 번 같이 청소를 하다 보니 아이들과 친해지기 시작했다. 청소를 열심히 하라고 잔소리를 해도 아이들이 기분 나빠하지 않았다. 청소를 다 마치면 항상 마이쮸를 하나씩 줬는데 2~3개씩 집어 갔다. 청소를 마치면 집에 가야 되는데 교실에서 놀고 가도 되냐고 물어보면서 같이 놀았다. 친해지고 보니 은영이는 생각했던 것만큼 자기 마음대로 행동하는 아이가 아니었고 다른 아이들도 또래 아이들과 별반 다르지 않은 그저 아이들이었다.

졸업한 은영이가 학교에 몇 번 찾아왔다. 다른 친구들은 몰라도 은영이는 안 올 줄 알았는데 찾아와줘서 고마웠다. 그런 은영이를 보면서 어떤 아이도 쉽게 미워할 수 없다는 생각이 들었다. 아이에게 가까이 다가가 아이를 겪어보면 아이의 진심이 보이기 때문이다.

준형이도 그렇고 은영이도 그렇고 평범한 아이들은 아니다. 문제라는 색안경을 끼고 보면 반에서 문제를 일으키는 부담스러운 존재라고 느껴진다. 우리 반에서 저 아이만 없으면 조용하게 잘 지낼 수 있을 것 같은 생각이 든다. 문제 행동이 지속되면 우리 마음속에 미워하는 마음이 생긴다. 내 말을 무시하는 것 같고 나와 맞지 않는다는 생각이 들어 미워지는 것이다. 우리는 그런 아이들과 반대로 내 말을 잘 따르고 나와 잘 맞는 아이들을 좋아한다. 우리 안에 있는 기준으로 인해 좋아하는 아이와 싫어하는 아이가 나뉘는 것이다. 이 기준은 사람마다 다르기에 지금 나에게 잘 맞는 아이가 다른 선생님에게는 맞지 않을 수 있고, 나와 안 맞는 아이가 다른 반에서는 평범한 아이가 될 수도 있다.

우리가 세상에 태어났을 때 어떤 대접을 받았을까? 아마 대부분의 사람들이 부모님의 기쁨이 되었을 것이다. 많은 사람들이 축복해주고 사랑해줬을 것이다. 한 생명이 엄마의 뱃속에서 열 달을 채우고 건강하게 나오는 것은 평범함을 넘어 기적이다. 주변 사람들은 기적과 같은 그 일을 축복하며 아이를 사랑해주고 축하해준 것이다. 세상에 둘도 없는 귀한 아이들이 지금 우리 앞에 있는 것이다. 학교에서는 문제를 일으키는 아이지만 집에서는 애지중지 키우는 자식이다. 이 아이는 존재 자체만으로 사랑받아야 하고 귀하게 여겨야한다. 나와 다르다고 해서 미워할 수 있는 존재가 아니다. 모든 아이가 사랑받을 만한 존재라는 사실을 기억하면 아이들을 인내하고 기다릴 수 있을 것이다.

아들 이음이가 세상에 태어났을 때

나태주 시인의 『풀꽃』이라는 시에 보면 '자세히 보아야 예쁘고, 오래 보아야 사랑스럽다'는 문구가 나온다. 아이들의 겉모습만 보면 그 속에 아름다움을 볼 수 없다. 몇 번 보고 아이를 판단한다면 오래 사귀었을 때 나오는 진국을 느낄 수 없다. 우리 아이들을 사랑의 눈으로 자세히 오래 본다면 왜 사랑스러운지 발견할 수 있을 것이다.

07 네가 어떤 삶을 살든 나는 너를
응원할 것이다

영재 발굴단이라는 프로그램에서 가수 이소은 씨 편을 본 적이 있다. 그녀는 고등학생 때 가수로 데뷔해서 활발하게 활동했다. 당시 김동률, 이승환, 김형중, 윤상 등 유명한 가수들과 앨범 작업을 할 정도로 가수로서 성공 가도를 달리고 있었다. 라디오 DJ와 뮤지컬 활동까지 영역을 넓히며 연예계 생활을 하던 그녀는 돌연 미국에 있는 로스쿨에 합격해 한국을 떠난다. 로스쿨을 졸업한 후 뉴욕에 있는 로펌에서 일을 하다가 지금은 국제 중재 법원에서 부의장을 맡고 있고 최근에는 비영리단체도 함께 운영하게 되었다고 한다. 가수로부터 뮤지컬 배우, 변호사, 단체의 대표까지 다양한 일을 하게 된 그녀의 뒤에는 그녀를 지지해 준 부모님의 노력이 있었다.

부모님은 이소은 씨에게 든든한 버팀목이었다. 부모님이 그녀에게 가장 많이 했던 말은 '잊어버려'라는 말이었다고 한다. 실수하거나 실패해서 괴로워할 때 부모님은 항상 잊어버리라는 말을 하셨다고 한다. 로스쿨에 입학해 첫 시험에서 꼴등을 했을 때는 이렇게 말했다고 한다.

"잊어버려라. 우리는 네가 성공할 때만 사랑하지 않는다. 너의 전부를 사랑한다."

잊어버리라는 말은 이미 지나간 과거를 되돌릴 수 없기에 좌절하지 말고 다시 하면 된다는 의미가 담겨 있다. 이렇게 지지하고 격려해준 덕분에 그녀는 다양한 일에 도전할 수 있었다고 한다. 부모님은 딸이 하고 싶은 일을 적극 지원해주셨다고 한다. 하고 싶은 일이 있으면 안 된다고 하지 않고 해보라고 조언해주셨고, 어떤 걸 도와주면 되는지 물어보셨다고 한다. 자기가 선택한 일은 스스로 책임져야 한다는 것을 느끼게 해 준 것이다. 딸을 믿고 스스로 느끼고 배울 수 있도록 기다려 준 것이다. 딸을 향한 믿음이 지금의 그녀를 있게 했다.

'행복은 성적순이 아니다.' 라는 말이 있다. 학교에서의 성적이 곧 행복을 보장하지 않는다는 것을 우리는 삶의 경험들을 통해 깨닫고 있다. 주변에 보면 학교에서의 성적이나 전공과 상관없이 하고 싶은 일을 하면서 행복하게 지내는 사람들이 있다.

대학 동기 중에 교육학을 전공했지만 졸업 후 직업군인이 되어 헬기를 타고 있는 형이 있다. 대학생 때 지각도 자주 하고 수업도 종종 빼먹었고 과제를 늦게 제출하는 경우도 있었다. 다들 졸업은 할 수 있을지 임용시험은 볼 수 있을지 걱정했다. 남들보다 몇 년 늦게 졸업한 뒤에 군대 갈 시기가 되어 시험을 보고 장교로 군대에 갔다. 방학 때 종종 동기들끼리 만나서 안부를 묻는데 형은 군대에서 대학 때보다 성실하게 잘 지내고 있었다. 최근에는 헬기 조종 시험에 합격해서 헬기를 타는 일을 하고 있다. 형은 예전부터 군인에 관심이 많았었는데 헬기를 타는 꿈까지 이루게 된 것이다.

아는 동생은 현재 인터넷 방송 BJ를 하고 있다. 그 동생은 대학교 때 유아교육을 전공했다. 대학을 졸업하면 어린이집 교사가 될 것이라고 생각했는데 어느 날 다니던 대학을 휴학했다. 이유는 평소에 좋아하던 컴퓨터 게임에 푹 빠졌기 때문이다. 주위에서는 대학을 휴학하고 게임에 빠진 모습을 보고 걱정했다. 나 또한 마음속으로 동생이 정신을 차리고 다시 학교에 다녔으면 하는 마음이 있었지만 쉽게 돌아오지 못했다. 그러던 어느 날 동생이 프로게이머가 되었다는 이야기를 듣게 되었다. 네이버에 검색해보니 뉴스 기사에 나올 정도로 실력 있는 프로게이머가 된 것이다. 동생은 게임하는 영상을 중계하는 BJ가 되었다. 지금은 방송을 하면 고정적으로 시청하는 팬층이 생길 정도로 즐겁게 활동하고 있다.

우리 중 누구도 우리의 인생이 어떻게 될지 아는 사람은 없다. 지금은 교사로서의 삶을 살고 있지만 10년 뒤에 또 다른 직업을 갖고 있을지 모른다. 우리가 원하는 것과 우리를 둘러싼 환경이 계속해서 바뀌기 때문이다. 어렸을 때부터 교사가 되길 희망한 사람들도 있지만 어떻게 하다 보니 교사가 된 사람들도 있다. 주변 사람들을 보면 처음부터 지금의 삶을 꿈꾸고 실천해 온 사람들은 별로 없다. 이렇게 우리는 불확실한 삶을 살아가고 있다.

어렸을 때는 꿈을 가지는 게 중요하다고 말한다. 꿈을 가져야 그 꿈을 위해 노력하고 달려갈 수 있다고 말한다. 나 또한 이런 생각에 동의해 아이들에게 꿈을 가지라고 말한다. 꿈이 없는 것보다는 꿈이 있는 게 낫다. 이러한 이야기에도 불구하고 꿈이 없는 아이들도 있다. 꿈이 없는 아이들은 크게 하고 싶은 것이 많아서 결정하지 못하는 아이와 하고 싶은 것이 없는 아이로 구분된다. 하고 싶은 것이 많은 아이들은 다양한 분야에 관심이 있다. 연예인도 되고 싶고 선생님도 되고 싶고 아나운서도 되고 싶다. 이런 아이들은 어떤 걸 해도 잘할 수 있는 의욕적인 아이들이기 때문에 마음이 놓인다. 반대로 하고 싶은 것이 없는 아이들은 어렵다. 분명 좋아하고 재미있는 일이 있을 텐데 아직 발견하지 못한 것이다. 교사로서 답답하기도 하고 걱정이 된다.

우리 반 아이들과 꿈에 대한 이야기를 자주 한다. 아침마다 주제 글쓰기를 하는데 자주 나오는 주제가 꿈에 대한 것이다. '자신의 장점 3가지를 말해주세요.', '30년 후 나의 모습은 어떨지 상상해서 써보세요.', '나는 무슨 일을 할 때 행복한 지 적어보세요.', '꿈을 이루기 위해 노력해야 할 것은 무엇인가요?' 등 자신을 성찰하고 미래를 생각하는 글쓰기를 자주 한다. 꿈이 없거나 모호한 아이들도 있지만 대부분 확실한 꿈을 갖고 있다.

한 여학생은 태권도 선수가 꿈이다. 얼마나 좋아하는지 어떤 질문을 던져도 태권도로 대답한다. 가장 행복했던 일은 태권도 대회에서 우승한 일, 슬펐던 일은 태권도 하다가 부상당한 일, 자신 있는 일도 태권도 보완해야 하는 일도 태권도이다. 실제로 태권도를 잘해서 대회에 자주 나가 상을 탄다. 태권도를 통해 자기 존재가 부각되기 때문에 태권도를 좋아하는 것이다.

운동선수의 길은 불확실성이 크다. 운동선수를 해서 유명한 선수가 되는 건 소수이고 중간에 그만두고 다른 일을 하거나 계속한다고 해도 지도자의 길을 가는 사람들이 많기 때문이다. 지도자가 되어도 안정적으로 직장에 다니며 수입을 얻기 힘들다는 생각에 운동선수를 하고 싶다는 것을 말리고 싶을 때가 있다. 교사도 이렇게 생각하는데 아이의 부모님은 얼마나 걱정이 크실지 짐작이 되지 않는다. 운동선수를 키워내려면 재정적인 부분부터 시작해서 지원해야 할 것이 한두 가지가 아니다. 부상의 염려도 늘 갖고 있어서 심적으로도 부담이 된다. 그런 상황들을 생각하면 아이가 하고 싶다고 해도 무작정 하라고 하기가 어렵다.

사람은 가지 않은 길에 대한 열망이 굉장히 크다. 그때 그 길로 갔더라면 지금 내 삶이 어떻게 되었을지 모르기 때문에 아쉬움과 후회가 남는 것이다. 해보고 포기한 것과 해보지도 않고 포기한 것은 천지차이다. 꿈을 갖는 시기에 아이들은 다양한 삶을 그려볼 것이다. 주변에 어른들을 보면서 여러 삶을 비교해보고 자기가 살고 싶은 모습을 상상할 것이다. 그런데 어른들은 아이가 아직 가보지도 않은 삶의 모습들을 미리 제한하고 판단한다.

"운동선수? 그거 정말 힘든 일이야. 성공하는 사람들이 많지 않거든. 부상의 위험도 있고 돈도 많이 들어. 하다가 중간에 포기하면 어쩌려고 그래?" 어른들은 아이들의 시행착오를 줄이고 좋은 길로 인도하는 것이라고 생각하지만 오히려 가지 않은 길에 대한 아쉬움과 후회를 크게 만들 뿐이다. 어른들에 의해 꿈이 계속 좌절되는 아이는 무엇을 느끼게 될까? 어떤 일을 선택할 때 자신감이 없어 스스로 선택하지 못하고 어른들의 의견에 의지하게 될 것이다. 수동적이고 소극적인 아이로 자라 자기 내면의 재능을 쉽게 발휘하지 못하게 될 것이다.

우리 아이들이 마음껏 꿈꿀 수 있도록 지지하고 응원하는 어른이 필요하다. 그 어른이 바로 선생님이다. 지금은 비록 아이의 꿈이 거

창해 보이고 현재의 모습으로는 그 꿈을 이루기 어려워 보일지라도 아이를 믿고 지지해줘야 한다. 어떤 길을 간다고 할지라도 그 길이 죄를 짓는 나쁜 길이 아니라면 응원해 줄 수 있어야 한다.

지금 우리 아이들은 작은 씨앗과 같다. 겉으로 볼 때 아이들이 꿈을 이룬 모습은 보이지 않는다. 보잘것없어 보이고 꿈이 전혀 이뤄질 것 같지 않아 보인다. 우리는 이런 겉모습에 가려진 아이들 속에 생명을 봐야 한다. 꿈을 향해 성장하고 자라기 위해 몸부림치고 있는 그 안에 열정을 봐야 한다. 그 열정을 본다면 이제 아이들을 땅에 심고 사랑으로 가꿔야 한다. 선생님의 기대나 바람에 맞게 아이를 자라게 하지 말고 아이들이 갖고 있는 꿈 그대로 자랄 수 있도록 사랑으로 가꿔야 한다. 선생님은 아이가 자랄 때 만나는 가시와 잡초들을 이겨낼 수 있는 힘을 길러줘야 한다. 그 힘은 오늘도 한결같이 '네가 성공하든 실패하든 언제나 나는 너를 사랑해.' 라고 말하는 선생님의 믿음으로 길러진다.

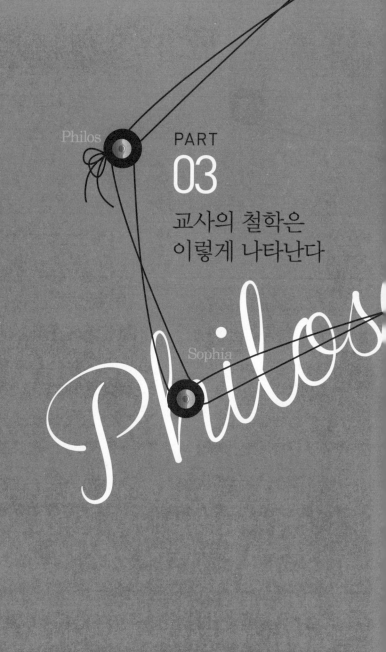

PART
03

교사의 철학은
이렇게 나타난다

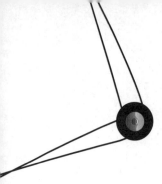

01 학급경영 : 뿌리 깊은 나무가 되어 좋은 열매를 맺자

『뿌리 깊은 나무』라는 소설책이 있다. 드라마로도 연출된 이 책은 한글 창제 당시 기득권을 잡고 있던 사대부들이 백성들이 글을 알게 되는 것이 두려워 한글의 확산을 막기 위해 세종대왕과 갈등을 겪는 내용이다. 세종대왕은 훈민정음 해례본에서 한글 창제의 이유를 글을 모르는 불쌍한 백성들을 위해 만들었다고 밝히고 있다. 글을 아는 것은 힘이었고 그 힘을 사대부와 양반들 소수만 갖고 있다 보니 백성들은 힘든 삶을 살고 있던 것이다. 이런 상황에서 세종대왕은 쉽게 배우고 익힐 수 있는 한글을 만들었고 이를 통해 백성들 모두가 글을 알고 생활하는데 도움이 되기를 바랐던 것이다. 세종대왕은 백성들이 글을 알고 스스로 지혜를 깨치는 뿌리 깊은 나무와 같은 조선을 만들고 싶었던 것이다.

『뿌리 깊은 나무』라는 이름이 세종대왕의 국가 경영 철학을 담고 있듯이 어디에서나 이름이 중요하다. 내 이름 최성민은 부모님께서 지어주신 이름이다. 부모님께서 나를 낳기 전에 어떤 목사님께서 거룩한 백성에 대해 설교를 하셨다고 한다. 그때 설교를 듣고 아들을 낳으면 '성민'으로 지어야겠다고 생각하신 것이다. 우리는 평생 이름을 듣고 사는데 그 이름대로 살아가는 경우가 굉장히 많다. 나도 '성민'이라는 이름이 부담되지만 거룩한 백성이라는 뜻을 생각할 때마다 삶을 거룩하게 살아야겠다고 다짐하게 된다. 이처럼 이름은 그 주체의 정체성을 담고 있기 때문에 중요하다.

학급을 운영하면서 학급의 철학을 담은 이름이 있었으면 하는 마음이 있었다. 주변에 학급 운영을 잘 하시는 선생님들을 보면 그 학급만의 이름이 있는 경우가 있다. 『행복한 학급경영 멘토링』의 저자 김성효 선생님 반은 '민들레 반'이다. 민들레 홀씨는 척박한 환경에서도 어디든 뿌리를 내리듯이 아이들이 어떠한 환경에서도 꿋꿋하게 자라기를 바라는 선생님의 철학이 담긴 이름이다. 『독서교육 콘서트』의 저자 김진수 선생님 반은 '밀알 반'이다. 한 알의 밀알이 땅에 떨어져 죽으면 많은 열매를 맺는다는 성경의 구절을 인용하여 아이들이 이 세상에 한 알의 밀알이 되어 세상을 이롭게 하기를 바라는 철학이 담겨 있다. 『나쌤의 재미와 의미가 있는 수업』의 저자 나승빈 선생님 반은 '함행우 반'이다. 함께 있어 행복한 우리의 줄임말인데 교실에서 함께 배우고 성장하며 행복을 누리는 교실의 철학이 담겨 있다.

우리 반의 이름을 고민하면서 1년 후에 아이들이 어떤 모습이 되기를 바라는지 생각하게 되었다. 가장 먼저 생각난 것은 아이들이 세상을 살아가는 데 중요한 가치관들을 가졌으면 하는 것이었다. 아이들이 앞으로 인생에서 어떤 가치관을 가지면 좋을까? 나는 5가지 정도의 가치관을 생각했다. 감사, 정직, 나눔, 예의, 꿈(열정)이 생각났다.

감사하는 사람은 어떠한 상황에서도 감사할 이유를 찾고 긍정적으로 삶을 바라보며 포기하지 않는다. 감사하는 마음은 다른 사람과 비교해서 내가 더 나은 것에 감사하는 것이 아니라 나 자신에게 주어진 것에 감사하는 것이다. 아이들이 자신을 사랑하고 모든 상황에 감사한다면 앞으로의 삶에서도 절대 무너지지 않을 것이라고 생각한다.

정직의 덕목은 현대 사회에서 그 중요성이 더 부각되고 있다. 국가별로 청렴지수를 측정했을 때 청렴지수가 높은 나라일수록 경제적으로나 사회적으로 높은 수준의 삶을 살고 있었다. 모두가 정직하다면 서로를 믿을 수 있고, 믿음으로 인해 두려움이 없어지고 마음이 편안해진다. 교실에서도 서로 믿지 못해 갈등이 생기는 경우가 많아 정직을 가르치는 것이 필요하다고 생각한다.

나눔은 아이들이 누군가에게 기여한다는 마음을 갖게 하는 것이다. 우리는 누군가에게 기여할 때 자신이 필요한 존재라는 것을 느끼게 된다. 우리 사회는 더 많이 가지려고 경쟁하고 서로를 밀어내는 사회이다. 이런 사회를 변화시키는 사람은 가진 것을 나누는 기뻠을 아는 사람이라고 생각한다.

예의는 살아가면서 만나는 사람들을 존중하는 덕목이다. 예의가 있는 사람은 만나는 사람들에게 행복을 느끼게 해준다. 최근 우리 사회를 보면 예의가 없는 모습 때문에 사람들이 분노하고 서로 미워하는 모습을 보게 된다. 가족 간의 예의, 어른과 아이와의 예의, 친구 간의 예의, 낯선 사람과의 예의 등 구체적인 상황에서 어떻게 행동해야 하는지를 알고 실천하려는 마음을 가지는 게 중요하다.

꿈은 곧 열정을 이야기하는데 어떤 일을 하고 싶어 하는 마음이다. 요즘 아이들을 보면 의욕이 없고 무기력한 아이들이 많다. 하고 싶은 일도 없고 열심히 하고 있는 것도 없다. 그저 게임이나 유튜브 등 즉흥적인 재미들만 추구하고 있다. 그런 아이들은 삶에 대해 진지하게 생각하고 고민하지 않는다. 자기에게 주어진 인생의 사명이나 살아야 할 이유에 대해 생각하지 않는 것이다. 그런 고민 없이 하루하루를 의미 없이 지내는 아이들의 모습이 안타깝다. 어렸을 때부터 가정에서나 학교에서 그런 부분들을 이야기 나누면 이렇게 무기력하지 않을 텐데 그렇게 하지 않은 어른들의 잘못이 크다. 아이들이 삶에 대해 고민하고 자기가 하고 싶은 일을 찾아 열정을 회복한다면 앞으로의 삶은 걱정하지 않아도 될 것이다.

이렇게 5가지의 삶의 중요한 가치관들을 생각하고 나니 이런 것들은 한순간에 배울 수 없다는 것을 깨닫게 되었다. 지식으로 배운

125

다고 이런 삶을 살 수 있는 것이 아니고 1년 동안 학급에서 지내면서 배워야 하는 것이다. 롤 모델인 교사가 보여주는 삶과 친구들의 모습을 통해 배울 수 있는 것이다. 이런 가치관들이 내재화되기 위해서는 인고의 노력이 필요하다.

우리 반 학급 가치

　여기까지 생각이 이르고 나니 '뿌리 깊은 나무' 라는 단어가 생각났다. 뿌리가 깊은 나무는 어떠한 환경에서도 살아남는 나무이다. 뿌리가 깊어 메마른 땅에서도 깊은 곳에 있는 물을 흡수할 수 있기 때문이다. 또한 비가 많이 와 흙이 쓸려 내려가도 버티고 서 있을 수 있기 때문이다. 아이들도 뿌리를 깊게 내린다면 어떠한 상황 가운데서도 살아남을 수 있다. 뿌리를 깊이 내리는 것에서 그치는 것이 아니라 반드시 열매를 맺을 수 있다. 아이들이라는 씨앗 속에 있는 열매, 아이들 속에 내재되어 있는 가치관들이 열매로 맺히게 되는 것이다.

뿌리를 깊게 내리는 나무와 그렇지 않은 나무는 차이가 있다. 뿌리를 내리는 일은 쉬운 일이 아니다. 땅을 뚫으려면 엄청난 에너지가 필요하기 때문이다. 자신의 에너지를 뿌리내리는데 사용하지 않는다면 뿌리를 깊이 내릴 수 없을 것이다. 아이들도 마찬가지다. 뿌리를 내리는 일을 최선을 다해 하지 않으면 깊이 내릴 수 없다.

아이들이 뿌리를 깊이 내리는 것은 습관을 통해 가능하다. 매일 반복되고 꾸준하게 하는 것을 통해 우리는 성장한다. 근육을 단련하기 위해서 꾸준히 운동을 하듯이 뿌리를 깊이 내리기 위해 아이들에게 좋은 습관을 만들어줘야 한다. 그 습관은 바로 독서와 글쓰기이다. 독서와 글쓰기는 아이들의 생각을 넓고 깊게 만들 수 있다. 독서는 아무리 강조해도 지나치지 않다. 아이들은 좋은 책을 통해 좋은 롤 모델을 만날 수 있다. 학교에서 배우지 못하는 지혜를 배울 수 있다. 위인전을 읽으며 훌륭한 업적을 남긴 위인들이 겪었던 일과 그 일을 통해 배웠던 것을 알 수 있다. 위인들의 삶을 살아가는 태도와 가치관을 배울 수 있다. 문학작품을 통해서 감수성과 상상력을 기를 수 있고 함축적인 의미를 찾아내며 사고력을 키울 수 있다. 이렇게 독서로 다져진 아이들의 생각은 글로 표현될 때 정리된다. 책을 읽고 요약하고 자신의 생각을 글로 표현하는 것은 힘든 일이다. 어떤 단어를 선택할지 글을 어떻게 구성할지 무슨 내용을 쓸지 생각해야 되기 때문이다. 그래서 독서와 글쓰기는 자기를 알아가고 발전시킬 수 있는 최고의 습관이다. 아이들의 생각의 뿌리는 독서와 글쓰기를 통해 깊어진다.

아이들이 나무라면 선생님은 나무를 가꾸는 사람이다. 선생님은 아이들이 뿌리를 잘 내릴 수 있도록 거름을 주고 물을 주며 도와주는 사람이다. 아이들이 뿌리내리는 것을 포기하지 않도록 한없는 사랑으로 지켜봐 주는 사람이다. 나는 뿌리 깊은 나무를 기르는 청지기 선생님이다. 청지기라는 말은 성경에 나오는 단어이다. 청지기의 사전적 의미는 '주인이 맡긴 것을 주인의 뜻대로 관리하는 사람'을 말한다. 나는 아이들의 선생님이지만 아이들의 주인은 아니다. 아이들이 무조건 내가 하자는 대로 해야 하는 게 아니라는 뜻이다. 내가 생각하는 아이들의 주인은 아이들 자신이다. 즉, 자기 삶의 주인인 스스로가 원하는 모습을 이룰 수 있도록 관리하고 돕는 사람이 청지기인 것이다. 선생님은 끊임없이 아이들이 자기 삶에 책임을 질 수 있는 사람으로 자랄 수 있도록 조언해주고 가르쳐줘야 한다.

우리 반 이름은 '좋은 열매 반'이다. 청지기인 선생님의 도움을 받아 뿌리 깊은 나무가 된 아이들은 삶에서 아름다운 열매를 맺게 될 것이다. 삶의 열매는 선생님과 지내는 1년 안에 맺을 수도 있지만

10년 뒤, 20년 뒤에 맺을 수도 있다. 각자가 나아가고 있는 속도가 다르기 때문이다. 포기하지 않는다면 우리 모두는 아름다운 삶의 열매를 맺을 수 있을 것이다.

우리 반 안에서 이뤄지는 모든 활동은 좋은 열매를 맺기 위한 기초이다. 우리는 공부하면서 배우고 성장해서 각자가 갖고 있는 잠재력을 키워가고 있다. 의미 있는 역할을 정해서 자기가 맡은 곳을 청소하면서 정직과 성실의 덕목을 배워가고 있다. 매주 금요일에 감사일기를 쓰면서 한 주간의 감사한 일들을 돌아보고 평소에도 감사한 마음을 갖기 위해 노력하고 있다. 생일파티 때는 함께 음식을 만들어 먹고 친구를 위해 정성껏 생일 책을 만들어 주면서 나눔의 기쁨을 느끼고 실천하고 있다. 위인전 독서와 주제 글쓰기를 통해 자신에 대해 이해하고 자기의 꿈을 찾아가는 연습도 하고 있다. 이 밖에도 교실 안에서 이뤄지는 많은 것들은 우리 아이들을 키우는 자양분이 된다.

우리 아이들은 미래의 희망이다. 우리나라를 푸르고 아름답게 지켜나갈 소중한 나무들이다. 우리는 그 나무를 가꿔나가는 청지기들이다. 우리 아이들이 깊게 뿌리내려 흔들리지 않도록 선생님의 교실 안에서 많은 것들을 경험하고 성장했으면 좋겠다.

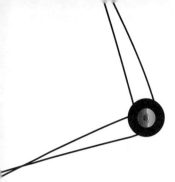

02 생활지도 : 모두가 내 아이다.
아이들은 원래 그렇다

매년 새로운 의학 드라마가 나올 때마다 큰 인기를 얻는다. 화려한 캐스팅과 탄탄한 줄거리 덕분이기도 하지만 의학 드라마의 특성상 사람의 생명과 관련된 감동적인 이야기가 있기 때문이다. 위급한 상황에 있는 환자를 위해 의료인들이 서로 희생하며 협력하는 모습은 매우 인상적이다. 어떤 잘난 사람 한 명의 힘이 아니라 모두의 힘을 모아야 생명을 살릴 수 있다는 드라마의 교훈은 이 시대를 살아가는 교사들에게도 큰 의미를 준다.

처음 발령받고 내 교실과 아이들이 생겨서 기뻤다. 교실 안에서 내가 하고 싶었던 것을 아이들과 할 수 있었기 때문이다. 교직사회의 특성상 다른 반의 일에 대해 큰 관심을 갖지 않기 때문에 다른 사람 눈치 볼 것도 없이 지냈다. 수업도 학급경영도 생활지도도 배우고 생각한 대로 할 수 있었다. 특별히 처음 하거나 어려운 부분에서는 선배에게 조언을 구하기도 했지만 한 번 부딪혀 보면서 알아가자는 생각으로 스스로 해결하려고 했다.

신규 교사 때는 내 교실과 아이들만 중요했다. 다른 반 아이들을 쳐다볼 겨를도 없었고 지도할 여력도 없었다. 우리 반 아이들에게 좋은 수업을 해주기 위해 노력했고 더 친밀해지고자 재미있는 활동들을 계획했다. 동 학년 선생님들과 모여 아이들 이야기를 나눌 때면 다른 반 아이들의 이야기는 귀에 잘 들어오지 않았다. 그 반 아이는 그 반 선생님이 책임져야지 다른 반 선생님이 도와줄 수 있는 게 별로 없다고 생각했다. 다른 반에서 이걸 해봤는데 좋다고 하는 것도 우리 반에 적용하려고 노력하지 않았다. 내가 우리 반을 제일 잘 알고 잘 가르칠 수 있다고 생각했기 때문이다.

옆 반에 50대 남자 선생님이 계셨다. 선생님께서도 그 해 전근 오셔서 그 학교에서 처음 아이들을 만나셨다. 전근 오시기 전에 저학년을 주로 하셨던 선생님은 그 해 만났던 아이들과 힘든 시간을 보내고 계셨다. 옆 반이라 지나가면서 보면 수업 시간에도 아이들이 떠들거나 장난치는 일이 많았고 갈수록 선생님의 통제를 벗어나 마음대로 행동하는 아이들이 늘어났다. 선생님은 동 학년 모임에서나 회식 자리에서 그런 어려움들을 자주 이야기하셨다. 처음에는 대수롭지 않게 받아들이던 동료 선생님들도 조금씩 심각하다는 것을 깨닫게 되었다.

어느 날 다른 학년에 젊은 남자 선생님들 몇 명이 선생님 반에 들어갔다. 1시간 정도 양해를 구하고 아이들과 면담을 했다. 나중에 얘기를 들어보니 버릇없이 제 마음대로 하는 아이들에게 경고하면서 약간의 겁을 주었다고 한다. 그 일이 있고 난 후 며칠 동안은 효과가 있었지만 다시 크고 작은 사건들이 터졌다. 그럴 때마다 동 학년 부장님도 들어가서 이야기를 해보고 심지어 교감 선생님까지 들어가셔서 아이들을 타일렀다. 안타깝게도 한 번 선생님의 통제를 벗어난 아이들은 쉽게 가라앉지 않았고 그 사이 선생님의 건강이 안 좋아져 선생님이 교체되었다.

옆 반에서 벌어지는 상황을 보면서 누구에게나 문제는 일어날 수 있다는 걸 깨닫게 되었다. 아이들과 마음이 잘 맞으면 좋겠지만 그렇지 않은 경우도 분명히 있을 것이다. 그런 상황을 만들지 않기 위해서 더 노력하고 준비해야 하지만 함께 극복해 나가기 위해 돕는 것도 중요하다. 비록 신규이기 때문에 도움을 드리지는 못했지만 동료 선생님들과 교감 선생님께서 보여주신 모습은 내 교실에만 관심을 갖고 있던 시야를 넓게 해주었다.

몇 해 전 동 학년 아이들을 위해 함께 시도해본 것이 있었다. 학년 부장님께서 혁신학교에서 근무를 하신 경험을 바탕으로 함께 할 수 있는 것들을 제안해주셔서 동 학년 선생님들과 함께 실천해봤다. 예를 들면 미술 수업을 하는데 내가 준비한 수업으로 우리 반뿐 아니라 나머지 3개 반을 수업했다. 교육과정에서 시간표를 맞추고 한 반씩 돌아가며 수업을 했다. 이 협동수업을 통해 미술수업의 질도 높아지고 수업 준비 부담도 적어졌지만 무엇보다 다른 반 아이들을 이해하는 데 도움이 되었다. 밖에서 보면 보이지 않던 아이들의 특성이 수업을 하면서 드러났기 때문이다. 한 반에서 4시간을 수업하는데 수업을 마치고 나면 아이들의 이름과 얼굴이 기억났다. 이후에 어떤 문제가 발생했을 때 아이들을 기억하고 함께 해결해 나가는 데 도움이 되었다. 이 밖에도 동아리 활동이나 교과 시간에 6학년 전체가 함께 어우러져 하는 활동들이 있었다. 각 반에서 해도 되는 활동이지만 범위를 학년 전체로 넓혀 교류하면서 아이들끼리도 서로 이해하는 폭이 넓어졌다. 이런 계획들은 아이들의 수업뿐 아니라 생활지도에 있어서 함께 고민하고 이야기 나눈 결과물이다. 각자의 교실 문을 열고 머리를 맞대었을 때 좋은 생각들이 나온 것이다. '한 아이를 키우려면 한 마을이 필요하다.'는 아프리카 속담처럼 우리 반만 내 아이들이 아니라 우리 학년, 우리 학교의 모든 아이들이 내 아이들이라는 생각이 생활지도의 기본이다.

그럼에도 불구하고 아이들을 지도하는 데 있어서 가장 어려운 것은 아이들이 잘 변하지 않는다는 것이다. 아이들은 입학할 때부터 졸업할 때까지 비슷한 말을 듣는다. '복도에서는 위험하니 뛰지 마라.', '실내에서는 소리 지르지 마라.', '친구를 놀리거나 때리면 안 된다.', '바른 말 고운 말을 써라.' 학교 차원에서 기본적인 생활교육도 하고 선생님들이 자주 이야기도 하지만 잘 지켜지지 않는 게 현실이다. 그럴 때면 아이들의 모습에 실망하고 낙심될 때가 있다. 도대체 어떻게 해야 바뀔 수 있을까 고민하게 된다.

　고등학교 시절 친구들과 교실에서 즐겼던 놀이가 생각난다. 하나는 배드민턴 족구이다. 남자 고등학교여서 운동을 좋아하는 친구들이 많이 있었다. 점심, 저녁 시간은 짧고 체육도 일주일에 몇 번 없어 운동하고 싶은 욕구를 해결하기 어려웠다. 쉬는 시간에 교실에서 배드민턴 셔틀콕을 갖고 제기차기 비슷하게 놀다가 발로 배드민턴을 하면 어떨까 생각하게 되었다. 교탁을 네트 삼아 배드민턴 족구 일명 '배족'을 시작했다. 우리 끼리 만든 규칙에 단식, 복식을 하다 보면 쉬는 시간 10분이 금방 지나갔다. 그렇게 하다가 선생님들께 걸리면 무척이나 혼이 났다. 셔틀콕도 압수당하고 경고도 받았지만 며칠 후면 다시 배족을 했다. 배족이 시들해질 무렵 우리는 수학 교과서나 다름없는 정석 책으로 탁구를 쳤다. 정석 책은 표지가 두껍고 딱딱해 공을 튀기기에 유용했기 때문에 채로 사용했다. 책상을 붙이고 책으로 네트를 세우고 테니스 공으로 탁구를 쳤다. 테니스 공이 튀어 천장이나 창문에 맞기도 하고 형광등이 깨지기도 해 금지했지만 금지령 이후에도 실내 스포츠는 계속 이어졌다.

아이들은 지금 재미있으면 자기에게 위험하고 누군가에게 피해를 준다고 해도 개의치 않는다. 이런 아이들의 특성 때문에 반복해서 얘기해야 하는 선생님들은 지칠 때가 있다. 아이들이 내 말을 무시하는 것 같고 귀담아듣지 않아 아이가 미워지고 속이 상한다. 그럴 때 아이들을 지도하는 최선의 방법은 무엇일까? 그건 바로 아이들은 원래 그렇다고 생각하는 것이다. 나도 어렸을 때 그랬던 것처럼 지금 아이들도 그런 것이라고 이해하는 것이다. 소크라테스가 젊은이들을 보며 이런 말을 했다고 한다.

"요즘 아이들은 사치를 좋아한다. 버릇이 없고 권위를 조롱한다. 부모에게 말대꾸하고 밥상에서 밥을 게걸스레 먹고 스승에게 대든다."

소크라테스도 아이들을 이렇게 평가했는데 그 평가가 지금과 크게 다르지 않다는 것은 아이들은 원래 그렇다는 것을 의미한다. 아이들의 본성을 인정하고 더 효과적으로 지도할 수 있는 방법을 찾는 것이 빠를 것이다.

몇 년 동안 6학년 담임을 하면서 어려운 점은 여학생들 간의 미묘한 갈등이다. 특히 SNS를 통해 대화를 주고받다가 오해가 생기는 경우들이 있다. 문자만으로는 그 사람의 감정이나 의도를 온전히 전달할 수 없기 때문에 본래 의도를 오해하는 것이다. 작은 오해가 생기면 아이들은 공격적인 태도로 말을 해서 자기를 방어한다. 말을 들은 아이도 상처를 받고 공격적인 말로 되받아치며 상대방에게 상처를 준다. 이런 악순환을 막기 위해 갈등을 겪고 있는 여학생들 집단 상담을 요청했다. 학교 전담 경찰관님이 오셔서 아이들과 상담을 하면서 오해를 풀어갔다. 아이들은 선생님들에게 미처 얘기하지 못한 부분을 경찰관에게 이야기하면서 서로의 속마음을 확인했고 화해에 이르렀다. 이후에 비슷한 문제가 다시 발생했는데 그때는 전문 상담 선생님께 집단 상담을 부탁드렸다. 아이들은 두 번에 걸쳐 선생님을 만나며 서로의 감정을 상하지 않게 대화하는 방법을 배웠다. 우리도 속 깊은 대화를 통해 마음이 열리는 것처럼 아이들도 몇 번의 상담을 통해 서로를 이해하는 폭이 넓어졌고 더 이상 비슷한 문제는 일어나지 않게 되었다. 아이들이 이야기할 수 있는 환경을 만들어 주니 문제가 해결된 것이다.

환경을 만들어주는 시도는 계속되었다. 그중 하나는 복도에 의자를 놓는 것이었다. 부장님께서 복도에 의자를 놓아보면 어떻겠냐고 제안을 하셨다. 복도에 의자를 놓는다는 것이 낯설고 처음 시도해보는 일이기에 망설이는 마음이 있었다. 의자를 놓았을 때 어떤 일이 벌어질지 고민하고 의논한 끝에 시범적으로 4개만 놓아보기로 했다. 카페에나 있을 만한 예쁜 의자를 4개 사서 복도에 놓고 아이들의 변화를 지켜봤다. 아이들은 의자에 앉아 이야기도 나누고 장난도 치기 시작했다. 지나다니는데 불편할 것이라는 우려와는 달리 아이들에게 인기 있는 공간이 되었다. 아이들의 호응에 힘입어 2학기에는 의자를 4개 더 주문하여 다른 쪽 복도에 놓았다. 이곳 역시 아이들이 소통하는 공간이 되었다.

이 밖에도 아이들의 생활 문제를 해결하기 위해 다양한 환경을 만들고 있다. 교실에는 여러 종류의 보드게임을 비치해두었다. 아이들은 쉬는 시간이나 점심시간이 되면 삼삼오오 모여서 보드게임을 하고 있다. 보드게임이 있으니 아이들이 교실에서 뛰는 일이 적어졌다. 교실에서 뛸 수 있는 공간이 없어졌기 때문이다. 학급에서는 회복적 서클 활동을 통해 생활 문제를 다루고 있다. 원을 만들어 둘러앉아 주제를 놓고 이야기를 나누는 활동이다. 주제는 주로 함께 정하는데 일상적인 경험을 이야기하는 시간도 있고 학급이나 학교의 문제를 놓고 이야기하는 시간도 있다. 일상적인 경험을 이야기하는 시간은 서로의 이야기를 들으며 이해하고 공감하는 시간이다. 아이들은 자기의 이야기를 들어주는 공간을 통해 따뜻함과 소속감을 느낀다. 학급이나 학교의 문제가 주제인 경우에는 문제 해결을 위한 실천적인 방법들을 이야기한다. 이야기를 나누며 문제를 일으킨 친구와 사과하고 화해하는 경우도 있고 반성하며 다짐하는 경우도 있다. 그저 교사는 이야기를 나눌 수 있는 장을 만들어 주었을 뿐인데 아이들이 문제를 해결해 나가는 모습을 보면 신기하다.

회복적 써클활동
학급에서는 회복적
서클 활동을 통해
생활 문제를 다루고 있다.

　생활지도에 있어서 교사는 모두가 내 아이라는 생각을 갖고 함께 협력해야 한다. 함께 머리를 맞대고 생각을 모을 때 아이들을 도울 수 있는 좋은 방법들이 나오기 때문이다. 또한 아이들은 원래 그렇다는 것을 인정하고 환경을 만들어 주기 위해 노력해야 한다. 아이들의 본성을 억누르고 바꿀 수는 없지만 그 본성으로 인해 생길 문제를 차단하는 환경을 만들어 줄 수는 있다. 우리가 아이들의 입장에서 생각한다면 문제의 답은 의외로 쉽게 보일 것이다.

03 수업 : 소통하고 경험하기

"선생님 수업 언제 끝나요? 아직도 20분이나 남았네."

한 학생이 물어봤다. 점심을 먹고 난 5교시 사회 수업 시간 아이들은 하나 둘 엎드리기 시작했다. 턱을 괴고 조는 아이도 있었고 고개를 숙이고 교과서만 쳐다보는 아이도 있었다. 수업 주제는 '인권'이었는데 인권을 보장하기 위해 우리가 노력할 수 있는 일이 그 내용이었다. 도덕 시간에도 배웠던 주제고 인권교육 시간에도 배워서 그런지 새로운 내용이 별로 없었다. 무엇보다 인권을 지키기 위한 노력이 아이들과 내 마음에 와 닿지 않았다.

수업은 교과서를 보며 설명식으로 이루어졌다. 교과서에 나온 예시들을 읽고 이야기하는 것이 전부였다. 다른 활동은 준비하지 않았다. 너무나 당연한 이야기를 하는데 서로 이야기해 볼 만한 내용이나 활동할 거리가 없기 때문이었다. 과감하게 교과서를 던지고 목표에 맞는 활동을 구성하고 싶었지만 아이디어가 없었다. 아이들의 표정에는 생기가 없고 눈동자는 초점이 맞지 않았다. 수업 시간을 가까스로 마친 뒤 스스로 생각했다. '다시는 이런 수업을 하지 말자. 절대로 이렇게 수업하지는 말자.'

그날 수업 이후로 어떻게 하면 아이들이 즐거운 수업을 할 수 있을지 고민하게 되었다. 더불어 수업 시간을 통해 아이들이 무언가 배웠으면 좋겠다는 생각도 들었다. 수업이 즐겁기도 하면서 배움이 일어나기 위해서는 어떻게 수업을 준비해야 하는 것일까? 어떤 마음으로 수업에 임해야 하는 것일까?

2018년 여름 1급 정교사 연수를 들었다. 금쪽같은 여름 방학을 3주 가까이 반납하고 오랜만에 학생이 되어 강의를 들었다. 늘 가르치는 위치에 있다가 배우는 학생의 위치가 되어보니 학생들의 마음을 알 수 있었다. 딱딱한 의자에 앉아 강의를 듣다 보면 몇 번씩이나 핸드폰 시계를 보게 되었다. 강의하시는 선생님의 말은 앞에서 울리는 하나의 소음 같았고 머릿속은 온통 딴 생각뿐이었다. 점심은 뭘 먹을지, 연수 끝나고 어디로 놀러 갈지, 월급 받으면 무얼 살지 상상의 나래를 펼치고 있었다. 다시 현실로 돌아와 강의 내용에 집중하려고 하면 이미 앞에 내용을 듣지 못해 이해하지 못하는 경우가 많았다. 강사님이 쉬는 시간을 주면 일부러 화장실도 가고 바람도 쐬고 최대한 강의실에서 멀리 떨어졌다. 쉬다가 시간이 다 되면 한 번 더 화장실에 가고 물을 마시고 천천히 강의실로 들어갔다.

마치 내 모습 속에서 우리 반 아이들을 보는 것 같았다. 수업 시간에 딴 생각을 하고 있는 것 같아 일부러 질문을 던져보면 아이들은 대답하지 못했다. 분명히 선생님이 설명했는데 집중하지 않았다고 나무라곤 했다. 아이들은 나처럼 상상의 나래를 펼치고 있었던 것이다. 수업 종이 울리면 꼭 화장실 다녀오거나 물 마시고 와도 되냐고 물어보는 아이들이 있다. 쉬는 시간에 진작에 다녀오지 그랬냐며 주의를 주고 다녀오게 했었다. 아이들은 수업을 조금이라도 회피하고 싶었던 것이다.

연수가 힘들고 지루하기만 한 것은 아니었다. 기대되고 듣고 싶은 수업도 있었다. 바로 김성현 선생님, 허승환 선생님을 만나는 시간이었다. 아마도 연예인을 만나려고 기다리는 팬의 마음이었을 것이다. 두 분 선생님의 책과 원격 연수를 통해 학급경영과 수업에 도움을 받았었다. 그런 분들을 직접 만난다고 하니 강의 날이 손꼽아 기다려졌다.

김성현 선생님 강의는 아침 일찍 가서 앞자리에 앉았다. 다른 강의와는 달리 앞자리부터 채워져 늦게 온 선생님들은 뒷자리에 앉았다. 김성현 선생님 책도 읽고 원격 연수도 들어서 기대가 되었다. 선생님의 강의는 사례 중심, 활동 중심이었기 때문에 다양한 활동을 동료 선생님들과 해볼 수 있었다. '당신만 봅니다.', '솥뚜껑 게임.',

'칭찬 릴레이' 등 지금까지도 연수 때 했던 활동들이 생각난다. 활동을 하며 선생님만의 철학과 수업 노하우를 배울 수 있는 시간이었다. 웃고 즐기며 강의를 듣다 보니 예정된 3시간이 훌쩍 지나가 있었다.

며칠이 지나고 전체가 모인 자리에서 허승환 선생님 강의를 들었다. 대강당이다 보니 허승환 선생님을 가까이서 볼 수는 없지만 직접 강의를 듣는 것만으로도 좋았다. 대집단 앞에서 강의하신 경험이 많으셔서 그런지 많은 선생님들 앞에서도 능숙하게 강의를 하셨다. 교육에 대한 철학, 교사를 하면서 힘들었던 이야기, 어려움을 직면하고 극복해가는 이야기 등 경험에서 나온 진솔한 이야기들을 해주셨다. 그 이야기를 듣고 우리는 서로의 어려움을 적고 조언해주는 활동을 했다. 자신이 겪고 있는 고민을 큰 포스트잇에 적어 벽에 붙이면 다른 선생님이 그 고민에 대해 응원하고 조언해 주는 활동이었다. 대강당 벽을 가득 메운 포스트잇을 하나씩 읽으며 응원의 메시지를 적는 선생님들의 모습은 인상적이었다. 그 시간은 연수 내내 가장 따뜻한 시간으로 기억에 남았다.

즐거운 수업은 학생이 기대하는 수업이다. 선생님이 무슨 활동을 할지 기대하는 수업이다. 기대하는 마음은 선생님을 좋아하는 마음에서 시작된다. 중학교 시절 국어 선생님을 좋아해서 국어 시간을 기다렸던 기억이 떠오른다. 선생님이 좋으면 그 수업이 재미있고 금방 지나간다. 선생님이 준비한 활동이 재미있고 몰입해서 하다 보면 시간이 끝난다. 이렇게 아이들이 선생님을 좋아하면 수업이 즐겁다.

아이들은 조용히 앉아 듣고 생각하는 수업보다 소통하며 이야기 나누는 수업을 좋아한다. 어른들도 가만히 앉아서 강의만 들으면 몸은 편해도 재미도 없고 기억에 남지도 않는다. 무언가 이야기를 하고 생각을 나누고 정리할 때 재미도 있고 기억에 오래 남는다. 마찬가지로 아이들도 서로 소통할 때 수업에 활기가 생긴다. 아이들이 입을 열지 않는 수업을 상상해보면 끔찍하다. 아이들 소리가 나야 교실답고 수업이 즐거운 것이다.

아이들이 힘들어하는 과목 중 하나는 수학이다. 수학은 다른 과목과 달리 정답이 정해져 있는 과목이기 때문이다. 정답이 정해져 있다는 것은 정답을 찾기 위한 방법이 있다는 것이다. 아이들은 스스로 그 방법을 이해하기 위해 공부하지만 다양한 이유로 수준의 차이가 난다. 금방 이해하고 반복해서 연습하는 아이들은 쉽지만 이해하는 속도가 느린 아이들은 어려운 것이다. 한 교실 안에 다양한 수준의 아이들이 있으면 수업을 어디에 맞춰야 할지 고민이 된다.

이런 어려움을 해결하기 위해 잘하는 친구와 도움이 필요한 친구를 짝을 지어주어 서로 배울 수 있도록 한다. 가르쳐주는 아이는 가르쳐주면서 자기가 알고 있는 걸 확인할 수 있고, 배우는 아이는 선생님 설명으로 이해하지 못한 부분을 배울 수 있다. 아이들은 의외로 서로가 모르는 부분들을 잘 가르쳐준다. 자신이 누군가에게 기여한다는 것에 뿌듯함을 느끼기 때문이다. 서로 가르쳐 주기 때문에 마치 쉬는 시간처럼 시끄러울 때도 있지만 배움이 일어나는 과정이라고 생각한다. 아이들의 만족도도 높다. 친구와 함께 배우면서 스스로 할 때보다 부담도 줄어들고 재미있다고 한다. 무엇보다 지루하거나 힘들어서 포기하는 친구들이 없다.

멘토 멘티 활동

즐거운 수업은 소통하는 수업이다. 수업을 할 때마다 소통을 가장 중요한 요소로 생각해야 한다. 국어 시간에는 서로의 느낌이나 생각이 드러난 작품을 발표하거나 돌아다니며 함께 본다. 발표를 듣고 눈으로 직접 보면서 어휘력과 문장력, 표현력이 늘어나기 때문이다. 아이들은 교과서의 이야기보다 친구들의 이야기를 더 궁금해한다. 자신과 가까이 있는 친구의 이야기는 관심을 갖고 귀 기울여 듣는다. 사회나 도덕 시간에는 생각을 모으는 활동을 자주 한다. 어떤 문제를 해결하기 위한 아이디어를 모둠 별로 상의하고 전체 친구들 앞에서 발표한다. 함께 포스터를 만들거나 광고를 만들어보는 활동도 한다. 어떤 그림을 그릴 것인지, 어떤 문구를 적을 것인지, 어떤 내용을 담을 것인지 활발하게 이야기를 나눌 수 있기 때문이다. 이러한 시간들을 통해 협력할 때 더 좋은 생각과 작품이 나온다는 것을 느낄 수 있다.

예전에 혁신학교 네트워크 회의에 참석한 적이 있다. 혁신학교에서는 수업을 어떻게 하는지 어떻게 생활하는지 궁금해서 참석하게 되었는데 거기서 신기한 수업 장면을 듣게 되었다. 6학년 사회 교과서를 보면 정치 부분이 나온다. 우리 반 아이들에게 어떻게 가르칠까 고민하다가 삼권 분립, 헌법 등 정치 용어와 입법부, 사법부, 행정부 등 각 주체가 하는 일 등 사실적인 부분들을 예시와 설명을 통해 가르쳤다. 실제 우리 정치와 관련해서 빗대어 설명을 해서 아이들의 관심은 있었지만 실제로 피부로 와 닿거나 이해하는 모습은 아니었다.

네트워크에서 만난 이 학교는 아이들이 직접 정치를 경험하게 했다. 정치를 도입하면서 마피아 게임을 했다. 마피아 게임을 통해 정치란 서로의 다양한 의견을 조율하고 결정해 나가는 것이라는 걸 느끼게 해준 것이다. 국회가 나오는 부분에서는 국회의원을 뽑아 헌법을 만들어 봤다고 한다. 대통령과 행정부의 각 부처가 나오는 부분은 모둠별로 정당을 만들고 대통령 후보를 공천해 선거운동 및 선출까지 하는 과정을 겪어보도록 했다. 대통령으로 뽑힌 학생 마음대로 반을 운영해 보면서 일어나는 문제들도 경험해보고 반 아이들이 대통령의 독재에 반대해 시위도 했다고 한다. 이렇게 아이들이 직접 문제를 경험하면서 이해하고 느끼는 것이 많다. 교과서로 정리된 지식만을 받아들이는 것이 아니라 오감을 통해 느끼고 체험하며 이해하는 것이다.

수업에서 교사는 아이들이 경험할 수 있는 장을 마련해 줘야 한다. 교육과정을 통해 가르치고자 하는 것을 수업을 통해 경험하게 되는 것이다. 교과서로 정리된 지식은 죽은 지식이지만 경험을 통해 배운 지식은 오랫동안 살아있는 지식이 되는 것이다.

우리의 수업 시간은 즐겁고 행복해야 한다. 즐겁고 행복한 공간에서는 자연스럽게 소통이 이루어지고 이를 통해 배움이 일어나기 때문이다. 이를 위해 우리는 아이들에게 다양한 경험을 제공해주어야 한다. 의자에 앉아 공상만 하는 아이가 아니라 직접 몸으로 부딪치며 배우는 아이를 만들어야 하기 때문이다.

오케스트라 공연을 본 적이 있는가? 다양한 악기들이 자기만의 소리를 내지만 그 소리가 어우러져 아름다운 소리를 낸다. 수업은 마치 이와 같다. 수업은 아이들과 교사가 만들어 가는 최고의 하모니이다. 각자의 색깔을 갖고 함께 소통하며 다양한 것들을 경험할 때 우리는 아름다운 소리를 내고 있을 것이다.

04 학부모 상담 : 학부모는
동역자이다

"선생님. 오늘 웅빈(가명)이한테 들었는데 상철(가명)이가 또 때렸다고 하네요? 아니 한두 번도 아니고 도대체 이게 몇 번째에요? 선생님 믿고 맡겼는데 이번에는 도저히 안 되겠어요. 제가 학교로 찾아가서 상철이를 만나봐야겠어요. 그리고 상철이 아버지도 학교로 불러주세요. 자식 교육을 어떻게 하는 거야."

웅빈이 어머님은 흥분한 목소리로 말씀하셨다. 담임인 내가 상철이를 다시 타일러 보고 주의를 주겠다고 했지만 어머님은 더 이상 참을 수 없다고 하시며 학교로 찾아오셨다. 상철이 아버님께 전화로 자초지종을 설명드렸고 금방 학교로 오셨다. 두 학부모님의 어색하고 껄끄러운 만남 속에 아이들과 나는 아무 말도 없이 앉아 있었다. 어머님께서 지금까지 상철이가 웅빈이에게 했던 일들을 이야기했다. 상철이는 평소에 친구들과 원만하게 지내다가도 자기와 의견이 맞지 않으면 고집을 부렸다. 자기 뜻대로 하려고 했고 하고 싶은 것만 하려고 했다. 친구들은 그런 상철이와 말다툼을 했고 상철이는 심한 욕을 쓰며 친구들을 무시하고 위협했다. 때로는 상철이가 폭력을 사용하는 경우도 있는데 웅빈이도 그런 상철이와 몇 번 부딪혔다. 이러한 상황들을 상철이 아버님께 설명을 드리니 상철이의 잘못을 인정할 수밖에 없었다. 상철이 아버님은 상철이에게 사과하라고 했고 본인도 사과를 하셨다. 사과를 받은 웅빈이 어머님도 자기가 흥분했다며 미안하다고 하셨다. 상철이와 아버님이 먼저 교실을 나섰고 잠시 후 웅빈이와 어머님도 집으로 돌아갔다. 한바탕 큰일을 겪고 나서 힘이 빠져 의자에 털썩 주저앉았다. 혹시나 일이 커져 학부모님들이 싸우면 어떡하나 걱정했는데 다행이었다. 하지만 그 상황과 화난 목소리와 표정은 쉽게 잊히지 않았다. 가끔 웅빈이 어머님께 다른 일로 전화가 와도 긴장하면서 받을 수밖에 없었다.

이런 일은 빙산의 일각에 불과하다. 학급에서 자기 아이가 손해를 보거나 피해를 입으면 전화해서 따지는 학부모도 있고 직접 교장 선생님을 찾아가는 학부모도 있었다. 교사가 슈퍼맨이 아닌데 문제를 해결하지 못하면 신뢰할 수 없다는 듯이 이야기하며 민원을 넣겠다고 협박하는 학부모도 있었다. 심지어 선생님의 교육방식이 잘못되었다고 하면서 남자 선생님이 엄하게 못한다고 인격을 모독하는 학부모도 있었다. 흔히 말하는 학부모에 의한 교권 피해가 학교 현장에서 공공연히 일어나고 있는 것이다.

이렇게 따지고 깎아내리는 말을 듣다 보면 교사의 자존감은 바닥을 친다. 특히 첫 발령을 받아 온 신규 교사는 더욱 두려움을 느낀다. 자신을 교사로서 자질이 부족하다고 느끼고 자신감을 잃게 된다. 학부모를 향한 두려움이 생겨 학부모와의 소통을 꺼리게 된다. 학부모에게 민원을 받지 않기 위해 신경 쓰게 된다. 그러다 보면 아이들에게 자신의 교육관을 펼치는 것이 아니라 학부모들이 원하는 교육관으로 대하고 가르치게 된다.

학부모와의 껄끄러운 관계는 고스란히 아이들에게 이어진다. 교사와 학부모와의 관계가 위축되면 교사는 그 원인을 아이들에게서 찾게 된다. 아이들이 아무 문제없이 행동해주면 되는데 그러지 못해 이런 일이 생겼다고 생각하게 된다. 교사는 아이들이 문제를 일으키지 않도록 관리 감독하게 되고 아이들의 실수나 문제행동에 민감하게 된다. 아이들을 너그럽게 인정해주지 못하고 지적하고 혼내면서 자기를 보호하게 된다. 두려움을 기초로 한 인간관계는 경직되고 피상적인 관계가 된다.

교육의 3주체는 학생, 교사, 학부모이다. 좋은 교육이 이뤄지기 위해서는 각 주체들 간의 관계가 중요하다. 교사는 학생을 사랑으로 가르치며 아이 한 사람 한 사람의 특성을 이해하고 존중해줘야 한다. 획일적인 모습으로 학생들이 자라길 기대하지 말고 자기의 적성에 맞게 뜻을 펼칠 수 있도록 격려하고 지원해야 한다. 학부모와 사회의 요구를 듣고 학생에게 필요한 부분들을 가르쳐야 한다. 학생은 교사와 학부모를 사랑하고 존중하며 가르침을 통해 세상 속에 살아갈 지식과 가치관을 배워야 한다. 학부모는 아이들에게 꾸준한 관심과 사랑을 주며 교사와 협력하여 아이를 키워야 한다. 이렇게 세 주체가 서로를 사랑하고 신뢰하는 분위기 속에 교육이 이뤄질 때 교육의 목적을 충분히 달성할 수 있다. 학생과 교사와의 관계는 교실 상황에서 이뤄지고 학생과 학부모 사이의 관계는 가정에서 이뤄진다. 그렇다면 교사와 학부모와의 관계는 무엇을 통해 이뤄질 수 있을까? 그게 바로 학부모 상담이다. 학부모 상담은 교사와 학부모를 이어주는 다리다.

매년 학기 초가 되면 학부모 상담을 한다. 아이들과 갓 적응해서 지내고 있는데 학부모를 만나면 무슨 말을 해야 할지 두려움이 앞선다. 학부모 상담을 할 때 우리가 먼저 고려해야 할 것은 두려움을 없애는 것이다. 누군가 새로운 사람을 만나는 것은 두려운 일이지만 그 두려움을 극복해야 한다. 두려운 마음을 갖고 있으면 상대방도 두려움을 느낀다. 무슨 말을 해야 할지 모르는 건 학부모도 마찬가지다. 아이에 대해 특별한 조언을 해야겠다는 부담을 버리고 그냥 만나서 아이에 대해 모르는 것을 서로 물어본다는 가벼운 마음으로 만나야 두려운 마음을 극복할 수 있다.

실제로 나는 얘기해줄 것보다 질문을 더 많이 준비한다. 교사가 얘기하는 건 여러 해 동안 아이를 경험한 학부모님이 더 잘 알기 때문이다. 한 달 남짓 아이를 관찰하고 교사가 이야기하는 것을 이미 학부모님은 몇 년에 걸쳐 보고 느끼고 있다. 오히려 교사가 아이에 대해 모르는 것이 많기에 질문을 준비한다.

"어머님. 윤주는 집에서 학교 얘기 자주 하나요? 뭐라고 얘기하던가요?"

"어머님. 용수가 수업 시간에 잘 집중하던데, 집에서 따로 공부를 하고 있나요?"

"아버님. 준희랑 자주 시간을 보내주시나요? 준희가 아버지 얘기를 많이 하더라고요."

이런 질문들을 통해 학부모님과 아이의 관계도 알 수 있고 학교에서는 볼 수 없었던 아이의 모습들을 파악할 수 있다. 질문을 하면 학부모님들도 한결 편하게 말씀하신다.

"윤주는 학교생활이 재밌대요. 친구들도 좋고 선생님도 친절하시다고 하네요. 초등학교 마지막 해에 좋은 추억 만들 수 있을 거 같아요."

"용수는 집에서 EBS로 공부해요. EBS로 인터넷 강의를 보면서 문제집도 풀고 그러거든요. 저희가 바빠서 신경을 잘 못 써주는데 혼자서 하니까 고마울 뿐이죠."

"준희랑 시간을 자주 보내려고 노력해요. 아무래도 이제 사춘기에 접

어드는 시기니까 같이 안 나가려고 하더라고요. 중학생 되면 더 그럴 거 같아서 가족끼리 주말에 여행을 자주 가는 편이에요."

대답은 또 다른 질문을 낳고 그렇게 이야기하다 보면 약속한 30분이 금방 지나간다. 아이에 대해 이야기했는데 아이뿐만 아니라 학부모님을 알게 되어 한결 가까워진 기분이 든다. 학부모를 두려움이 아닌 열린 마음으로 맞이할 때 우리는 더 가까워진다.

학부모 상담을 하고 나면 아이를 대할 때 달라진다. 학부모님이 아이에 대해 이야기해주셨던 것들이 떠오르기 때문이다. 아이의 어떤 부분을 조심해야 하고 신경 써서 지도해야 하는지 기억이 난다. 대화했던 모든 것을 기억할 수는 없지만 단 한 가지라도 아이를 위해 교사가 맞춰줄 수 있다면 성공한 상담인 것이다.

학부모는 교사와 함께 아이들을 책임지는 사람이다. 아이들은 교사의 노력만으로 쉽게 변하지 않기 때문에 학부모님과 함께 노력해야 한다. 공부습관, 생활습관, 언어습관, 독서습관 등 학교와 가정이 같은 가치관을 갖고 가르치지 않으면 어려운 일들이 많다. 이런 문제들을 교사와 학부모가 서로의 생각을 허심탄회하게 이야기하고 서로 도울 수 있는 방법이 '반 모임'이다.

남한산 초등학교에서 근무하고 있는 선생님의 이야기를 들은 적이 있다. 남한산 초등학교는 현재 경기도에서 추진하고 있는 혁신학교의 모델이 된 학교이다. 남한산 초등학교를 혁신 모델로 정한 여러 가지 이유가 있지만 그중 하나는 '교육 공동체'를 실천하고 있기 때문이다.

아이들이 하교하고 해가 져 어둑해진 저녁 부모님들이 하나둘씩 교실로 오신다. 교사들도 퇴근 시간을 훨씬 넘긴 저녁 시간까지 집에 가지 않고 교실에 남아 있다. 대다수의 학부모님들이 참석하신 가운데 반 모임이 시작된다. 반 모임에서는 아이들에 대한 어떤 내용도 이야기할 수 있다. 아이를 키우며 드는 고민, 아이들의 평상시 생활 모습, 아이들을 도울 수 있는 방법 등 다양한 이야기가 오고 간다. 이 시간을 통해 학부모님들과 교사는 정보도 나누고 마음도 나눈다. 교사 입장에서 아이들을 가르치면서 드는 생각이나 고민을 나누면 학부모님들이 공감해 준다. 반대로 학부모님들도 서로 고민을 나누고 공감하고 격려하면서 서로를 이해하는 폭이 넓어진다.

이 시간이 소중한 이유는 서로를 교육 공동체로서 믿기 때문이다. 우선 반 모임에서는 누구나 의견을 제시할 수 있고 충분히 이야기를 나누고 결정은 다 함께 한다. 반 모임에서 결정된 것은 교육 상황에 반영된다. 교사 혼자의 힘으로 불가능한 부분은 학부모님들이 함께 돕는다. 또한 반 모임에서 나온 이야기 중 민감한 부분은 절대로 누설하지 않는다. 이런 원칙들이 지켜지는 이유는 서로를 향한 믿음이 있어서이다.

동역자라는 말은 '어떤 목적을 위해 함께 일하는 사람'을 뜻하는 말이다. 서로 다른 가치관을 갖고 살아가는 사람들이 같은 목적을 향해 한마음이 된다는 건 쉬운 일이 아니다. 그게 바로 학부모와 교사와의 관계 같다. 학부모가 생각하는 교육과 교사가 생각하는 교육은 다를 수 있다. 하지만 학생을 생각한다는 목적은 같다. 목적이 같다면 마음을 함께 해야 한다. 그 과정은 소통을 통해 가능하다. 학부모를 두려운 존재로 생각하지 말고 동역자로 생각한다면 더 건강하고 발전적인 소통을 할 수 있다. 학부모와 교사가 좋은 동역자가 되어 학생들을 더 돕게 되길 바란다.

05 진로지도 : 어떤 사람으로
살아가야 할까?

"넌 커서 뭐가 되고 싶니?"

어렸을 적 어른들에게 자주 들었던 말이다.

초등학교 시절 나는 축구선수가 되고 싶었다. 황선홍, 서정원, 최용수 같은 공격수가 되어 월드컵에 나가는 게 소원이었다. 축구선수가 되고 싶어서 아침에 일찍 등교해서 친구들과 축구를 했고, 점심시간과 방과 후에도 운동장에서 살다시피 했다. 운동장에서 마음껏 뛰면서 상대편을 제치고 강력하게 슛을 해서 골을 넣을 때면 스트레스가 풀리는 기분이었다. 세상에서 가장 즐거운 일을 하면서 살 수 있다니 상상만 해도 행복했다.

6학년 때는 우리 학교 대표로 뽑혀 평택시 초등학교 축구 대회에 참가했다. 우리 학교는 대회 준비하기 몇 달 전부터 아침저녁으로 훈련을 했다. 청소년 국가대표 출신의 코치님이 감독으로 오셨는데 기본기와 전술을 가르쳐주셨다. 그동안 오합지졸처럼 축구하던 실력이 한 단계 도약하는 계기였다. 그렇게 훈련을 통해 성장한 우리 학교는 대회에서 우승을 차지했다. 나는 주전 공격수로 뛰었는데 골을 많이 넣지는 못했지만 팀이 우승하는데 기여할 수 있어 뿌듯했다.

　그 해 10월이 되어 중학교를 결정하는 시기가 되었다. 어느 날 부모님께서 회의를 제안하셨다. 식탁 의자에 앉아 대화를 나누는데 부모님께서 심각하게 진로에 대해 이야기하셨다. 내가 정말 축구를 하고 싶다면 제대로 해야 한다는 이야기였다. 축구 선수가 되려면 축구를 좋아하고 학교에서 아이들과 노는 수준으로 하는 것이 아니라 전문적인 학교에 진학해야 한다고 하셨다. 당시에 주위에 축구 선수가 되기 위해 브라질로 유학을 가는 친구들도 있었고 축구부가 있는 지역으로 전학 가는 친구들도 있었기에 그 문제가 피부로 와 닿았다. 나 자신에게 질문했다. '나는 축구 선수가 정말로 되고 싶은가?', '축구 선수가 되려면 부모님과 떨어져서 지낼 수도 있고, 훈련을 견뎌내야 하는데 할 수 있을까?', '축구 선수로서 성공할 수 있을까?' 이런 다양한 질문들을 마음속으로 했다. 질문에 대한 나만의 답을 하나씩 써 내려가면서 축구 선수가 되기 힘들다는 생각을 갖게되었다. 그만큼 축구를 좋아하지 않는다는 말이기도 하고 축구 선수가 되기 위해 포기해야 할 것들이 많다는 생각이 들었기 때문이다. 결국 부모님과 진로에 대해 얘기했던 그날 축구 선수의 꿈을 포기하게 되었다. 지금 생각해보면 어린 시절의 내가 도전해보지도 않고 포기한 것이 안타깝지만 한편으로는 현명한 선택이었다는 생각도

든다.

축구 선수의 꿈을 접고 중학교에 입학했다. 축구는 여전히 아침, 점심으로 즐기며 삶에 가까이 있었지만 더 이상 나의 꿈은 아니었다. 중학생이 되고 나서 누군가 꿈을 물어보면 가치 있고 영향력 있는 일을 하고 싶다는 말을 했다. 그 가치 있고 영향력 있는 일이 무엇일까 생각했을 때 누군가를 변화시키는 일. 바로 '교육'이라는 생각을 갖게 되었다. 그렇게 내 꿈은 축구 선수에서 교육자로 바뀌게 되었다.

어렸을 때 정한 꿈을 그대로 간직하고 이루며 사는 사람은 드물다. 초등학생들에게 꿈을 물어보면 수십 가지가 나온다. 군인, 가수, 교사, 사업가, 개그맨, 미용사, 운동선수 등 관심 있는 모든 것들을 해보고 싶기 때문이다. 아직 자기가 무엇을 잘하고 좋아하며 직업으로 삼을 수 있을지 모르기 때문이기도 하다. 꿈에 대한 질문을 중학생, 고등학생에게 해 보면 하고 싶은 일이 없다고 이야기한다. 현실을 직시하고 자기가 그 꿈을 이루기 힘들다는 것을 깨달았기 때문이다. 결국 아이들은 자신의 성적에 맞게 대학을 진학하거나 취업을 하게 되고 원래의 꿈과는 전혀 다른 삶을 살아가게 된다. 한 번도 생각해보지 못한 직업을 갖고 현실에 맞게 살아가는 것이다.

여기에 진로지도의 한계가 있다. 우리는 어렸을 적 꿈을 이뤄서

사는 사람이 많지 않은데 구체적인 꿈을 물어보고 있다. 될 수 없는 꿈이지만 상상이라도 해보자는 마음인 것이다. 어차피 어렸을 적 꿈을 꿔도 현실을 직시하면 포기하게 될 꿈이라면 꿈을 꾸는 것보다 중요한 것이 있을 것이다. 그것은 바로 '어떤 사람이 되고 싶냐?'는 질문이다. 커서 뭐가 되고 싶은지의 질문이 아니라 커서 어떤 사람이 되고 싶은지에 대한 질문이 있어야 한다.

우리 아이들은 어떤 사람이 되어야 할까? 어떤 사람이 되라고 지도해야 할까? 우리 아이들은 훌륭한 사람이 되어야 한다. 훌륭한 사람이 어떤 사람인지는 훌륭한 사람들을 보면 알 수 있다. 그들은 몇 가지 공통점을 갖고 있기 때문이다.

첫 번째로 훌륭한 사람은 다른 사람들을 위한 삶을 살았다. 세종 대왕은 백성들이 한글을 몰라 불편을 겪는 모습이 안타까웠다. 그는 집현전에서 학자들과 쉽게 배울 수 있는 글자를 연구했고 우리의 입모양을 본떠 한글을 만들었다. 이 밖에도 실생활에 필요한 측우기나 자격루, 해시계 등 백성들의 삶을 돕는 물건들을 발명하게 했다. 백성들을 위한 세종대왕의 삶은 '애민정신'으로 우리에게 전해지고 있다. 이순신 장군도 마찬가지다. 임진왜란으로 나라가 위험에 처해 있을 때 자기의 목숨을 지키기 위해 도망가지 않고 끝까지 적에 맞서 싸웠다. 아무도 알아주지 않고 조정에서조차 왕의 명령을 거역한다고 관직을 빼앗고 좌천시켰지만 그는 나라를 위한 삶을 포기하지 않았다. 그가 죽으면서까지 나라를 위해 싸우려 했던 모습은 후대에 우리에게까지 큰 감동을 준다. 이 밖에도 우리가 존경하는 사람들은 모두 자기 자신을 버리고 다른 사람을 위해 살았던 사람들이다.

우리나라 단군신화에 보면 홍익인간의 뜻으로 나라를 세웠다고 한다. '널리 사람을 이롭게 한다.' 는 홍익인간의 뜻에는 우리 민족의 가치가 들어있다. 우리 민족은 사람을 이롭게 하는 삶을 목표로 살아가는 민족이다. 개인주의가 변질되어 개인 이기주의가 팽배한 사회 속에서 우리 아이들이 홍익인간의 가치를 회복해야 한다. 널리 사람을 이롭게 하는 사람이 되는 것이 우리 아이들이 나아가야 할 기본적인 방향이다.

두 번째로 훌륭한 사람은 열정과 끈기를 갖고 도전하며 포기하지 않는 사람이었다. 미국에 가장 존경받는 대통령인 링컨 대통령은 가난한 농부의 아들로 태어났다. 그는 독학으로 변호사가 되었고 정계에 진출한다. 주 의원, 연방 하원의원, 연방 상원의원 선거를 거치며 여러 차례 낙선한다. 링컨은 그때마다 포기하지 않고 더 나은 세상을 만들기 위해 노력하고 도전하여 결국 대통령에 당선된다. 전구를 발명한 에디슨도 1천 번 이상의 실패를 경험한다. 같이 일하던 조수가 계속된 실패로 인해 에디슨에게 불평을 하자 에디슨은 이렇게 말한다.

"우리는 전구를 만들 수 없는 1천 가지의 방법을 찾았어."

『그릿』이라는 책에는 성공하는 사람들의 중요한 요소로 끈기와 노력을 이야기한다. 우리는 흔히 성공하는 사람들은 남다른 재능을 가졌을 것이라고 생각한다. 하지만 특별한 재능을 가졌더라도 끈기를 갖고 노력하지 않으면 그 재능은 발전하지 못하고 사라지게 된다. 특별한 재능보다 중요한 것은 실패와 고난의 순간에 포기하지 않고 끝까지 도전하는 것이다.

세 번째 훌륭한 사람들은 자신을 돌아볼 줄 아는 사람이었다. 가드너의 다중지능 이론은 사람에게 다양한 지능이 있다고 주장한다. 언어지능, 논리-수학적 지능, 공간지능, 음악지능, 신체-운동지능, 인간친화지능, 자기성찰지능 등 7가지의 지능이 있는데 사람마다 강점으로 갖고 있는 지능이 다르다는 것이다. 운동선수는 신체-운동지능이 높고, 가수는 음악지능이 높으며 아나운서는 언어지능이 높게 나온다. 그런데 각 분야에서 뛰어난 성과를 거둔 사람들의 공통적인 지능이 있는데 바로 '자기성찰지능'이다. 성공한 사람들은 자기 자신을 돌아보고 관리하는 지능이 높았다. 이순신 장군이 전쟁 속에서 자신 내면의 고민을 적은 난중일기가 그런 예이다.

우리 아이들은 학교와 부모님의 그늘을 벗어나 성인이 되면서 서서히 독립해간다. 정서적으로 재정적으로 독립해야 하는 시기에 자기를 돌아보고 관리하는 것은 중요하다. 학창시절 이런 경험들을 갖지 못하고 시간이 지나면 의존적인 성인이 될 수밖에 없다. 아이들이 훌륭한 어른으로 자라게 하기 위해서 독립할 수 있는 도움을 줘야 한다.

우리가 원하는 훌륭한 인간상을 그릴 때 진로교육의 방법도 보인다. 미래 직업에 대한 소개와 체험도 필요하지만 어떤 직업을 갖더라도 의미 있고 가치 있게 살아갈 수 있는 가치관 교육이 더 중요하다. 이러한 가치관을 가르칠 수 있는 몇 가지 방법이 있다.

첫 번째는 독서이다. 책을 통해 우리 아이들은 다양한 사람들을 만날 수 있다. 특별히 위인전은 아이들에게 필수적이다. 위인전에는 그 인물의 어린 시절부터 죽음에 이르기까지 다양한 경험들 속에 대처했던 인물의 생각과 선택들이 들어있기 때문이다. 우리가 모든 것을 경험할 수 없기에 책을 통해 간접적으로 경험하면 아이들이 시행착오를 줄일 수 있다. 또한 인물들이 어떻게 자기를 돌아봤는지, 어떻게 어려움 속에서 포기하지 않았는지, 사회에 어떻게 기여하면서 살았는지를 보면서 자연스럽게 자신의 미래상을 그릴 수 있게 된다. 훌륭한 사람을 직접 만나면 좋겠지만 그것보다 짧은 시간에 다양한 사람을 만날 수 있는 독서야말로 효율적인 지도 방법이다.

두 번째는 표현하고 공언하는 것이다. 나의 꿈이나 목표, 버킷리스트를 글이나 그림으로 표현하고 다른 사람들 앞에서 공언하는 것이다. 자기계발 서적에서 공통적으로 이야기하는 부분도 구체적으로 쓴 목표가 있으면 이루게 된다는 것이다. 아이들이 자기의 꿈과 목표를 적고 그것을 매일 본다면 생생하고 구체적으로 다가오게 될 것이다. 김성현 선생님의 '드림보드'가 그런 역할을 한다. 드림보드는 자기의 롤 모델과 꿈, 좌우명, 버킷리스트 등 자신이 이루고 싶은 것들을 문자와 그림으로 표현한다. 이렇게 만든 드림보드를 다른 친구들 앞에서 소개하는 시간을 가질 수 있다. 요즘 여러 학교에서 하고 있는 '나의 꿈 발표대회'이다. 나의 꿈 발표대회를 통해 자신이 이 꿈을 이루고 싶은 이유에 대해 생각할 수 있고 다른 사람의 이야기를 들으며 공감하고 개선해 나갈 수 있다. 다른 사람 앞에서 자신의 꿈을 이야기하기 위해서는 그 꿈에 대해 깊이 생각하는 과정이 필요하다. 자기에 대해 돌아보고 이유를 찾는 시간들을 통해 어떤 사람이 되어야 할지 생각하게 되고 자기만의 인간관을 갖게 되는 것이다.

우리가 아이들에게 가르쳐야 할 것들은 무궁무진하다. 하지만 이 세상에서 필요한 모든 지식과 기술을 가르쳐 줄 수는 없다. 그렇다면 정말 무엇을 가르쳐야 할지 고민해야 한다. 아이들에게 당장에 필요한 지식이나 기술이 아닌 평생을 살아갈 가치관을 가르치는 것이 교사의 사명일 것이다.

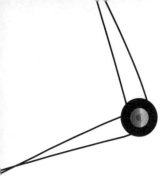

06 인성지도 : 이해하고 기다리고 믿어주기

　선생님들이 모이면 나누는 대화의 90% 이상은 아이들 이야기이다. 그중에서도 좋은 이야기는 소수고 대다수가 안 좋은 이야기이다. 아이들끼리 싸운 이야기, 수업 시간에 장난친 이야기, 몰려다니며 화장하는 이야기 등 학생으로서 좋지 않은 모습을 이야기한다. 선생님들과 이야기하다 보면 우리 반만의 문제가 아니라 다른 반에도 있는 문제라는 사실을 알게 된다. 서로 아이들 험담을 하고 나면 후련하고 마음이 풀리는 느낌을 받는다.

　각 반에 문제 있는 아이들이 몇 명씩 있다. 남학생인 경우 싸움을 하거나 욕을 하면서 다른 친구를 놀리는 아이가 있다. 힘으로 아이들을 괴롭히는 유형도 있고, 말로 아이들의 속을 긁어 놓는 유형도 있고, 선생님께 반항하거나 대드는 유형도 있다. 여학생인 경우에는 화장을 하거나 몰려다니며 그룹을 형성하여 위화감을 조성하는 아이가 있다. 자기주장이 뚜렷하여 친구들과 타협하지 않는 아이, 욕하면서 편을 가르는 아이도 있다. 남자든 여자든 이런 아이들이 반에 한두 명씩 있으면 전체적인 분위기가 흐트러진다. 선생님은 그 아이들과 싸우기 바쁜데 선생님이 없을 때에는 그 아이들 손에 다른 아이들이 피해를 보기 때문이다. 분위기를 흐리고 다른 친구들에게 피해를 주는 그 아이들은 '문제아'라고 불린다.

문제아들에게는 상처가 있다는 공통점이 있다. 상처가 있다고 모두가 문제아는 아니지만 문제를 일으키는 아이들은 크고 작은 상처를 갖고 있다. 그 상처는 자라오면서 가정과 학교와 사회에서 주변에 있는 사람들에게 받은 상처이다. 부모님에게 버림받은 아이들도 있었고, 심한 학대와 폭력을 당한 아이들도 있었다. 선생님과의 관계가 틀어져 모든 선생님을 적대시하는 아이도 있었고, 친구들에게 따돌림을 당해 친구들을 불신하는 아이도 있었다. 그렇게 상처받은 마음이 다른 사람을 괴롭고 불편하게 하는 말과 행동으로 표출되는 것이다. 아이들의 문제 행동에는 이유가 있었던 것이다.

한석(가명)이는 학기 초부터 눈에 띄는 아이는 아니었다. 단지 앞에 있는 친구랑 수업 시간에 잡담을 하거나 장난을 쳐서 주의를 받는 정도였다. 4학년이고 남학생이면 그 정도 모습을 보일 거라고 생각해 문제라고 생각하지 않았다. 그러던 어느 날 한석이와 한 남학생이 다투고 있는 모습을 보게 되었다. 이야기를 들어보니 한석이가 급식실에서 내기를 했는데 약속을 지키지 않는다는 것이었다. 한석이가 친구에게 맛없는 반찬을 먹으면 자기가 갖고 있는 약과를 주겠다고 했는데 반찬을 먹고 나니 주지 않아서 말다툼을 하고 있던 것이다. 한석이에게 약속을 했는지 물었고 아이는 약속을 했지만 그 말을 믿은 친구가 바보라고 말했다.

"한석아. 친구랑 약속을 했으면 지켜야지. 약속을 못 지킬 거면 약속을 하면 안 되지."

한석이는 이 말에 대꾸도 하지 않고 가방을 싸서 집에 가려고 했다. 문제를 해결해야겠다 싶어 아이를 붙잡았는데 그때부터 집에 가야 한다고 놓으라고 했다. 처음 겪는 일이라 당황도 되고 화가 나서 아이를 억지로 끌고 연구실로 들어갔다. 아이는 힘으로 나를 밀어내려고 했다. 집에 가려는 아이를 억지로 붙잡아 앉혔지만 대화는 되지 않았다. 아이의 반항적인 모습을 처음 보고 어머님께 전화를 드렸다. 어머님은 아이가 초등학교 들어간 이후로 담임 선생님들께 전화를 많이 받았다고 하셨다. 어머님은 아이가 어릴 때 아빠와 이혼해서 방과 후부터 저녁까지 아이 혼자서 지내야 한다고 하셨다. 본인이 바빠서 아이를 잘 가르치지 못해 죄송하다고 말씀하셨다. 한석이네 상황을 알고 나니 한석이가 집에서 겪을 외로움과 그로 인해 받았을 상처가 이해되었다.

하지만 시간이 지날수록 한석이의 행동은 심해졌다. 한석이는 말로 상대방을 화나게 하는 재주가 있었다. 수업 시간에는 주변 친구들에게 장난을 치거나 떠드는 경우가 많았다. 그런 모습을 지적하면 내 수업으로 한석이의 화살이 돌아왔다. 내가 하는 말 한마디 한마디에 대꾸하며 수업 진행을 방해했다. 그런 한석이를 무시하고 싶었지만 목소리가 크고 끈질기게 이야기해서 무시할 수가 없었다. 한석이의 말대꾸에 휘말려 실랑이를 벌이다 보면 화가 나서 수업을 진행하기 어려울 정도였다. 화살이 친구들에게 돌아갈 때도 있었다. 한석이는 친구의 약점을 집요하게 파고드는 재능이 있었다. 마치 하이에나처럼 친구의 별명이나 싫어하는 말을 지속적으로 해서 친구가 울거나 싸우는 일이 잦았다. 그런 일이 일어나면 교사로서 문제를 해결해야 한다는 생각에 한석이를 혼내게 되었다. 혼내도 잘못을 인정하지 않는 독한 아이, 끝이 보이지 않는 싸움이 늘 이어졌다.

운동회 날이었다. 전날 비가 많이 와서 운동장에서 운동회를 진행할 수 없어 1블록은 교실에서 간단한 놀이를 했다. 아이들에게 운동회를 느끼게 해주고 싶어 운동 경기 종목을 변형한 놀이를 준비했다. 예를 들어 양궁은 칠판에 과녁을 그려 자석을 던지는 게임으로 바꿨고, 오래달리기는 물속에서 숨 오래 참기로 바꿔서 진행했다. 4팀으로 나눠 팀별로 경쟁해서 승패를 가리는 식으로 게임을 진행했다. 대학교 다닐 때나 교회에서 이런 게임을 자주 진행해봤기 때문에 문제없이 재미있게 진행할 거라고 생각했다. 준비한 게임 중에

'창 던지기' 게임이 진행될 때였다. 빨대를 던져 최대한 멀리 간 팀이 이기는 게임이었다. 게임이 진행되고 있는데 한 친구가 한석이가 반칙을 했다고 말했다.

"선생님. 한석이가 빨대 앞에 테이프를 감았는데요?"

게임을 중단하고 한석이의 빨대를 보자고 했다. 한석이는 안 그랬다고 하면서 빨대를 손에 움켜쥐었다.

"한석아. 선생님이 확인하려고 그러는 거야. 빨대 한 번 줘봐."

"싫어요. 안 그랬다니까요."

한석이의 손에 있는 빨대를 빼앗아보니 앞부분에 테이프가 여러 겹 감겨 있었다.

"한석아. 한석이네 팀은 이번 게임에서는 실격이야. 반칙을 사용했잖아."

그랬더니 한석이는 그런 게 어딨냐면서 빨대에 테이프 감지 말라는 이야기 못 들었다고 억지를 부렸다. 물론 그런 이야기를 하지 않았지만 빨대에 테이프를 감고 던진 걸 속인 게 잘못되었다고 했다. 게임을 진행하려고 하는데 한석이가 칠판에 적힌 게임 순서와 점수를 지우기 시작했다.

"이런 게임 다 필요 없어!"

한석이의 행동에 머리끝까지 화가 난 나는 한석이의 손목을 잡고 끌고 교실 뒤편으로 가서 오늘 게임에 참여할 수 없다고 여기서 구경하라고 말했다. 한석이는 씩씩대며 뒤에서 책상을 차고 쿵쾅쿵쾅 소리를 냈다. 한석이의 방해로 나머지 게임은 진행되지 못했다. 쉬는 시간이 되고 내 핸드폰을 확인했더니 한석이에게 문자가 여러 통 와 있었다. 나에 대한 원망과 저주의 말들이 문자에 적혀 있었다. 핸드폰을 확인하며 손이 떨릴 정도로 화가 나고 수치스러웠다. 학생에게 이런 말까지 듣다니 교사라는 직업에 대해 다시 생각할 정도로 충격이었다. 여기서 한석이에게 화를 내면 이 싸움이 끝날 것 같지 않았다. 다행히 2블록은 학년 전체가 함께 하는 시간이었고 한석이와 마주칠 일이 없어 무사히 넘어갔다.

한석이와 함께 했던 그 1년이 교사 생활에서 가장 힘든 시간이었다. 그 해를 생각하면 '수업은 제대로 했었나?' 싶을 정도로 정신없던 한 해였다.

다음 해 한석이를 올려 보내고 6학년 담임을 맡게 되었다. 5학년과 6학년은 같은 층을 사용해서 복도에서 한석이를 종종 볼 수 있었다. 5학년이 된 한석이는 여전히 그 학년에서 선생님들 입에 오르내리는 학생이었다. 복도에서 마주칠 때마다 한석이에게 반갑게 인사하며 관심을 보였다. 한석이는 수줍게 인사하며 잘 지내고 있다고 말했다. 그런 한석이에게 늘 응원하며 이야기한 말이 있다.

"한석아. 잘하고 있지? 5학년 선생님 말씀 잘 들어야 돼. 한석이 잘할 거라고 믿어."

작년에 우리 반일 때는 절대로 해줄 수 없는 말이었는데 다른 반이 되니 마음껏 이야기해줄 수 있었다. 한석이네 담임 선생님이 겪고 있을 어려움을 알기에 나의 격려의 말이 조금이나마 도움이 되었으면 하는 간절한 마음이었다. 마주칠 때마다 그런 말을 하니 한석이의 표정이 점점 밝아졌다.

1년이 지나 새로운 학년으로 올라갈 때쯤 5학년 한석이네 선생님과 이야기할 시간이 있었다. 한석이 담임선생님은 경험 많은 베테랑 선생님이셨는데 한석이를 사랑으로 잘 가르쳐주셨다. 선생님은 한석이가 5학년 초보다 친구관계나 수업태도가 좋아졌다고 말씀하셨다. 그러면서 아이들은 정말 힘들 때가 있는 것 같다고 하셨다. 4학년 때 그렇게 힘들게 해서 전교에 소문이 다 났는데 5학년 때 좋아진 거 보면 한석이에게는 그때가 4학년 때였던 것 같다고 말씀하셨다. 그때 어떤 선생님을 만나 어떤 시간을 보내느냐에 따라 아이들이 바뀌는데 최성민 선생님이 그 시간을 이해하고 인내해줘서 한석이가 변한 거 같다고 말씀해주셨다. 나를 생각하며 위로해주신 말씀이 힘이 되었다. 4학년 한 해 동안 한석이가 변하지 않아 답답하고 힘들었는데 선생님의 그 말 한마디에 용기와 희망을 얻게 되었다. 선생님은 덧붙여서 한석이가 6학년 때 최성민 선생님 반이 되고 싶다는 말을 했다고 하셨다. 나는 손사래를 치며 절대 안 된다고 말했다.

아이들과 학급에서 식물을 키운 적이 있다. 실과 교과서에 나오는 상추, 봉선화, 나팔꽃 등을 페트병을 자른 화분에 심었다. 씨를 하루 정도 물에 불리고 좋은 흙에 심어 창가에 두었다. 하루 이틀 지나면서 하나둘씩 싹이 트기 시작했다. 어떤 싹은 금방 자라 줄기가 올라왔지만 어떤 식물은 싹도 제대로 자라지 못했다. 2주, 3주가 지나자 꽃이 피는 식물들이 생겨났다. 벌써 몇 번째 꽃이 피고 지는 식물이 있는 반면에 아직도 줄기조차 제대로 자라지 못하는 식물도 있었다. 기다림에 지쳐 몇몇 아이들은 키우기를 포기하고 학교 화단에 흙을 버리기도 했다. 하지만 며칠이 지나자 그동안 꽃이 피지 않은 화분에서도 꽃이 피기 시작했다. 식물을 키운 지 2달이 되어서 핀 꽃도 있었다. 식물을 키우고 나서 아이들과 소감을 이야기했는데 이런 이야기가 나왔다.

"선생님. 처음에 다른 친구들 화분에는 싹이 나고 줄기가 자랐는데 제 화분에는 아무 변화가 없어서 속상했어요. 중간에 씨앗이 죽은 거 같아 버리고 싶은 마음도 들었어요. 그런데 어느 날 싹이 나고 줄기가 나고 꽃이 폈어요. 포기하지 않았더니 꽃이 펴서 신기했어요."

아이들의 인성지도도 마찬가지다. 아이들의 꽃이 피는 시기는 모두 다르다. 아이들이 예쁜 꽃을 피우기 위해 가장 힘든 시기를 거치기도 한다. 그 힘든 시기를 거칠 때 교사는 그 줄기를 꺾으면 안 된다. 그 줄기가 느리고 힘들게 자랄 때 교사는 이해하고 인내해주어야 한다. 그리고 반드시 꽃이 필 것이라는 믿음을 잃지 말아야 한다. 그러면 아이들은 반드시 꽃을 피운다. 아이들 마음에 아름다운 꽃은 반드시 필 것이다.

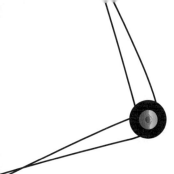

07 업무 : 다양하게 경험해보기

축구를 좋아하는 팬이라면 주중 챔피언스리그 경기나 주말 프리미어리그 경기를 기대한다. 특히 손흥민 선수가 나오는 토트넘 경기는 챙겨보는 사람이 많다. 손흥민 선수가 중요한 경기에서 골을 넣으면 아침부터 기분이 좋다. 대한민국이라는 작은 나라에서 온 선수가 유럽뿐 아니라 전 세계가 주목하는 선수가 된 것은 축구 팬들에게 엄청난 자랑거리이다.

손흥민 선수를 보면 축구를 사랑하는 마음이 느껴진다. 그라운드 안에서 누구보다 악착같이 뛰면서도 힘들어하는 내색 한번 보이지 않는다. 실력도 점점 늘어서 골이나 어시스트도 늘어났고 세계적인 선수들과 뛰어도 전혀 밀리지 않는다. 그가 한 인터뷰에서 했던 말이 생각난다.

"저는 아직도 부족합니다. 배워야 할 것들이 많고 더 성장해야 합니다. 저는 경기장에서 축구를 할 때 설레고 행복합니다."

이 인터뷰를 들으면서 손흥민 선수는 축구를 즐기고 있다고 생각했다. 즐기지 않으면 어떻게 경기장에서 아직도 설렐 수 있을까? 우리에게 직장이 즐거운 곳이 아닌 것처럼 운동선수들에게 경기장은 직장과 같은 곳인데 즐거울 수 있다니 부러웠다.

　몇 년 전 6학년 담임이었을 때 수학여행을 군부대로 간 적이 있었다. 1군단과 우리 학교가 업무 협약을 맺었는데 우리 학교 학생들을 부대로 초대한 것이다. 군부대로 수학여행을 간다는 건 평생에 한 번 겪을까 말까 한 특별한 경험이었다. 당시 동 학년은 그런 일을 해냈던 특별한 학년이었다.

　수학여행을 준비하면 부장 선생님이 가장 힘들다. 당시에 나는 부장교사가 아니었기 때문에 업무적인 부분에 대해 전혀 몰랐다. 수학여행을 추진하려면 체험학습 활성화 위원회부터 시작해서 사전답사, 계약, 여행자 보험, 안내장 등 해야 할 일이 많다. 내가 도운 일이라고는 사전답사 다녀올 때 운전한 것과 담임교사로서 아이들을 인솔하고 파악한 것이 전부다. 수학여행을 준비하면서 부장님이 몇 차례 군부대와 소통이 정확하게 안돼서 힘들다고는 말했지만 우리에게 하기 싫은 내색 한번 보이지 않았다. 부장님 덕분에 잘 준비되어 무사히 수학여행을 다녀올 수 있었다. 가끔 그때의 제자들이 학교에 찾아오면 군부대 수학여행을 이야기할 정도로 기억에 남는 수학여행이었다. 만약 지금의 나에게 그때 수학여행을 준비하라고 하면 말도 안 된다고 포기하지 않았을까?

2학기 현장학습 때는 에버랜드를 다녀왔다. 에버랜드를 가기 전에 부장님께서 거기서 아이들을 마음껏 놀게 해줬으면 좋겠다고 말씀하셨다. 우리 학교 아이들 중에 가정 형편이 어려워 에버랜드에 한 번도 가보지 못한 아이들이 있는데 이왕 가게 된 거 오랫동안 있다가 오자고 했다. 동 학년의 동의를 얻은 부장님은 교장선생님께 허락을 받았고 우리는 에버랜드에서 저녁까지 먹고 돌아오는 일정을 계획했다. 보통 체험학습은 오후에 돌아오기 때문에 저녁이 가까워지자 북적였던 에버랜드가 한산해졌다. 우리 아이들은 더 이상 탈게 없다고 말할 정도로 온갖 놀이기구를 즐기고 돌아왔다.

한 해를 마칠 때쯤 우리는 밥도 자주 먹고 이야기도 늦게까지 나누는 끈끈한 사이가 되어 있었다. 함께 이야기를 나누면서 우리가 한 해를 즐겁게 보냈다는 것을 알게 되었다. 특별히 부장님의 모습이 즐거워 보였다. 부장으로서 일을 추진하는 게 쉽지 않았을 텐데 후회 없이 최선을 다했다고 이야기하셨다.

학교에 처음 발령받아서 지내다 보면 놀라는 게 있다. 교사로서 수업 잘하고 아이들 생활지도만 잘하면 될 줄 알았는데 생각보다 업무가 많다는 것이다. 아이들을 하교 시킨 뒤에 퇴근 시간 전까지 수업 준비만 할 줄 알았는데 맡은 업무를 처리하다 보면 수업 준비는

뒷전이 된다. 담임으로서 해야 하는 업무, 학년 업무, 부서 업무 등 해야 할 업무도 다양하고 처음 하다 보면 시간이 많이 걸린다. 이렇게 업무에 치이다 보면 내가 아이들을 가르치려고 교사가 된 것인지 업무를 처리하려고 교사가 된 것인지 답답한 생각까지 든다. 하지만 교사에게 업무처리는 또 하나의 역할이다. 학교에서 반드시 처리해야 할 업무가 있고 이 업무들은 아이들을 가르치는 교육활동과 관계된 것들이기 때문이다. 누군가 업무를 맡아서 해야 선생님들과 학생들, 학부모들을 도울 수 있고, 그로 인해 학교 교육과정이 진행된다. 그렇다면 어차피 해야 하는 업무를 즐겁게 할 수 있는 방법은 무엇일까?

첫 번째 방법은 다양한 업무를 해보는 것이다. 처음 학교에 발령이 나면 업무 선택권이 없이 배정을 받는다. 신규교사인 것을 감안해서 쉬운 업무를 주는 경우들도 있고, 학교 상황에 따라 힘든 업무를 주는 경우도 있다. 여기서 쉬운 업무와 힘든 업무의 기준은 사람마다 다른데, 주로 힘든 업무는 많은 사람을 상대하거나 큰돈을 다루는 업무, 민원의 소지가 있는 업무들이다. 처음 업무를 하다 보면 주변 선생님들에게 자주 물어보게 되고 실수하지는 않을까 노심초사하며 일을 처리한다. 몇 번의 시행착오를 겪으며 업무가 익숙해지면 그제서야 편하게 일을 하게 된다. 그렇게 한 가지 업무에 익숙해지면 다음 해에도 같은 업무를 희망한다. 같은 업무를 연속해서 하다 보면 노하우도 생기고 어떻게 하면 더 발전시킬까 고민하게 되어 업무에 대한 자신감이 생긴다. 그런데 중요한 것은 여기서 만족하고 안주하려고 같은 업무만 선택하는 모습이다. 그렇게 되면 다른 업무에 대한 두려움이 생기고 반복된 업무로 매너리즘에 빠지게 된다. 이런 매너리즘을 극복하기 위해 다양한 업무를 해볼 것을 추천한다.

나는 처음 발령받아서 기초학력 업무와 RCY 청소년 단체 부지도자를 맡았다. 기초학력 업무는 3학년에서 6학년 학생들 중 3R's가 부족한 학생들을 선발해서 강사를 섭외해 가르치는 업무였다. 기초학습반을 꾸리고 강사를 관리하며 매달 강사료와 간식비, 교재비 등을 품의했다. 그러면서 RCY 행사에 참여해서 아이들을 인솔했다. 당시에는 계발활동 시간이 있어서 그 시간에 아이들이 오면 RCY에 관련된 수업을 했기에 미리 공부하고 준비했다. 이렇게 1년을 하면서 개인적으로 RCY가 재미있었다. RCY를 통해 봉사활동을 하거나 체험활동을 하는 것도 재미있었고, 무엇보다 우리 반 아닌 다른 반, 다른 학년 아이들을 알게 되어서 제자들이 많아지는 느낌이었다. 다음 해에도 RCY를 희망했고, RCY와 함께 영재교육 업무를 맡게 되었다. 이번에는 RCY 지도자가 되었는데 RCY에 관심을 갖게 되면서 전문적인 교육을 받고 싶어 초급, 중급 지도자 훈련을 받았다. 특히 중급 지도자 훈련은 겨울 방학 때 수원에서 일주일 간 있었는데 평택에서 수원까지 1시간씩 출퇴근하면서도 즐거운 마음으로 다녔다. 그 해 RCY 했던 아이들과 내가 해보고 싶은 일들을 많이 했다. RCY 행사에도 자주 참여하고, 현장학습처럼 가보고 싶은 곳도 자주 데려갔다. 그렇게 업무를 하고 나니 재미도 있었고, 업무 처리하는 능력도 부쩍 성장했다.

학교를 옮기고 나서는 인성 관련 업무를 주로 맡게 되었다. 학생자치회, 학교폭력, 인성 부장에 이르기까지 인성부에서 경험할 수 있는 대부분의 업무를 했다. 학생자치회를 할 때는 학교의 다양한 문제를 아이들과 함께 풀어가려는 노력들을 진행했다. 실내에서 뛰는 문제, 스마트폰 사용 문제, 실내외화 구분하는 문제 등을 해결하기 위해 캠페인이나 질서지킴이 활동을 진행했다. 학교폭력 업무를 할 때는 학급에서 아이들에게 실질적으로 학교폭력예방에 도움이 되는 수업들을 연구하게 되었다. 단순히 문자적인 내용을 아이들에게 교육하는 것을 넘어 활동을 통해 아이들이 느끼고 배울 수 있는 수업들을 찾아보고 적용해봤다. 그렇게 학급에서 적용해 본 것을 기록하고 선생님들과 공유하니 누군가에게 도움이 되는 것 같아 좋았다.

이렇게 다양한 업무를 해 보니 내가 좋아하고 관심 있는 업무가 무엇인지 알 수 있었다. 나는 아이들과 직접적으로 관련된 업무를 좋아하고, 그 업무를 통해 누군가에게 도움이 되는 것을 좋아한다.

만약 내가 익숙한 업무, 편한 업무만 찾았다면 업무로 인한 즐거움보다 스트레스가 더 많았을 것이다. 내게 익숙한 업무를 선택할 수 있는 기회도 있었지만, 지금 생각해보면 다양한 업무를 해 본 것이 나에게 훨씬 유익했다.

업무를 즐겁게 하는 두 번째 방법은 열심히 하는 것이다. 뻔한 이야기 같지만 열심히 해보지 않으면 그 업무의 진면목을 느낄 수 없다. 여기서 말하는 열심히는 열정을 다해서 한다는 뜻이다. 열정적으로 일하는 사람은 그 일에 대해 깊이 고민하고 처리하는 사람이다. 특별히 학교 업무를 처리할 때는 선생님, 학생들, 학부모를 생각해야 한다. 이 업무가 다른 사람들에게 어떤 도움을 줄 수 있는지, 이렇게 업무를 하는 것이 누군가를 불편하게 하지는 않는지 고민해야 한다.

RCY 업무를 할 때 나를 도와줬던 어머님이 생각난다. 학부모 대표를 맡아 주셨는데 RCY 관련해서 자주 연락을 주셨다. 주로 계획된 일정이 어떻게 진행되고, 자기가 어떻게 도울 수 있는지를 물어보셨는데 처음에는 나를 감시하나 하는 생각에 부담스러웠다. 하지만 시간이 지나며 겪고 보니 선생님과 아이들을 돕고 싶은 학부모의 마음이라는 것을 알게 되었고, 덕분에 많은 부분에서 도움을 받을 수 있었다. 그때 한 해를 마무리하고 학교를 옮겼는데, 그 사실을 알게 된 어머님께서 딸 졸업까지 선생님이랑 같이 하는 줄 알았는데 아쉽다고 말씀하시는 게 진심이 느껴져 감사했다. 아이들을 사랑하는 어머님의 열정을 보면서 나도 열정적으로 아이들을 대할 수 있었고 지금까지도 좋은 기억으로 남는다.

'피할 수 없으면 즐기라' 는 말이 있다. 어차피 해야 할 일을 두고 즐기면서 하라는 말이다. 교사에게 학교 업무는 그런 것이다. 아이들이 좋고 아이들을 가르칠 꿈에 부풀어 학교에 왔지만 원치 않는 업무를 하게 될 수도 있다. 이러한 피할 수 없는 상황 속에서 즐거움을 찾기 위해 적극적인 자세가 필요하다. 다양한 업무를 열정을 다해 하면서 나에게 맞는 업무를 찾고, 그 경험을 바탕으로 다른 사람들에게 기여하며 성장해 나간다면 학교는 지금보다 더 즐거운 곳이 될 것이다.

PART
04

교사의 철학이
나라의 미래를
바꾼다

01 아이들의 꿈과 희망

꿈꾸지 않으면 사는 게 아니라고 별 헤는 맘으로 없는 길 가려네

사랑하지 않으면 사는 게 아니라고 설레는 마음으로 낯선 길 가려 하네

아름다운 꿈꾸며 사랑하는 우리 아무도 가지 않는 길 가는 우리들

누구도 꿈꾸지 못한 우리들의 세상 만들어 가네

배운다는 건 꿈을 꾸는 것 가르친다는 건 희망을 노래하는 것

배운다는 건 꿈을 꾸는 것 가르친다는 건 희망을 노래하는 것

우린 알고 있네 우린 알고 있네

배운다는 건 가르친다는 건 희망을 노래하는 것

[꿈꾸지 않으면, 간디학교 교가]

이 노래를 처음 들은 건 대학교 1학년 때다. 과 전체 엠티를 갔는데 저녁때 야외에서 이 가사가 적힌 종이를 나눠줬다. 처음 보는 가사에 음도 몰라서 듣고만 있었는데 노래가 좋았다. 나중에 알고 보니 간디학교라는 대안학교 교가라고 했다. 대안학교 교가라고 생각하고 가사를 차근차근 읽어보니 그 의미가 깊이 마음에 다가왔다. 대안학교는 우리나라의 대다수가 아닌 소수가 가는 학교이기 때문에 '없는 길', '낯선 길', '아무도 가지 않는 길'이라고 표현한 것이다. 그렇지만 그 길을 갈 때 '누구도 꿈꾸지 못한 우리들의 세상'을 만들어 갈 것이라고 확신한다.

이 노래 가사처럼 배운다는 것은 꿈을 꾸는 일이다. 특히 우리 부모님 세대에는 배우는 것이 신분 상승이라는 꿈을 꾸는데 중요한 역할을 했다. 우리 때에도 비슷했다. 어렸을 때 학교 선생님이 공부 열심히 해야 좋은 학교 가고 그래야 좋은 직장에 들어간다는 말을 수도 없이 들었다. 당시에는 공부가 아니면 성공할 수 있는 것이 별로 없었다. 그렇기에 학생의 본분인 공부를 열심히 하면 점수가 올라가고 그에 맞게 다음 학교에 진학해서 좋은 직장을 얻는 것이 유일한 꿈이었다. 지금 생각해보면 꼭 공부가 아니더라도 꿈을 이룰 수 있는 길은 많은데 당시에는 그걸 발견하지 못했던 것이다.

가르치는 것 또한 희망을 노래하는 일이다. 선생님들은 학생들이 꿈을 이룰 수 있도록 가르쳤기 때문에 희망을 가르친 것이다. 학생들이 하나라도 더 배워서 좋은 점수를 얻으면 꿈에 가까워지기 때문에 온갖 방법을 동원해서 잘 가르치려고 노력했다. 밤늦게까지 감독을 하고 휴일도 반납하며 학생들을 지도했던 선생님들의 열정은 정말 대단했다.

지금 학교에서의 배움과 가르침은 어떠한가? 과거의 학교는 꿈과 희망의 공간이었지만 요즘 학교는 꿈과 희망이 없어지고 있다. 그 이유는 학교에서 학생들의 꿈을 이루는 교육을 하지 못하기 때문이다. 앨빈 토플러는 이렇게 이야기했다.

"한국 학생들은 하루에 열 시간 이상 미래에 필요하지 않을 지식을, 존재하지도 않을 직업을 위해서 허비하고 있다."

사회는 빠르게 변하고 있는데 학교에서는 우리 아이들이 사회에 나갈 때 필요한 것을 가르치지 못하고 있다. 이런 학교에서 아이들은 과연 꿈을 꿀 수 있을까? 선생님들은 죽은 지식을 가르치면서 이 길이 희망의 길이라고 말할 수 있을까?

학교는 미래사회에 필요한 것을 배우고 가르치는 곳이 되어야 한다. 교육부에서도 2015 개정 교육과정에서 미래사회에 필요한 6가지 역량을 제시하고 있다. 공동체 역량, 자기관리 역량, 의사소통 역량, 심미적 역량, 지식정보처리 역량, 창의적사고 역량이다. 이러한 역량을 갖춘 인재가 미래사회에서 꿈을 꾸고 이룰 수 있다. 문제는 전통적인 교육내용과 방법은 역량보다는 지식과 기능에 초점이 맞춰져 있다는 것이다. 기본적인 지식과 기능은 가르쳐야 하지만 그 지식과 기능을 문제 상황에 활용할 때 역량을 기를 수 있다. 따라서 학생들이 갖고 있는 지식과 정보를 활용하여 새로운 것을 만들거나 표현할 수 있는 수업, 직접 경험해볼 수 있는 수업이 필요하다.

새로운 수업을 위해서는 교육과정 재구성이 필요하다. 교사는 교육과정의 전문가이다. 임용시험을 준비하면서 공부했던 교육과정과 교과서 내용은 재구성의 토대가 된다. 교육과정 재구성을 거창하게 생각하면 부담되고 어렵기 때문에 쉽게 접근해야 한다. 작게는 교과 내에서 단원 순서를 바꾸는 것, 3차시에 배울 것을 2차시로 줄이는 것, 교과서의 활동을 다른 활동으로 대체하는 것도 교육과정 재구성이다. 작은 시도들을 통해 재구성이 익숙해지면 교과 간 비슷한 내용을 묶어 가르치기도 하고, 주제에 맞는 내용들을 교과에서 찾아 활동을 구성하는 것으로 확장해 나간다. 더 나아가 어떤 과제를 주고 그 과제를 해결해 나가는 프로젝트 학습까지도 발전해 나갈 수 있다.

사회 교과서 6학년 2학기에 보면 세계 여러 나라의 지형과 기후, 문화에 대해 배우는 내용이 있다. 이 부분을 교과서에 따라 가르치면 PPT, 영상, 지구본, 사진 등 교사가 준비해야 할 것이 많다. 또한 교사가 모든 나라에 대해 알지 못하기 때문에 지엽적으로 가르칠 수밖에 없다. 사회 수업의 어려움을 동 학년 선생님들과 나누다가 부스를 열어서 가르치자는 제안이 나왔다. 이전에도 아이들이 부스를 만들어 활동했던 경험이 있었기 때문에 흔쾌히 진행할 수 있었다.

먼저 각 반별로 운영할 부스의 내용을 나눴다. 내용이 한쪽으로 몰리면 다양한 내용을 담을 수 없기 때문이었다. 이어서 아이들에게 내용을 제시하고 모둠별로 어떻게 부스를 운영할 것인지 계획하도록 했다.

"너희 모둠은 세계 여러 나라의 축제에 대해 맡았구나. 어떻게 부스를 운영해볼래?"

"축제가 많은데 몇 가지를 골라야 될 거 같아요. 직접 축제를 경험해보면 좋은데 그건 어려울 것 같고, 좋은 아이디어가 있을까요?"

"그럼 축제에 대해 설명을 해주고 문제를 내서 맞추는 건 어떨까?"

"그거 좋을 거 같아요. 그럼 저희가 축제 사진을 붙이고 설명을 적을게요."

아이들이 운영 계획을 세우면 교사는 진행 상황을 물어보고 필요한 부분을 지원했다. 아이들은 그 속에서 토의하고 역할을 나누고 각자 맡은 일들을 하며 준비했다. 이렇게 3블록(6차시) 정도를 준비하고 부스체험 당일이 되었다.

아이들은 마치 던져 준 재료로 맛있는 요리를 만든 것처럼 다양한 부스를 준비했다. 음식 부스, 게임부스, 퀴즈 부스, 만들기 부스 등 직접 보고 만지고 체험할 수 있는 부스였다. 아이들은 1시간 내내 각 반을 돌아다니면서 체험을 했다. 이럴 때는 아이들이 넉넉해져서 서로 자기네 부스에 와서 먹어보라고 체험해보라고 한다. 아이들의 표정은 한결같이 상기되어 있고 흥분되어 있었다. 그렇게 시간이 마무리되고 소감을 적어보도록 했다. 대부분의 아이들이 재미있었다고 이렇게 배우니 기억에 더 잘 남는다고 했다. 아이들을 보는 선생님들의 마음 또한 흐뭇했다.

이 활동에서 과연 아이들은 무엇을 배웠을까? 아이들은 모둠 친구들과 부스를 계획하고 역할을 나누면서 의사소통을 했다. 어떤 부스가 재미도 있고 효과적으로 내용을 전달할지 창의적인 아이디어도 냈다. 포스터를 꾸미고 부스를 배치하며 심미적 역량도 발휘하고, 서로 도우며 공동체 역량도 키웠다. 부스를 돌아다니며 자신의 욕구를 관리하기도 하고, 문제를 풀고 체험하면서 지식 정보를 처리했다. 물론 모든 아이가 모든 역량을 발휘하거나 키우지는 않았겠지만 각자 아이의 특성에 맞게 이런 역량들이 작용했을 것이다. 그러면서 아이들은 '나중에 커서 이런 일을 해보면 어떨까?', '나는 꾸미는 일을 잘하는구나!', '나는 설명하는 걸 좋아하는구나!' 느끼며 꿈을 키우게 된다. 선생님들은 아이들의 생동감 있는 모습을 보며 배움이 일어나고 있음을 느낀다. 그리고 꿈꾸는 아이들을 통해 사회가 바뀔 것을 기대하며 희망을 갖게 된다.

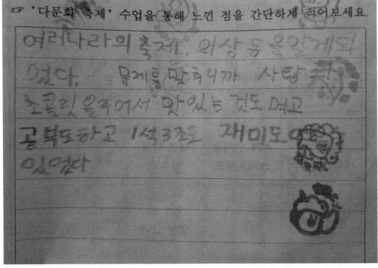

☞ '다문화 축제' 수업을 통해 느낀 점을 간단하게 적어보세요.

> 세계의 다양한 문화에 대해 더 즐겁게 알아갈 수
> 있어서 좋았다. 특히 평소에 몰랐던 한미일 애니메이션의
> 역사에 대해 알 수 있어서 신기하고 재밌었다.
> 또 세계의 음식을 보면서 그 나라에 가보고싶다는
> 생각이 들었다. 세계의 춤(경극, 살사)등을 알 수
> 있어서 유익했다. 다음에도 6학년 다같이
> 활동하는 시간을 갖고싶다. 너무 즐겁고 행복한
> 시간이었다.

☞ '다문화 축제' 수업을 통해 느낀 점을 간단하게 적어보세요.

> 여러나라의 축제, 의상 등을 알게되
> 었다. 문제를 맞히니까 사탕
> 초콜릿을 주어서 맛있는 것도 되고
> 공부도 하고 1석 3조로 재미도
> 있었다.

세계문화축제 소감

학교 수업이 바뀌고 있다. 기존에 교사 중심에서 학생 중심으로, 지식 전달에서 체험 중심으로 바뀌고 있다. 주로 혁신학교에서 이런 노력들이 시작되었고, 지금은 점점 일반 학교로까지 확산되고 있다. 처음 혁신학교에서 하는 수업 이야기를 들었을 때 아이들이 재밌겠다는 생각이 들었다. 그곳에 있는 아이들은 학교에서 꿈을 꿀 수 있겠다고 생각했다. 그런데 그 순간 우리 학교, 우리 교실이 생각났다. 주어진 교육과정을 충실히 가르치는데 아이들은 학습에 흥미를 잃어가고 교사는 지쳐가는 현실이 안타까웠다. 무엇이 잘못된 것일까? 아이들은 잘못이 없다. 결국 아이들에게 꿈과 희망을 심어줄 교사와 학교가 바뀌어야 한다.

02 무엇이 우리 아이들을
힘들게 만드는가

학생이라는 죄로

학교라는 교도소에서

교실이라는 감옥에 갇혀

출석부라는 죄수명단에 올라

교복이란 죄수복을 입고

공부라는 벌을 받고

졸업이라는 석방을 기다린다

이 글은 우리 반에 전학 왔던 정하(가명)의 프로필 사진에서 본 글이다. 학생과 학교를 죄수와 교도소에 비유했는데 묘하게 이어지는 느낌이다. 정하는 다른 도에서 전학 온 친구였다. 처음 전학 온 며칠 동안은 친구들과 말도 안 하고 고개를 푹 숙이고 다녔다. 표정은 없었고 기운도 없어 보였다. 시간이 지나면서 조금씩 친구들과 이야기를 나눴지만 정하의 마음은 늘 전에 다니던 학교에 있었다. 수업 때 가장 행복했던 추억을 발표하는 시간이 있었다. 무작위로 아이들 발표를 시켰는데 정하가 걸렸다. 정하는 일어나더니 한참을 머뭇거리다가 이렇게 말했다.

"전에 다니던 학교에서 친구들과 지낼 때가 생각나요. 거기는 학교가 하나씩 밖에 없어서 초등학교부터 고등학교까지 계속 같은 반이거든요. 거기로 돌아가고 싶어요."

정하의 부모님은 몇 년 전 이혼을 하셨다. 정하는 고향에서 아빠와 살다가 엄마가 살고 있는 이곳으로 이사를 오게 되었다. 엄마와 언니가 있었지만 한창 감수성이 예민한 정하에게 타지에서의 생활은 희망이 없었다. 정하는 카카오톡 프로필에 사회에 대한 부정적인 문구나 주변 사람들을 비판하는 글을 올렸고 친구들과도 SNS 상에서 말다툼이 잦았다. 수업 시간에도 무기력해서 모둠활동에 참여하지 않았고, 교과서도 텅텅 비어있었다. 이런 정하의 모습이 안타까워 어머님께 전화를 드리고 상담을 하게 됐다. 어머님은 상담을 오셔서 한참을 울고 가셨다. 딸의 모습이 자기 때문인 거 같아 안타깝고 미안했기 때문이다.

정하는 랩을 굉장히 좋아했다. '쇼미더머니' 라는 프로그램을 즐겨 보면서 래퍼들을 동경했다. 자신의 롤 모델도 래퍼라고 했다. 아마 래퍼처럼 자유롭게 자신의 마음을 표현하고 싶었던 것 같다. 그런 정하에게 학교는 즐거운 곳이 아니었다. 학교는 자유가 없는 곳이기 때문이다. 정해진 시간표, 딱딱한 교과서, 사이즈가 똑같은 책걸상, 배우고 싶지 않은 내용들 모두가 정하에게 구속으로 느껴졌다. 무엇보다 학교는 자신의 마음을 알아주지 못했다. 가정에서의 어려움을 알아주는 친구, 공감해주는 선생님이 없는 교실은 감옥과도 같았을 것이다. 지금도 정하의 그 마음을 알아주지 못한 게 아쉬움으로 남는다.

우리 아이들을 힘들게 하는 것은 무엇일까? 정하의 사례처럼 가정의 어려움이 1순위다. 가정에서 아이들이 사랑받고 보호받지 못하면 아이들은 불안감을 느낀다. 부모님이 다투고 가정이 혼란스러운 상황에서 학교생활을 원만하게 할 수 있는 아이는 없다. 학교에 잘 적응하지 못하고 문제를 일으키는 아이들은 대부분 가정에서 상처가 있는 아이들이다. 고통 속에 힘들어하는 아이들을 위해서 가정의 회복이 필요하다.

아이들이 힘든 데에 가정의 문제도 있지만 사회의 문제도 있다. 바로 입시 위주, 성공 위주의 교육이다. 아이들은 어릴 때부터 사교육에 내몰린다. 유치원 때부터 영어, 태권도, 피아노, 학습지 등 여러 군데의 학원을 다닌다. 초등학생들도 방과 후에 학원을 안 가는 아이가 거의 없다. 중요한 건 아이들이 원해서 다니기보다 부모가 원해서 다니는 경우가 많다는 것이다. 이렇게 아이들을 학원으로 보내는 이유는 더 좋은 학교 궁극적으로는 좋은 대학을 가기 위해서이다. 아직도 어른들의 생각 속에는 좋은 대학을 나와야 좋은 직업을 얻고, 돈을 많이 벌어 행복하게 살 수 있다는 생각이 있다. 아이들은 이런 어른들의 생각에 따라 의도와는 상관없이 학원을 다닌다. 어른도 억지로 무언가를 시키면 싫은 것처럼 아이들도 억지로 하는 공부를 싫어한다. 아이들이 공부하기 싫다고 이야기하는 이유는 아이들의 흥미와는 상관없이 공부만을 강요했던 어른들의 욕심 때문이다.

가정의 문제, 사회의 문제보다 더 심각한 것은 아이들에게 꿈이 없다는 것이다. 아이들은 순수하게 꿈을 꿀 때 아이답게 느껴진다. 어렸을 때 아이들에게 꿈을 물어보면 대통령, 축구선수, 선생님, 의사 등 되고 싶은 것을 마음껏 말한다. 하지만 시간이 지나면서 고학년이 되면 꿈이 없어진다. 중고등학생 중에 꿈이 없는 학생들이 대다수고 20대가 되어서도 하고 싶은 일을 고민한다. 이렇게 꿈이 없는 아이들은 학교를 감옥처럼 느낀다. 공부를 해야 할 이유를 모르기 때문에 학교에 다닐 이유도 없는 것이다. 이유도 모르고 12년이라는 긴 시간을 학교에 다녀야 하는 현실이 우리 아이들을 힘들게 한다.

꿈이 없는 아이들을 보면 라이언킹의 주인공 심바가 생각난다. 심바는 왕의 아들로 태어났다. 아버지 무파사는 자신을 이어 왕이 될 심바에게 왕으로서 가져야 할 마음가짐을 알려준다. 왕은 무조건 자기 마음대로 하면서 백성들 위에 군림하는 것이 아니라 모두가 행복하게 살 수 있도록 희생하고 도를 지켜야 한다고 가르친다. 어린 심바는 아버지의 가르침을 이해하지는 못하지만 아버지의 모습을 보며 왕의 꿈을 키워나간다.

그러던 어느 날, 왕위를 노리는 삼촌 스카가 심바를 위험에 빠뜨린다. 심바를 깊은 협곡에 데려다 놓고 그곳으로 물소 떼를 몰아 지나가게 만든다. 심바가 위험한 상황인 것을 안 무파사는 심바를 구하러 협곡으로 뛰어 들어간다. 물소 떼에게 치이고 찢기는 위험 속에서 심바를 구하지만 절벽을 오르다가 스카가 무파사를 밑으로 떠미는 바람에 죽게 된다. 어린 심바는 그 상황을 모른 채 자신 때문에 아빠가 죽었다고 생각하고 삼촌의 말에 따라 멀리 도망가게 된다.

도망간 심바는 그곳에서 티몬과 품바라는 친구들을 만난다. 티몬과 품바는 '하쿠나 마타타'를 외치며 아무런 걱정 없는 삶을 사는 친구들이다. 그들은 심바가 어떤 아픔을 갖고 있든지 이미 지나간 일이라고 잊어버리라고 말한다. 심바는 자유로운 티몬과 품바의 모습을 보며 삶의 목표를 '하쿠나 마타타'로 바꾼다. 티몬과 품바와 지내면서 심바는 식성을 바꿔 벌레를 잡아먹고, 복잡한 일에 신경 쓰지 않는다.

시간이 흘러 삼촌 스카가 다스리던 동물 왕국은 폐허가 된다. 왕국의 질서를 지키지 않고 마음대로 행동하는 스카와 하이에나 무리들이 동물들을 배불리 잡아먹었기 때문이다. 동물들이 하나둘씩 떠나자 식물들도 죽고 그곳은 생명을 잃은 땅이 되고 만다. 이런 모습을 안타깝게 생각한 암사자 랄라가 이 왕국을 도울 존재를 찾아 떠난다. 우연히 길을 가던 중 심바를 만난 랄라는 심바에게 왕국으로 돌아와 왕이 되어 달라고 이야기한다. 심바는 랄라의 부탁에 '하쿠나 마타타'를 외친다. 동물 왕국은 어떻게 되든 나와 상관없다는 의사 표현이었다. 심바의 반응에 실망한 랄라는 화를 내고 떠나고 심바는 깊은 고민에 빠진다. 자신의 선택이 옳았는지 고민하는 심바에게 라피키라는 원숭이가 나타난다. 라피키는 심바가 태어났을 때 심바에게 왕이 될 것을 표시해 준 주술사이다. 라피키를 따라간 심바는 물속에 비친 자신의 모습 속에서 아버지를 발견한다. 자신이 어렸을 적 봤던 아버지의 모습을 보면서 아버지가 했던 말들이 떠오른 심바는 자신이 잊고 있던 꿈을 발견하게 된다. 왕이 되어서 왕국을 평화롭게 다스리는 꿈을 기억해 낸 심바는 그 길로 다시 고향으로 돌아간다.

고향으로 돌아온 심바는 왕국을 폐허로 만든 스카와 마주한다. 스카는 심바의 과거를 이야기하며 죄책감으로부터 빠져나오지 못하게 한다. 마음이 약해진 심바는 과거에 아버지가 절벽에서 떨어졌던 상황과 똑같은 상황에 처해지고 스카는 심바에게 자신이 무파사를 죽였다고 속삭이는 이야기를 듣는다. 심바는 그 이야기에 분노하여 절벽에서 뛰어 올라오고 스카와 하이에나 무리들에 맞서 싸운다. 결국 심바와 암사자 무리들이 스카와 하이에나들을 몰아내고 심바는 왕이 된다. 심바는 아버지의 말처럼 모두가 더불어 살 수 있는 나라를 만들었고, 다시 생명력이 넘치는 나라가 되었다.

심바가 동물 왕국을 떠나 '하쿠나 마타타'의 삶을 살 때의 모습이 지금 우리 아이들의 모습이다. 꿈이 없이 사는 모습, 욕심을 버려서 걱정 근심은 없지만 목표가 없는 삶이다. 꿈이 없이 사는 심바는 몸은 편했을지 모르지만 삶의 의미는 없었을 것이다. 우리 아이들도 마찬가지다. 물질적으로 가장 풍요로운 사회에 살고 있지만 정신적으로는 공허한 삶을 살고 있다. 이렇게 꿈이 없으면 살아가는 순간이 덧없이 느껴진다. 이런 마음이 지속되면 무기력해지고 모든 것을 부정적으로 바라보게 된다. 꿈 없는 아이들의 방황하는 모습이 우리의 눈앞에 어른거린다.

우리는 아이들이 행복하기를 바란다. 아이들의 행복을 위해서는 아이들에게 행복할 수 있는 환경을 만들어줘야 한다. 먼저 가정을 회복하자. 아이들이 사랑받고 지지 받을 수 있는 화목한 가정을 만들자. 아이들이 부모님이 싸울까 봐 걱정하지 않고, 버려질까 봐 걱정하지 않는 가정을 만들자. 우리 사회를 회복하자. 경쟁에 아이들을 등 떠밀어 승자와 패자를 만들지 말고, 각자가 잘하는 것으로 인정받는 사회를 만들자. 성공이라는 어른들의 틀에 아이를 억지로 끼워 맞춰 자신의 꿈과는 무관한 일에 시간을 허비하지 않게 하자. 마지막으로 아이들에게 꿈을 심어주기 위해 노력하자. 가슴 뛰는 일, 아이들의 모든 열정을 쏟아부을 수 있는 일을 찾게 해주자. 자신의 오랜 꿈을 되찾아 달려가는 심바처럼 아이들의 삶에 활력을 불어넣는 꿈을 심어주자. 가정과 사회와 학교가 바뀔 때 우리 아이들은 행복한 나비가 되어 훨훨 날아갈 것이다.

03 교사의 책임과 의무

　　이스라엘 역사상 가장 위대한 왕을 뽑으라고 하면 단연 다윗 왕이 거론된다. 우리나라에 세종대왕처럼 다윗 왕은 이스라엘 사람들에게 가장 존경받는 왕이다. 다윗 왕 때에 이스라엘은 태평성대를 이뤘다. 주변 나라들과 전쟁에서 항상 승리했고 물질적으로 풍요로워 백성들의 삶은 안정됐다. 다윗 왕은 신(하나님)과의 관계도 좋았고 나라도 평화롭게 다스리는 왕이었다.

　　다윗은 여덟 형제 중 막내로 태어났다. 지금은 막내가 귀여움을 받지만 당시처럼 자식을 많이 낳는 시대에 막내는 무시당하는 존재였다. 성경에 보면 다윗은 양을 치는 목자였다. 이스라엘은 중동 지역의 특성상 물이 많지 않아 풀이 잘 자라지 않는다. 양들에게 풀을 먹이려면 자주 이동해야 한다. 다윗은 그렇게 양을 치며 목초지를 찾아다니는 힘들고 귀찮은 일을 한 것이다.

　　선지자 사무엘이 이새(다윗의 아버지)의 집에 왕이 있다는 계시를 받고 온다. 이때 아버지 이새는 일곱 명의 형들만 사무엘 앞에 내보냈다. 이새도 다윗이 왕이 될 것이라고 생각하지 않은 것이다. 다윗은 철저히 약하고 무시당하는 사람이었다. 사무엘은 이새의 아들들을 모두 보지만 왕이 아니라는 계시를 듣는다. 이새에게 아들이 더 없냐고 물어보니 그제 서야 이새는 들에서 양을 치고 있는 다윗을 부른다. 다윗은 성경에서 빛이 붉고 눈이 빼어나고 얼굴이 아름다웠다고 묘사한다. 이 모습은 소년 다윗을 묘사한 것이다. 아무도 다윗을 왕이 될 것이라 생각하지 않았을 그때 사무엘은 계시를 듣고 기름을 붓는다.

다윗은 정말 왕이 될 자질이 있었을까? 다윗이 기름부음을 받고 얼마 뒤 블레셋과 이스라엘 사이에 전쟁이 일어났다. 블레셋에는 키가 3m나 되는 골리앗이라는 장수가 있었다. 그는 기골이 장대하고 힘이 세서 진영 앞에 나와 이스라엘을 조롱하고 모욕했지만 아무도 맞서서 싸우는 사람이 없었다. 당시 다윗은 전쟁터에도 나가지 못하는 어린 소년이었는데 아버지 심부름으로 전쟁터에 갔다가 골리앗을 보게 된다. 골리앗이 이스라엘 백성들과 신을 모욕하는 것을 보고 마음에 분노가 일어난다. 다윗은 당장 사울 왕을 찾아가서 싸우게 해달라고 요청하고 왕이 주는 무기를 거절하고 맨몸으로 골리앗 앞에 나간다. 골리앗은 겁도 없이 나오는 다윗을 얕잡아 보고 저주한다. 다윗은 골리앗이 가까이 올 때에 재빨리 돌을 물매로 던져 이마에 맞추고 쓰러진 골리앗을 칼로 죽인다. 어린 다윗이 골리앗을 죽이는 모습을 보고 다른 사람들도 용기를 얻어 블레셋과 맞서 싸우고 이스라엘은 큰 승리를 거둔다.

다윗이 골리앗을 이길 수 있었던 건 우연이 아니다. 다윗은 양을 치면서 사자나 곰의 공격을 받을 때 양을 지키기 위해 물매질을 익혔다. 다윗은 양을 지키는 작은 일부터 성실히 하면서 실력과 책임감을 키워나간 것이다. 또한 신정국가인 이스라엘에서 신을 사랑하고 찬양했던 다윗은 신의 마음에 합한 왕이 될 자질을 갖춘 사람이었다. 그걸 알아본 사무엘이 있었기에 다윗은 이스라엘 역사에서 길이 기억되는 훌륭한 왕이 될 수 있었다.

학교에서 실과 과목은 가르치기 어려운 과목 중 하나다. 지금은 개정되어 없어졌지만 예전에는 재봉틀로 방석이나 옷을 만드는 내용이 있었고, 동물 단원에는 동물을 길러보는 내용도 있었다. 목재로 연필꽂이나 집을 만드는 내용도 있고, 기초 손바느질, 뜨개질, 십자수까지 가르쳐야 한다. 최근에는 소프트웨어 교육이 교육과정에 들어와서 절차적 사고와 프로그램을 이용해 로봇을 움직이는 내용까지 가르치고 있다. 교사 혼자서 이 내용들을 완벽하게 숙지해서 가르치기란 불가능한 일이다.

가르치는 입장에서는 힘들지만 배우는 아이들에게는 재미있고 의미 있는 시간이다. 음식 만들기나 소프트웨어 시간에는 아이들의 얼굴에 웃음이 넘친다. 음식이 맛이 있든지 없든지, 로봇이 잘 움직이는지 아닌지에 상관없이 아이들은 자신이 하고 싶은 것을 할 때 행복하다. 또 자신이 열심히 노력해서 얻은 결과물은 아이들에게 뿌듯함을 준다. 몇 해 전 실과시간에 몇 날 며칠을 씨름하며 만든 쿠션을 2학기 내내 끌어안고 있는 아이의 모습을 볼 수 있었다. 역시 정성이 들어간 물건은 소중한 것이다.

실과시간에 다양한 활동을 하다 보면 아이들의 숨은 잠재력이 드러날 때가 있다. 특히 '의외로 이런 걸 잘하네.', '이런 거에 흥미가 있었구나!' 느끼는 것이 많다. 식물에 대해 많이 알고 식물 기르는 조건, 토양, 온도 등을 자세히 알고 있는 아이, 간단한 코딩 방법을 알려줬는데 이미 어려운 수준의 코딩을 할 줄 아는 아이, 어른들만큼 손재주가 있어서 바느질을 꼼꼼하게 하는 아이 등 평소에 몰랐던 재능들을 깨닫게 된다. 아이들의 재능을 발견하면 교사로서 해주는 게 있다. 바로 인정하고 칭찬하는 것이다.

"지선아. 식물에 대해 자세히 알고 있구나. 그럼 우리 반에 식물들이 잘 자라려면 어떤 게 필요해? 선생님한테 알려줄 수 있어?"

"우민아. 스스로 코딩할 줄 아네? 이거 하고 나서 옆에 친구도 알려줄 수 있어?"

"나연이는 꼼꼼하게 바느질 잘하네? 언제 해본 적 있어?"

이런 말을 건네고 아이들의 재능을 찾아주면 뿌듯해서 더 적극적으로 하는 아이들을 볼 수 있다.

교사는 적게는 몇 시간, 며칠, 몇 달에서 많게는 1년에서 그 이상 아이를 만날 수 있는 기회가 있다. 세상의 수많은 사람 중에 그 아이와 내가 만나는 것은 특별한 인연이다. 스쳐 지나가는 인연일 수도 있지만 기억에 남는 한 사람이 될 수도 있다. 그렇다면 그 시간에 교사로서 아이들에게 줄 수 있는 최고의 선물은 무엇일까? 교사로서 책임지고 아이들에게 가르쳐야 하는 것은 무엇일까? 그건 바로 아이들 속에 있는 '씨앗'을 발견하게 해주는 것이다.

나도 씨앗

나도 씨앗이다
예술 씨앗

눈에 보이지 않지만
점점 뿌리가 자라고 있는 씨앗
작은 씨앗

국어 교과서 4학년 1학기에 나오는 '나도 씨앗'이라는 시를 한 학생이 바꿔 쓴 시다. 아이들은 씨앗이다. 아이들의 모습을 보면 미래가 보이지 않는다. 맨날 친구들이랑 장난치고 수업 시간에는 산만하고 게임만 하는 모습이 아무 생각 없이 사는 것 같아 보인다. 이 아이들이 커서 뭐가 될까 걱정이 된다. 마치 보잘것없는 작은 씨앗처럼 보인다. 작은 씨앗 안에 얼마나 큰 세상을 품고 있는지 우리는 씨앗이 크기 전에는 모른다. 아이들 속에 있는 씨앗도 마찬가지다. 비록 지금 보이는 모습은 보잘것없고 작지만 나중에 아이들이 이룰 모습은 감히 상상이 안 된다. 우리는 아이들 속에 잠재력을 보고 그것을 일깨워줘야 한다.

아이들 속에 있는 잠재력을 찾아주기 위해서 교사는 적극적으로 아이들을 관찰하고 칭찬해야 한다. 칭찬은 아이들 속에 씨앗을 발아시켜주는 햇빛이다. 칭찬을 하려면 아이들을 관찰해야 한다. 아이들의 모습을 관찰하고 그 속에서 인정해주고 싶은 것을 이야기하는 것이 칭찬이다. 칭찬은 아이들을 대하는 모든 사람들의 의무이다.

사람들은 칭찬이 어렵다고 이야기한다. 칭찬이 어려운 이유는 거창하게 생각하기 때문이다. 특별한 것, 남과 다른 것을 발견해서 칭찬해줘야 한다고 생각하기 때문이다. 그런 것만 찾아 칭찬하려고 하면 칭찬거리를 찾기가 여간 쉽지 않다. 칭찬을 다른 관점에서 생각해보면 관심의 표현이라고 볼 수 있다. 애정을 갖고 아이들에게 하는 한마디 한마디가 칭찬이 될 수 있다. 어떤 가치 판단도 들어가지 않고 사실을 말해주는 것이 작은 칭찬의 시작이 될 수 있다.

04 강한 신념과 열정

우리나라에서 교사들은 엘리트 그룹에 속한다. 어렸을 때부터 학교에서 모범생 소리를 듣고 자랐고, 성적도 상위권에 있었다. 학교에서 인정받고 두각을 나타냈었기에 자신에게 좋은 기억인 학교로 돌아와 아이들을 가르치는 것을 보람으로 느끼는 교사들이 대부분이다.

학교에서 모범생으로 지내기 위해서는 그 체제에 적응하기 위한 노력이 필요하다. 우선 선생님 말씀을 잘 들어야 한다. 자신의 다양한 욕구를 포기하고 선생님이 원하는 모습으로 살아야 한다. 학교에서 정해진 규칙과 틀에 대항하지 않고 순종적이어야 한다. 수업 시간에도 열심히 노력해야 한다. 수업 내용을 이해하기 위해 집중하며 주어진 과제에 최선을 다해야 한다. 이런 모습에 선생님의 칭찬이 더해지면 자존감이 올라가고 인정받기 위해 더 노력하는 사이클이 반복된다.

순종과 노력, 칭찬의 사이클도 모범생을 만들지만 반대의 경우도 있다. 바로 선생님께 혼나지 않기 위해서 모범생이 되는 경우이다. 우리가 어렸을 때에는 학교 내에 체벌이 있어 아이들을 통제하는 도구로 사용되었다. 매로 손바닥을 맞는 건 기본이고 엉덩이를 맞거나 등짝을 맞는 경우도 있었다. 수업 시간에 떠들면 앞에 나와서 엎드려뻗쳐를 하며 일벌백계의 희생양이 될 때도 있었고 전체가 책상 위로 올라가 무릎 꿇고 의자를 머리 위로 드는 경우도 있었다. 지금 생각해보면 어린아이들에게 어떻게 그럴 수 있었을까 생각이 들 정도로 무섭고 잔인한 행동이었다.

나는 후자의 경우로 모범생이 되었다. 숙제를 해가는 동기, 수업 시간에 선생님 말씀을 잘 듣는 동기가 맞지 않기 위해서였다. 손바닥을 자로 맞는 것도 아프고 엎드려뻗쳐 해서 5분만 있어도 팔이 후들거리고 책상 위에 올라가서 의자 드는 것도 싫었다. 때때로 맞는 것이 하나도 아프지 않다고 참을만하다고 말하는 친구들을 보면서 '어떻게 저런 맷집을 가질 수 있을까?' 부럽기도 하고 '자존심 때문에 그런 말을 하는 거야.' 의심도 됐다. 어찌 됐든 체벌이 무서운 나는 그 아픔을 피하기 위해 선생님 말씀 잘 듣는 모범생이 되려고 노력했다.

당시 선생님들은 때려서라도 가르쳐야 한다는 생각을 갖고 있었다. 자라면서 들었던 말 중에 '사람은 때려야 말을 듣는다.'는 말이 있었는데 그런 생각이 당시 교육현장에 팽배했다. 선생님들은 그 생각을 실천에 옮겼고 때리면서 아이들을 가르쳤다. 때리면서 가르치니 아이들이 무서워서라도 말을 듣고 공부를 하는 모습을 보며 이렇게 하는 것이 옳다고 여기면서 이 생각은 하나의 신념이 되었다.

때려서 가르친다는 신념은 맞는 게 무서워서 모범생이 되는 아이들을 만들기도 했지만 대부분의 학생들이 학교와 선생님을 미워하고 증오하는 부작용이 있었다. 유교 문화의 영향으로 선생님을 존경의 대상으로 생각했는데 어느새 선생님은 '담탱이'라는 비속어로 불렸고 험담의 대상이 되었다. 학교는 사회로 나갈 꿈을 꾸며 배우는 공간이 아니라 감옥 같아 탈출하고 싶은 곳으로 생각해서 졸업식 때 교복을 찢어버리고 불태워버리는 문화도 생겼다. 단순히 체벌 때문에 학생들의 인식이 그렇게 변했다고 할 수는 없지만 여전히 남아있는 학교 내에 폭력적이고 강압적인 문화는 미움과 불만을 키우고 있다.

어릴 적 존경하는 선생님을 떠올릴 때 아이들을 통제하기 위해 벌과 매를 쓰신 선생님보다 사랑으로 감싸주신 선생님이 떠오른다. 길 가다 우연히 만난 제자를 서점으로 데려가서 원하는 책을 사주신 초등학교 1학년 때 선생님, 짓궂은 우리들 때문에 눈물을 보이셨던 선생님, 공부하느라 고생하는 제자들에게 야간 자율학습 시간에 아이스크림을 사주신 선생님들이 존경하는 선생님이다. 당시에는 아무것도 아니라고 생각했는데 교사가 된 지금 그 행동들이 얼마나 큰 사랑이었는지 깨닫게 된다.

우리는 아이들이 좋은 사람이 되기를 원한다. 여기서 좋은 사람은 여러 기준과 정의가 있겠지만 우리 교육에서는 '널리 사람을 이롭게 하는 사람'인 홍익인간을 이야기한다. 널리 사람을 이롭게 하는 걸 다른 말로 표현하면 사람들에게 사랑을 주는 사람이다. 사랑이라는 동기가 있어야 다른 사람을 위해 살 수 있다. 나 자신만을 위해 살아가는 사람은 TV 뉴스에 나오는 우리가 욕하는 사람이다. 자기의 이익을 위해 권력을 남용하고 거짓말하고 다른 사람의 눈에 피눈물 나게 하는 사람이다. 반면 다른 사람들이 행복하게 살 수 있도록 돕는 사람, 사회에 기여하는 사람이 우리가 바라는 좋은 사람의 모습이다. 우리가 만나는 아이들이 좋은 사람이 되기 위해서는 아이들을 가르치는 우리의 신념이 중요하다. '어떻게 가르쳐야 아이들이 좋은 사람이 될까?', '다른 사람을 이롭게 하는 사람으로 키우려면 우리는 어떻게 아이들을 대해야 할까?'라는 질문을 갖고 살아야 한다. 이 질문에 대한 답을 나는 에머슨의 말에서 찾았다.

"교육에 비법이 있다면 그것은 학생 존중에 있다."

에머슨의 말처럼 아이들을 존중하는 것이 중요하다. 아이들을 존중하려면 그 아이 그대로를 인정할 수 있는 사랑이 필요하다. 사랑

207

이 우리의 동기가 된다면 아이들을 가르치는 방법과 우리의 태도가 바뀔 것이다. 아이들은 존중받고 사랑받을 때 교사를 존중하고 더 나아가 다른 사람도 존중해야 한다고 느끼게 된다. 다른 사람을 존중하는 마음과 태도가 바로 홍익인간의 출발점이다.

우리 반에 상현(가명)이라는 아이가 있었다. 상현이는 키가 작고 마른 남자아이였다. 앞머리가 눈썹 바로 위까지 오게 기르고 모자를 푹 눌러써서 가끔 눈을 가릴 때가 있었다. 상현이는 반 안에서 분위기 메이커였다. 수업 시간에 적극적으로 참여하는 편은 아니었는데 가끔 발표하는 내용이 예상을 깨고 큰 재미를 줄 때가 있었다. 친구 관계도 좋아서 아이들과 즐겁게 지냈다. 상현이 주위에는 남학생, 여학생 할 것 없이 친구들이 많았다. 상현이는 노래를 굉장히 좋아했다. 학교 올 때도 이어폰을 끼고 노래를 들으며 왔고, 전담 시간에 노래 부를 기회가 있으면 노래도 곧잘 불렀다. 당시에는 학급 학예회를 했었는데 내 기타 반주에 맞춰 같이 노래를 부르기도 했다.
상현이는 학교에 지각할 때가 많았다. 8시 30분까지 등교하던 때였는데 시간에 맞춰서 온 적이 거의 없었다. 주로 9시가 넘어서 수업이 한창 진행되고 있으면 조용히 문을 열고 들어왔다. 가끔은 2교시가 끝날 때까지 연락 없이 늦게 온 적도 있어서 걱정이 되기도 했다. 아이가 늦으면 부모님께 전화를 해야 하는데 안타깝게도 상현이 부모님은 두 분 다 장애를 갖고 계셔서 통화가 힘들었다. 아버지는 지체 장애인, 어머니는 청각 장애인이셨는데 주로 어머님과 문자로 연락을 주고받았다. 상현이는 위로는 중학교 형이 있었고, 아래로는 4살짜리 남동생이 있었다. 부모님은 특별히 직업이 없었고 그로 인해 가정 형편은 어려웠다.

상현이 어머님께 장문의 문자를 받았다. 중학생 아들은 새벽같이 나갔다가 밤늦게 들어오고, 둘째 상현이는 요즘 사춘기라 그런지 말을 안 듣는다는 내용이었다. 형이 방황하고 있는 상황에서 상현이도 그렇게 될까 봐 걱정돼서 상담을 해달라는 내용이었다. 그날 오후에 상현이를 불러 상담을 했다. 상현이에게 힘든 일이 있는지 물어봤는데 상현이는 아무 일도 없다고 했다. 겉보기와는 다르게 상현이는 자신의 상처나 아픔을 솔직하게 털어놓지 않았다. 집안 사정 때문에 힘들겠거니 짐작만 하고 상현이를 집으로 보냈다.

며칠 뒤 집에서 저녁을 먹고 TV를 보고 있는데 갑자기 파출소에서 연락이 왔다.

"상현이 선생님 되시죠? 여기 파출소인데요. 상현이 아동학대 의심이 되어서요. 잠깐 와주셔야 될 거 같아요."

깜짝 놀라서 단숨에 상현이가 있던 파출소로 갔다. 파출소에는 상현이가 앉아 있었고 경찰관이 상황 설명을 해줬다. 저녁에 순찰을 도는데 밤늦게 아이가 집에 안 들어가서 이유를 물어보니 집에 들어

가기 싫다는 것이었다. 집에 들어가도 부모님이 밥도 안 주고 때린다는 것이었다. 파출소로 데려와 상현이 이야기를 듣고 집에 보낼 수가 없어서 담임선생님인 나에게 연락을 한 것이다.

"선생님. 오늘은 일단 늦어서 조사할 수도 없고, 아동학대 보호센터가 멀리 있어서 보낼 수도 없는 상황입니다. 내일 아동학대 보호센터 사람과 경찰이 상현이네 집을 방문할 예정입니다. 하루만 부탁드립니다."

그렇게 상현이를 데리고 집으로 왔다. 상현이가 저녁도 못 먹었다길래 편의점에서 닭다리와 콜라를 사서 간단하게 저녁을 먹었다. 상현이에게 무슨 일이 있었는지 묻고 싶었지만 그냥 묻지 않았다. 상현이도 학교에서처럼 유쾌하게 말을 했고 핸드폰을 하다가 잠이 들었다. 상현이가 옆에 있어서 그런지 나는 긴장을 해서 잠을 설쳤다.

다음 날 학교 마치고 나는 교감선생님과 함께 상현이 집을 방문했다. 아동학대 보호센터 사람과 경찰도 동행했다. 집에는 어머니와 상현이 동생이 있었고, 동생은 상현이를 보자마자 형 어디 갔었냐고 달려와 안겼다. 상현이 어머니는 후천적 청각장애여서 말을 어눌하게 하셨고 상대방의 입모양을 보고 의사소통을 하셨다. 이야기를 들어보니 상현이가 동생도 주로 돌보고 부모님 대신 의사소통도 해주고 그랬는데 요즘 사춘기가 되어 그런 역할들을 안 해줘서 매를 들었다고 했다. 이야기를 들으면서 상현이가 그동안 받았을 정신적인 스트레스가 얼마나 컸을까 생각이 됐다. 아동학대 보호센터 사람이 상현이에게 격리 치료가 필요하다고 판단했고 절차에 따라 보호센터로 가게 되었다. 상현이는 그곳에서 약 2달 정도 지냈다. 지역이 멀어서 거기서 잠깐 학교를 다니고 2달 후에 다시 돌아왔다. 상현이는 예전의 모습으로 돌아왔다. 친구들도 나도 상현이에게 무슨 일이 있었는지 구체적으로 묻지 않았다. 그냥 예전처럼 상현이를 밝게 대해줬다. 그게 상현이에게 내가 해줄 수 있는 존중과 사랑의 표시였다.

아이들의 삶에서 가장 중요한 버팀목은 가정이다. 가정에서 보내는 시간이 가장 길고 무조건적인 사랑을 받는 공간이기 때문이다. 그에 비하면 학교는 아이들에게 해줄 수 있는 게 별로 없다. 하지만 가정이 무너지고 힘든 아이들에게 학교는 유일한 버팀목이 될 수 있다. 우리는 그런 아이들에게 숨 쉴 공간을 만들어줘야 한다.

사랑은 열정으로 나타난다. 아이들은 선생님의 열정적인 사랑을 받고 그 힘으로 회복되어야 한다. 사랑받고 존중받은 사람만이 사랑을 나눠줄 수 있다는 신념으로 아이들을 끝까지 사랑하는 열정적인 교사가 우리 사회의 희망이다.

05 우리가 꿈꾸는 교육

"저는 교사생활 20년 하고 연금이 나오면 명예퇴직할 거예요."

동 학년 회식 자리에서 어떤 선생님이 한 말이다. 그 선생님은 아이들도 잘 다루고 수업도 잘하는 전문가처럼 보였는데 그런 생각을 갖고 있다는 것이 의아했다. 이 선생님뿐 아니라 요즘 많은 선생님들이 명예퇴직을 선택하고 있다. 건강상의 문제, 나이 많은 교사를 싫어하는 사회 분위기, 제2의 인생 설계 등 여러 가지 이유로 명예퇴직을 하지만 가장 중요한 동기는 학교가 더 이상 행복하지 않기 때문이다. 그렇기에 어느 정도 경제적인 문제가 해결되면 행복을 위해 학교를 그만두는 것이다.

교사뿐 아니라 학교를 떠나는 학생들도 해마다 증가하고 있다. 학교를 포기하는 학생들 역시 학교가 더 이상 행복한 곳이 아니기 때문이다. 오히려 자신의 꿈과 삶에 도움이 되지 않고 학교 다니는 것이 시간 낭비라고 생각한다. 왜 학교는 교사와 학생이 떠나고 싶은 곳이 되었는가?

에리히 프롬의 '소유냐 존재냐'라는 책에서는 인간이 행복을 추구하는 2가지 방식을 제시하고 있다. 하나는 소유함으로써 행복한 것이다. 소유를 통해 행복을 추구하는 사람은 물질, 권력, 지위를 얻기 위해 살아간다. 반면 존재로서 행복을 추구하는 사람은 존재의 소중함에 초점을 둔다. 소유를 위해 살아가는 사람은 도구적 목적을 추구하지만 존재를 위해 살아가는 사람은 본질적 목적을 추구한다.

학교가 불행한 곳이 된 이유는 소유를 통해 행복을 추구하려는 우리의 삶의 태도에 있다. 학생이 배움을 다음 단계로 나아가기 위한 도구로 생각할 때 학교는 불행한 곳이 된다. 학교에서 자신이 이루고 싶은 꿈과 관련된 것을 가르치지 않으면 불필요한 것을 가르친다고 생각한다.

"선생님. 수학 왜 배워요? 이거 어차피 나중에 쓰지도 못하잖아요."

아이들이 종종 하는 말이다. 실제로 학교에서 배우는 수학 내용 중 실생활에 쓰이는 것은 거의 없다. 사칙연산 정도만 배우면 일상생활에 문제가 없는데 그 이상을 배우는 것이 아이들에게는 이해가 되지 않는 것이다. 이런 모습은 상급학교로 진학할수록 심하게 나타난다. 인문계 고등학교 수업 시간을 보면 수업을 듣지 않고 다른 공부를 하는 학생들을 쉽게 찾아볼 수 있다. 버젓이 선생님이 앞에서 수업하는데 다른 과목 책을 꺼내놓고 공부하는 모습은 배움을 소유로 생각하는 학생들의 태도를 보여준다.

아이들의 모습뿐 아니라 교사의 모습 속에서도 소유함으로써 행복을 추구하는 모습을 볼 수 있다. 교사라는 직업을 돈 벌기 위한 수단으로 생각하는 교사는 만족을 느끼기 어렵다. 교사로서 받을 수 있는 월급이 한정되어 있기 때문이다. 승진이 최고라고 생각하며 달려가는 교사들도 있다. 승진을 위해 자신의 꿈이나 주변 사람들과의 관계를 포기하는 모습을 종종 볼 수 있다. 승진한 사람들을 우러러보며 승진하지 못한 자신을 비교하며 힘들어 하는 교사들도 있다.

소유함으로써 행복을 추구하는 학생들과 교사들의 삶이 전적으로 잘못된 것은 아니다. 자신의 꿈을 이룰 수 있는 원하는 대학에 들어가기 위해 공부하는 학생들, 관리자가 되어 의미 있고 행복한 교육을 하고 싶은 교사들도 있기 때문이다. 행복을 이야기할 때 소유를 전적으로 배제할 수 없듯이 어느 정도의 소유는 필요하다.

소유적 행복의 문제는 존재를 잊게 만드는 데에 있다. 학생들이 배움을 도구로 생각할 때 배움의 즐거움을 잃어버리게 된다.

'학이시습지 불역열호아(學而時習之 不亦說乎아) - 배우고 때때로 익히면 기쁘지 아니한가?'

『논어』 학이편

소유적 행복의 태도는 논어의 말처럼 배우고 때때로 익히는 기쁨을 누리지 못하게 한다. 모르는 것을 알아가는 즐거움, 학문 자체로의 가치를 탐구할 시간이 없기 때문이다. 에리히 프롬의 말처럼 학문을 수동적으로 받아들이게 된다.

교사들이 직업을 생계를 위한 도구로 생각할 때 교사로서의 기쁨을 잃어버리게 된다. 학생 개개인에게 관심을 두면서 아이들이 성장하는 모습 속에 누리는 보람과 감사를 누릴 수 없다. 자신이 승진하지 못하면 무능력한 교사로 여겨 자존감이 낮아지게 된다.

우리가 꿈꾸는 교육은 아이들과 선생님이 행복한 것이다. 아이들과 선생님이 행복하려면 서로의 존재만으로 기뻐하고 감사할 수 있어야 한다. 어떤 학생이 선생님을 기쁘게 하는가? 배움에 대한 열정이 있어 뭐든지 즐겁게 하는 학생, 선생님과 친구들을 소중히 여기고 배려하는 학생이다. 어떤 선생님이 학생을 기쁘게 하는가? 학생에게 관심이 있고 진정으로 대해주며 배움의 즐거움을 느끼게 해주는 선생님이다. 이런 학생과 선생님으로 가득한 학교는 상상만 해도 행복하다.

우리 반에 정연(가명)이라는 아이가 있다. 새 학기 첫날 정연이의 첫인상이 생생히 기억난다. 정연이는 그날 1등으로 반에 들어왔다. 초등학교 6학년쯤 되면 선생님한테 크게 관심이 없는데 정연이는 먼저 말을 걸어왔다. 이것저것 물어보는 정연이를 보고 속으로 '관심받고 싶어 하는 아이인가?' 라는 생각을 했다. 말투도 약간 어리바리했고 공부도 열심히 하지 않을 것 같아 보였다.

정연이는 예상과 달리 괜찮은 아이였다. 우선 수업 시간에 정연이는 발표도 열심히 하고 해야 하는 활동들도 최선을 다해서 했다. 어떤 의견이든지 이야기하고 싶어 했고 자신이 모르는 것이나 틀리는 것도 두려워하지 않았다. 한번은 수학 수업이 끝나고 집에 갈 시간이 되었는데 정연이가 앞으로 나왔다.

"선생님. 아까 설명해 주신 거 다시 한 번 설명해 주시면 안돼요? 이해가 잘 안돼서요."

다들 짐을 싸서 집에 가기 바쁜 하교 시간에 정연이는 수업 시간에 이해가 안 됐던 문제를 갖고 나온 것이다. 몇 번이고 그림을 그리고 숫자를 써 가며 정연이에게 설명을 해주었고 이해가 되었다는 걸 확인하고는 고맙다는 인사를 하고 집으로 돌아갔다. 아이들을 가르치면서 모르는 것을 끝까지 물어본 아이는 정연이가 처음이었다.

정연이는 글쓰기와 그림 그리기, 영화 제작에도 소질이 있었다. 한번은 개고기 먹는 것에 대한 찬성 반대 의견을 논설문으로 적었는데 초등학생답지 않게 전문적인 내용을 인용해서 놀란 적이 있었다. 그림은 시간이 날 때마다 연습장에 그리는데 친구들이 잘 그린다고 인정할 정도다. 영화 수업 때는 스토리를 짜고 연출을 맡았는데 영화 선생님이 스토리와 장면 전환을 칭찬해 주셨다. 전담 선생님들까지도 정연이를 칭찬할 정도로 다방면에서 인정받는 아이이다.

정연이는 친구와의 관계도 잘 맺는다. 모둠 활동을 할 때면 리더가 되어 활동을 이끌어가면서 친구들의 의견을 조율한다. 친구들과의 갈등이 있거나 친구 관계로 고민이 있을 때는 친구를 비난하거나 욕하지 않고 자신의 마음을 글로 쓰거나 상담을 하면서 생각을 정리한다. 요즘같이 표현이 자유로운 시대에 감정을 절제하고 인내한다는 것은 정연이가 관계에 대해 중요하게 생각한다는 것을 보여준다.

정연이의 모습을 보면서 존재로서의 행복을 추구하는 모습 같다는 생각이 들었다. 배움 자체를 즐거워하며 능동적으로 참여하는 모습, 자신이 좋아하는 분야든 아니든 최선을 다하는 모습, 친구를 한 인격체로 생각하고 이해하고 화합하기 위해 노력하는 모습이 보였기 때문이다. 정연이의 이런 모습을 본 옆 반 선생님이 자기 딸도 이렇게 컸으면 좋겠다고 말할 정도로 우리가 꿈꾸는 학생의 모습이다.

정연이의 꿈은 세계 일주이다. 이 또한 다른 아이들처럼 꿈을 소유로 생각해 무엇이 되겠다고 생각하는 것이 아니라 자신의 존재와 방향에 대한 꿈이다. 이런 꿈을 갖고 있는 아이들이 모여 있는 교실이라면 수업할 맛이 나지 않을까 생각해본다.

아이들과의 시간을 의미 있고 소중하게 생각하며 행복하게 지내는 선생님들의 이야기도 많다. 아이들 작품 하나하나 사진 찍고 공유해주시는 선생님, 아이들과의 일상을 글로 남기는 선생님, 아이들이 즐겁게 배울 수 있도록 수업을 연구하는 선생님 등 아이들과의 존재 속에 행복을 찾는 선생님들이다. 이렇게 학교에서 아이들과 함께 하는 것이 행복한 선생님들이 많아져야 한다.

선생님과 아이들이 행복한 학교, 서로의 존재만으로 감사하며 기쁜 학교가 우리나라의 희망이다.

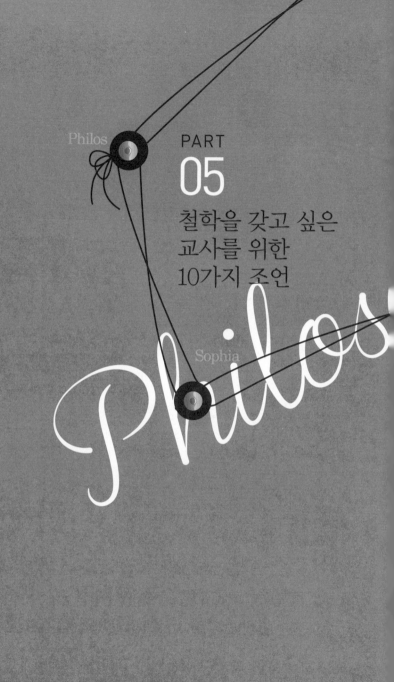

PART
05
철학을 갖고 싶은
교사를 위한
10가지 조언

01 수업 준비를 위한 노력

"띠리링~ 띠리링~"

알람 소리에 눈을 떠보니 핸드폰 시계는 새벽 4시를 가리키고 있다. 침대에서 일어나 이불을 정리하고 화장실로 가서 찬물로 세수를 한다. 방으로 돌아와 책상 앞에 앉아서 교과서와 지도서를 펼친다. 하얀 빈 종이에 도입, 전개, 정리라고 적고 수업 개요를 적는다. 한 과목, 두 과목 하다 보면 어느새 아침이 밝아 온다. 출근 시간은 다가오고 수업 준비는 덜 되어 있고 마음이 분주하다. 준비 못 한 수업은 학교 전담 시간에 해야지 마음먹고 가방을 싸서 학교에 간다.

신규 교사 때 가장 부담이 됐던 것은 수업 준비이다. 하루에 전담 시간 제외하고 나면 4~5시간이나 되는 수업을 어떻게 준비해야 하나 걱정이 됐다. 실습 때 배웠던 것처럼 지도안을 짜서 수업을 하려면 한 수업에도 몇 시간을 투자해야 하는데 매일 4,5개씩 지도안을 짠다는 것은 불가능한 일이었다. 학교에 남아서도 수업 준비, 집에 와서도 수업 준비, 아침에 일어나서도 수업 준비. 이렇게 수업에 대한 부담이 크다 보니 출근하는 게 즐겁지 않았다.

지금 생각해보면 그때 전전긍긍하며 수업을 준비했던 나 자신이 귀엽기도 하고 대견하기도 하다. 지금보다 수업에 대해 고민하고 준비하는 시간이 많았기 때문이다. 그렇다고 현재 수업에 대한 고민이나 열정이 식었다고 생각하지 않는다. 수많은 시행착오를 거치면서 수업을 준비하는 나만의 노하우가 생겼고 덕분에 효율적으로 수업을 계획하고 진행하고 있기 때문이다.

수업 준비 때문에 고민하고 노력하는 교사들에게 몇 가지 노하우를 공개한다.

『계획을 세워라 : 학급 교육과정, 연간 시간표, 주간 학습안내』
영화 '기생충'에 나온 대사 중에 기억에 남는 대사가 있다.
"아빠. 다음 계획이 있으세요?"
"무계획보다 좋은 건 없다."
계획하지만 뜻대로 되지 않는 인생을 보며 아빠가 한 말이다. 물론 계획한 대로 인생이 흘러가지는 않지만 계획이 있는 것과 없는 것은 교사에게 큰 차이이다. 우리의 목적은 아이들을 변화시키는 데 있는데 어떻게 변화시킬 것이냐는 질문에 대해 대답할 수 있는 계획이 있어야 한다.

교사는 교육과정을 통해 학생들을 변화시키는 존재이다. 국가 수준의 교육과정이 있고, 학교 교육과정이 있고, 학년 교육과정이 있다. 교육과정이라는 틀 안에서 교사와 학생의 케미(chemistry)를 통해 함께 변화해 나가는 것이다. 그렇기에 교육과정은 교사가 학생을 가르치는 방향, 길을 제시해 준다.

교사로서 국가, 학교, 학년 수준의 교육과정을 반영해 학급 교육과정을 만드는 것은 좋은 수업의 출발이다. 교육과정은 교사의 교육 철학이 반영되어 어떤 내용을 어떻게 가르치고 어떻게 평가할지 일련의 계획을 세우는 것이기 때문이다. 교육과정은 교사의 생각 속에 1년 동안에 큰 그림을 그리는 것이다.

교육과정에는 교과 진도뿐 아니라 의무적으로 해야 하는 교육, 학교에서 하는 행사, 부서별로 계획한 교육활동들도 들어가 있다. 교육과정을 한 번 만드는 것으로 그 모든 것을 기억할 수 없지만 수시로 보면서 활용한다면 더할 나위 없는 좋은 계획서가 된다.

학급 교육과정이 숲을 보는 것이라면 연간 시간표와 주간 학습안내는 나무를 보는 것이다. 연간 시간표는 수업 시수와 행사 등으로 매주 달라지는 수업을 한눈에 볼 수 있다. 연간 시간표를 교사용 책상 유리 밑에 껴놓으면 자주 보면서 한 주 한 주를 점검할 수 있다. 연간 시간표를 보면서 꼭 만들어야 할 것이 바로 주간 학습안내이다. 주간 학습안내는 한 주간의 시간표와 진도, 준비물, 공지사항 등을 정리해 놓은 안내서이다. 학교에 따라 결재를 맡는 학교도 있고 그렇지 않은 학교도 있는데 결재의 유무와 상관없이 중요한 안내 도구이다. 나는 주간 학습안내를 주로 목, 금요일에 만든다. 다음 주 시간표를 보고 과목을 넣고 진도를 찾아 넣는다. 다음 주에 어떤 것을 배울지 찾아보고 교과서를 한번 훑어보는 과정에서 수업에 대한 개략적인 준비가 이뤄진다. 이렇게 만드는 데 길어야 30분 정도의 시간이 걸린다. 주간 학습안내를 만들면 아이들과 학부모에게 어떤 것을 배우고 어떤 것을 준비해야 하는지 알릴 수 있어 좋다. 교사는 어떤 내용을 준비하고 가르칠지 계획을 세울 수 있어 좋다.

신규교사 때 학급 교육과정, 연간 시간표, 주간 학습안내에 대한 개념이 없어서 기본 시간표대로 아이들을 가르쳤던 경험이 있다. 그렇게 했더니 과목별로 진도도 차이 나고 주먹구구식으로 시간표를 바꿔서 아이들도 나도 혼란스러웠다. 계획을 세우는 것이 번거롭고 귀찮지만 결국은 일을 덜고 효율적으로 준비한다는 것을 기억해야 한다.

『다른 교실의 수업을 봐라』

'아는 만큼 보인다.' 는 말이 있다. 자신이 알고 있는 만큼 이해할 수 있다는 뜻이다. 최근에 교장 선생님께서 이 말을 바꿔서 '보는 만큼 안다.' 라고 말씀하셨다. 이것저것 봐야 시야가 넓어지고 알게 되는 것이 많다는 뜻이다. 이 말을 들으며 많이 봐야 더 많이 알게 된

주간학습안내

		학년부장	연구부장

8월26일 - 8월30일(1주)

평택성동초등학교 6학년 2반

	월 (26일)	화 (27일)	수 (28일)	목 (29일)	금 (30일)
행사					학급임원선거
1블럭	**자율**	**미술**	**체육**	**실과**	**자율**
	• 개학식 • 방학 숙제 확인 • 교과서 나누기 • 방학 이야기 나누기	• 의미있는 역할 꾸미기 • 사물함 자리 꾸미기	재미있게 시작해요 운동 체력 알아보기 순발력 기르기 민첩성 기르기	가정일은 왜 중요할까요?	◆학급임원선거 자율활동_ 민주시민,청렴교육
	***	45쪽	22- 25쪽	106-107쪽	***
2블럭	**국어**	**과학**	**수학**	**국어**	**국어**
	<학급 회의> - 의미 있는 역할 정하기 - 급식 먹는 순서 - 사물함 자리 정하기 - 학급 규칙	전기를 이용한 재미있는 점토 놀이 10-11쪽 **과학** 전구에 불이 켜지게 하려면 어떻게 해야 할까요?	- 수학은 내 친구 - 단원 도입	작품 속 인물의 삶 살펴보기	작품을 읽고 인물이 추구하는 삶 파악하기
	***	12-13(6)쪽	6-9(5)쪽	34-39쪽	40-51쪽
5교시		**사회**	**음악**	**영어**	**영어**
		단원 학습 내용 예상하기	현악기와 친해지기	Open Up, Look and Listen, Rap Chant, Listen and Do, Listen and Play	Look and Say, Sounds Fun, Song Time, SOng Time, Talk Together, Speak and Play, 배움을 확인해요
		6-9쪽	42-43쪽	98-99쪽	100-102쪽
6교시		**사회**		**사회**	**영어**
		세계 지도, 지구본, 디지털 영상 지도의 특징 알아보기 (1/2)		세계 지도, 지구본, 디지털 영상 지도의 특징 알아보기 (2/2)	Read and Speak, Read and Do, Write and Do, Read and Play
		10-16쪽		10-16쪽	102-103쪽
준비물	방학 숙제 실내화가방, 알림장		간편한 복장, 운동화		

지혜의 글
◆지혜가 주는 상
지혜가 악한 자의 길에서 너를 지키며, 악한 말을 내뱉는 자들로부터 너를 지킬 것이다.

가정통신

♠ 항상 재미있고 서로를 존중하며 배려하는 예의까지 바른 좋은열매 7기 ✿

♠ 길기도 하고 짧기도 했던 여름 방학을 마치고 다시 학교에 오게 되었어요. 방학 때 집에서 쉬다가 다시 학교 나오려니까 힘들죠? 선생님도 더 쉬고 싶은 마음이 커요. 그렇지만 개학이 있기에 방학이 더 소중한 거 같아요. 맨날 집에서 있으면 심심할 때가 있잖아요. 2학기 때도 함께라서 행복한 좋은열매 7기가 되었으면 좋겠어요^^

♠ 학급의원선거(금요일)
학급 의원선거가 금요일 1블럭에 있어요. 1학기 때 남의원, 여의원 뽑았던 거 기억나죠? 2학기 때 우리 반의 의견을 전교어린이회의에 전달해 줄 친구들을 찾아요. 적극적으로 참여해주세요^^

♠ 수요일은 무조건 5교시!!
이제 수요일은 무조건 5교시인거 알죠?? 수요일은 다른 날보다 일찍(1시 40분)에 끝나니까 학원시간이나 방과 후 일정들 참고하세요!!

주간학습안내

철학을 가진 교사로 살기

다는 사실을 깊이 깨닫게 되었다.

대학교 4학년 교생실습 때 만났던 선생님은 배울 점이 많았다. 당시 경력이 지금의 나와 비슷했던 것으로 기억하는데 수업과 생활지도에 전문가 느낌이 났다. 수업 시간에 동기유발은 늘 선생님 본인의 이야기거나 학급에서 반 아이들과 겪는 문제였다. 아이들은 선생님이나 자신들의 이야기에 큰 관심을 갖고 수업에 임했다. 수업도 교육과정을 재구성해서 다양한 도구를 활용한 활동을 했다. 당시 협동학습 연구회에서 활동하신 선생님은 수학 수업에서 협동학습과 게임을 활용하셨는데 지금까지도 기억에 남는다. 생활지도에서도 아이들에게 친절하지만 단호한 선생님이셨다. 아이들 개개인에게 친절하고 관심도 많으셨지만 무조건 허용해주는 것이 아니라 잘못된 것은 단호하게 잡아주는 선생님이셨다. 교생들에게도 최선을 다해 지도해주셨다. 수업 사전·사후 협의를 통해 함께 준비하고 고민하며 조언해주셨다. 수업과 관련된 이야기뿐 아니라 교육철학이나 교사로서의 꿈과 같은 이야기들도 해주시면서 교사가 되는 것에 대한 기대감을 갖게 해주셨다. 선생님과 함께 했던 1달의 실습 과정이 대학에서 배웠던 그 어떤 학문보다 마음에 와 닿고 도움이 됐다.

교사가 되고 나서는 수업을 볼 기회가 별로 없었다. 회의는 주로 업무 관련된 내용이었고, 때마다 돌아오는 공개수업은 개인의 몫이었다. 이런 분위기 속에서 수업에 대해 물어보기 위해 옆 반 문을 두드리는 것은 어려웠다. 지금 생각해보면 후배가 가르쳐 달라고 하면 누구나 기쁜 마음으로 가르쳐줬을 텐데 용기를 내지 못한 게 아쉽다.

수업에 대한 고민을 나눌 수 있는 동료가 있다면 그렇게 하길 추천한다. 자기 또래에 교사들이 있으면 수업과 생활지도, 업무 노하우를 공유하면 도움이 된다. 혹시 그럴만한 사람이 없다면 연수나 교육 서적의 도움을 받을 수 있다. 원격연수 중에 다른 학교 선생님들이 수업한 것을 보는 연수가 있었는데 교사의 발화나 수업의 흐름을 보는 데 도움이 됐다. 교육 서적에는 이미 수많은 시행착오를 겪어 수업에 달인이 된 교사들의 지혜가 담겨있다. 책을 통해 교사로서 동기부여도 되고 활동 아이디어를 얻기도 한다.

『교사의 입장이 아닌 아이들의 입장에서 수업 준비하기』

대학생으로 돌아가서 생각했을 때 어떤 수업이 재미있고 기억에 남는가? 교수님이 일방적으로 강의하는 수업? 아니면 실험하고 토의하고 발표하는 수업? 후자의 수업이 그럴 것이다. 좋은 수업의 요소인 재미와 의미를 얻기 위해서는 학생들이 적극적으로 참여하는 수업이 되어야 한다. 이걸 반대로 생각했을 때 아이들이 재미있고 거기에서 의미를 찾는다면 교사는 성공한 수업이 되는 것이다.

활동 중심의 수업을 하기 위해 요즘 많은 학교에서 블록 타임을 운영하고 있다. 블록 타임은 수업 시간을 기존 40분에서 80분으로 붙여서 운영하고 중간에 쉬는 시간을 길게 주는 형태이다. 40분 수업은 집중하는 시간이 짧은 초등학생들에게 효과적이지만 활동을 여유롭고 깊이 있게 하는 데는 어려움이 있다. 대안으로 블록 타임 수업은 아이들 활동 위주로 하지 않으면 길고 지루한 수업이 되기 쉽다. 블록 타임도 교과에 따라 상황에 따라 유연하게 운영할 필요가 있지만 기본적으로 아이들의 활동을 적재적소에 배치하면 재미와 의미가 있는 수업이 될 수 있다.

신규 교사들은 수업을 준비할 때 도입부터 정리까지 모든 것을 완벽하게 준비해야 한다고 생각하는 경향이 있다. 그렇게 할 수 있으면 좋겠지만 앞에서도 말한 것처럼 매일 4~5시간의 수업을 완벽하게 준비하는 것은 불가능하다. 경력 있는 교사들은 수업목표를 보고 목표를 이룰 수 있는 활동 몇 가지를 준비한다. 그리고 그 활동을 아이들이 잘할 수 있도록 교사로서 지원해야 할 것을 생각한다. 아이들이 활동할 때 어떤 것이 필요할지 어떤 문제가 생길 수 있는지 생각하고 그것을 대비하고 준비한다. 좋은 수업 준비는 수업을 하는 나에게 집중하는 것이 아니라 수업에 참여할 아이들에게 집중하는 것이다.

최근에 아이들과 사회 시간에 세계 여러 나라에 대해 배우고 있다. 예전 같았으면 교과서에 나오는 내용을 충실히 설명하면서 다양한 사진자료와 영상자료를 준비해 보여줬을 것이다. 수업에 적절한 자료를 찾기 위해 시간과 에너지를 쏟고 학습지를 만들어 아이들이 수업을 잘 들었는지 체크했을 것이다. 하지만 올해는 아이들이 스스로 관심 있는 나라를 찾고 조사한 것을 공유하는 데 초점을 두고 수업을 하고 있다. 우리 반 28명의 친구들이 또래 선생님이 되어 자료를 조사하고 정리하고 설명할 수 있도록 돕고 있다. 내가 먼저 만든 PPT 예시를 보여주면서 모델이 되고, 아이들이 발표 자료를 만들 수 있도록 가르치고 도와주고 하다 보니 수업 시간이 금방 지나간다. 아이들도 자신이 만든 자료를 게시하고 설명하면서 교사의 일방적인 가르침보다 더 많은 것을 기억하게 된다.

"나이스! 오늘도 컴퓨터실 간다. 선생님 요즘 사회 수업이 재미있어요."

아이들 입에서 이런 반응이 나오는 것은 가르치는 교사가 아닌 배우는 아이들의 입장에서 생각한 결과이다.

수업에는 정답이 없다. 똑같은 내용을 가르치더라도 아이들의 수준이 다르고 교사가 선호하는 수업방식이 다르며 학급 환경이 다르기 때문이다. 그렇기에 우리는 끊임없이 생각하고 노력하고 준비해야 한다. 이런 수고를 통해 성장한 나는 분명 과거의 나보다 더 나은 수업을 하고 있을 것이다.

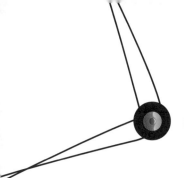

02 어느 반이나 힘든 아이는 있다

'우리 반 아이들이 다 나와 같다면 어떨까?'

혹시 이런 생각 해 본 적이 있는가? 우리 반 아이들이 다 나와 같다면 어떨까? 교사들은 대부분 공부도 잘하고 생활태도도 바른 그런 아이들만 모여 있다면 반에 문제가 없을 거라고 생각한다. 그러나 카이스트와 같이 뛰어난 인재들이 모이는 집단에서도 따돌림 같은 폭력이 있고 경쟁으로 인한 스트레스나 개인적인 문제로 엇나가는 사람들이 분명히 있다. 우리가 경험하는 공동체에서도 아무런 어려움 없이 모든 것이 완벽한 공동체를 찾기 어렵다. 다양한 사람들이 모이는 곳에서 문제가 일어나는 것은 어찌 보면 당연한 것이다.

우리가 있는 교실에서도 풀리지 않는 문제들이 있다고 생각하는 편이 낫다. 특별히 그 중심에서 교사와 아이와의 갈등, 아이들 간의 갈등을 일으키는 아이는 반드시 있다. 교사들은 갈등을 일으키는 아이를 힘들다고 표현한다. 폭력으로 아이들을 괴롭히는 아이, 친구들끼리 무리를 지으려고 이간질을 하는 아이, 교사의 통제를 무시하고 제멋대로 하는 아이, 고집이 세서 친구들과 어울리지 못하는 아이, 무기력하고 아무것도 하지 않으려는 아이 등 다양한 아이들이 교사들을 힘들게 한다. 최근에 교육복지에 대한 연수를 들었는데 강사님이 이런 말씀을 하셨다.

"선생님. 교실에 힘든 아이들이 있잖아요. 그 아이들을 환자라고 생각하고 우리를 의사라고 생각해 보세요. 환자가 심하게 다치고 병들어서 우리 병원에 왔어요. 그런데 의사가 '왜 이렇게 심한 환자가 우리 병원에 왔지?' 라고 이야기할 수 있을까요? 우리는 우리 교실에 정상적이고 말 잘 듣는 아이들만 오기를 바라는데 바람직한 태도는 아닌 거 같아요."

이 말을 듣는데 공감이 됐다. 교사인 우리는 우리에게 맡겨진 아이들을 교육을 통해 변화시켜 나가야 하는 책임이 있다. 교사의 노력과 도움이 적게 필요한 아이들도 있지만 많이 필요한 아이들도 있다. 우리가 힘들다고 느끼는 아이들은 심하게 아픈 아이들이다. 그렇다면 우리가 이 아이들을 어떻게 도울 수 있을까?

『교사만의 잘못이 아니다』

"선생님. 다른 반과 비교했을 때 선생님 반 수업 분위기가 안 좋아요. 특히 ○○이가 수업을 방해해요. ○○이 꼭 지도해주세요."

"선생님. 우리 아이가 ○○이 때문에 학교 가기 싫대요. ○○이가 자꾸 놀리고 괴롭힌다고 해요. 선생님 ○○이 어떻게 좀 해주세요."

이런 메시지를 받으면 기분이 나쁘고 교사로서 자존감이 떨어진다. 마치 내가 잘못 가르쳐서 아이들 수업 분위기가 좋지 않고 아이들이 피해를 입는다는 말로 들린다. 실제로 교사의 역량이 부족한 부분도 있지만 문제 있는 한 아이의 영향이 더 크다. 수업을 하는데 계속 떠든다거나 친구들을 괴롭히는 아이는 교사의 통제를 따르지 않는 경우가 많다. 타일러도 보고 혼도 내보고 하지만 아이는 쉽게 변하지 않는다. 변하지 않는 아이를 보면서 자신의 무능함에 좌절하고 낙심한다면 희망의 끈을 놓치게 되는 것이다.

힘든 아이들을 바라볼 때 우리가 가져야 할 태도는 그 아이의 문제는 교사만의 잘못이 아니라는 태도이다. 아이가 이렇게 되기까지는 여러 가지 영향이 있다. 특히 가정의 문제가 가장 크다. 문제 있는 아이들과 이야기를 나눠보고 원인을 찾아보면 가정에서 상처받은 경우가 대부분이다. 폭력적인 부모님 밑에서 자란 아이, 강압적인 분위기 속에 부모님의 뜻대로 살아온 아이, 부모님이 바빠서 관심과 사랑을 충분히 받지 못한 아이들이 주로 문제 행동을 일으킨다. 학교에 다니며 친구나 선생님에게 상처를 받은 아이들도 있다. 학교폭력 피해자이거나 선생님에게 무시당하는 말, 무관심 속에 자란 아이들이다. 이렇게 다양한 원인들이 있기 때문에 지금의 문제 행동은 나만의 잘못이 아니다.

교사만의 잘못이 아니라는 마음가짐은 아이에 대한 책임에서 교사를 자유롭게 하고 다각적으로 접근할 수 있는 기회를 준다. 지금은 비록 이 아이가 힘들지만 교사로서 내가 할 수 있는 부분들을 하면 언젠가 아이가 바뀔 수 있다는 기대를 가질 수 있다. 그런 기대와 마음가짐은 아이를 포기하지 않고 끝까지 노력할 수 있는 원동력이 되기 때문에 중요하다. 또한 아이의 가정환경, 친구관계, 기본 성품 등 다양한 각도에서 아이를 바라보게 되어 문제 해결에 도움이 된다.

『동료 선생님들과 함께 하자』

병원에서 의사들은 치료하기 힘든 환자가 있을 때 어떻게 할까? 의학 전문 드라마를 보면 환자 치료에 대한 워크숍을 하는 모습을 종종 볼 수 있다. 실제로 의사들은 희귀병 환자나 생존율이 낮은 환자에 대해 치료 방법을 함께 연구하고 논의하며 수술을 준비한다. 또한 치료의 과정, 결과 등을 공유하고 다음 치료에 활용한다.

교사들은 어떠한가? 학교에서는 학생들 생활지도에 대한 부분을 공유하고 있는가? 혁신학교를 중심으로 전문적 학습 공동체와 다모임 등의 시간을 통해 수업과 생활지도에 대한 부분들이 이야기되고 있지만 아직도 학교는 업무 전달, 연수 위주의 회의 문화가 대부분이다. 의학 분야의 전문가인 의사들은 환자에 대해 함께 연구하고 방법을 공유하는데 교직의 전문가인 교사들에게 그런 노력이 부족하다는 현실이 아쉽기만 하다.

반에 힘든 아이들은 담임 교사 혼자서 교육할 수 없다. 동 학년 선생님들과 이야기를 나누고 방법을 함께 연구해야 한다. 우선 동 학년 협의 시간에 반에서 힘든 아이 이야기를 꺼내는 것만으로도 의미가 있다. 학급에서 있었던 어려움을 부끄러워하지 말고 이야기해야한다. 문제를 계속 드러내고 이야기하면 모두가 그 문제를 공감하고고민할 수 있기 때문이다. 다른 반의 문제를 깊이 이해하기 위해서는 다른 반 아이들과 만날 수 있는 환경을 조성하는 것도 필요하다. 예를 들면 수업 시간을 맞춰서 같이 활동을 한다든가 학년 전체 활동을 기획해서 우리 반뿐 아니라 다른 반 아이들을 만나는 것이다. 직접 아이들을 만나고 경험하다 보면 이야기로 듣는 것보다 깊이 문제를 느낄 수 있다. 문제를 이해하고 나면 함께 고민하고 실천하는 것으로 이어져야 한다. 요즘 학교마다 전문적 학습 공동체(전학공) 모임을 하고 있는데 그 모임의 취지가 공동연구, 공동실천이다. 전학공 시간을 통해 수업, 생활지도의 어려움을 이야기하고 해결책을 연구하고 실천해 나갈 수 있다. 생활지도에 대한 책을 선정해서 읽고 책 나눔을 해도 좋고, 학교 단위 어울림 프로그램이나 어깨동무 학교 프로그램 등 학교폭력을 예방하고 생활지도에 활용할 수 있는 프로그램이 보급되어 있는데 그런 프로그램들을 연구하고 실천하는 것도 생활지도에 도움이 될 것이다.

『래포를 형성하고 지원해 줄 것을 찾자』

의미 있는 타자(significant other)라는 말이 있다. 이 용어는 누군가에게 영향을 주기 위해서는 영향을 주려는 사람이 의미 있는 사람이 되어야 한다는 것이다. 이 용어를 교실로 가져와서 생활지도가 힘든 아이들에게 영향을 주려면 교사가 그 아이의 의미 있는 타자가 되어야 한다.

의미 있는 타자가 되기 위해서는 아이와 교사와의 래포(rapport) 형성이 중요하다. 래포는 상호 간에 신뢰하며 감정적으로 친근감을 느끼는 인간관계를 의미한다. 아이와 친근한 관계를 갖기 위해서 교사는 어떤 노력을 해야 할까? 아이에게 중요한 것은 교사의 관심과 사랑이다.

아이들에 대한 교사의 관심을 표현할 수 있는 여러 가지 장치를 마련해 놓을 필요가 있다. 지금 우리 반에서 하고 있는 몇 가지 활동들을 소개한다. 첫 번째는 아침 조회이다. 아침에 아이들이 교실에 오면 특별한 인사 없이 하루를 시작하는 경우가 많다. 우리 교실은 8시 50분이 되면 아침 조회를 한다. 다 같이 학급 급훈을 읽고 친구들과 인사하는 시간이다. 친구들과 인사할 때는 돌아다니면서 하이파이브를 하거나 몸을 부딪치거나 악수를 하는데 교사도 돌아다니면서 아이들과 인사를 한다. 인사에 소극적인 친구들에게도 먼저 다가가 인사를 하면 아이들이 교사의 관심을 받고 있다고 느끼게 된다.

두 번째는 아침 글쓰기다. 우리 반은 아침에 짧은 주제에 대한 자신의 생각을 쓰고 있다. '자신의 장점 3가지', '오늘 나의 마음의 온도는 몇 도?', '무인도에 간다면 데리고 가고 싶은 친구 3명은?' 등 아이들의 상태, 생각, 친구관계 등을 알 수 있는 글쓰기다. 아이들이 쓴 글을 보면서 아이들을 이해하고 답글을 달아주면서 교사의 관심을 표현할 수 있다. 짧은 글쓰기는 말보다 글로 표현하기를 좋아하는 아이들에게 효과적이다. 세 번째로는 밥 친구이다. 교사와 함께 밥 먹는 날을 정해서 점심을 먹으며 대화를 나누는 것이다. 밥 친구 순서가 돌아가기 때문에 모든 아이들과 한 학기에 1~2번 정도는 대화를 할 수 있고, 그냥 상담하는 것보다 편한 분위기에서 대화를 나눌 수 있다.

관심을 표현할 수 있는 여러 활동이 있지만 무엇보다 중요한 것은 아이 자체를 믿어주고 기다려주는 교사의 사랑이다. 아이들은 있는 그대로 수용해주는 상황을 만날 때 존중받고 사랑받는다고 생각하기 때문이다. 힘든 아이의 말을 들어주고 이해해주며 교사가 믿어준다는 느낌을 심어준다면 아이는 조금씩 마음의 문을 열게 될 것이다.

래포가 형성되고 나면 교사는 아이를 지원해 줄 수 있는 방법을 찾아야 한다. 아이가 힘들어하는 이유가 무엇인지를 알고 그것을 지원해줘야 한다. 경제적으로 어렵다면 학교에 교육복지 예산을 통해 지원할 수 있고, 아이의 심리적 문제거나 학부모의 문제라면 상담기관에 의뢰하여 상담을 받게 지원할 수 있다. 친구 관계의 어려움을 겪고 있다면 집단 상담과 회복적 서클 등을 통해 접근할 수 있고, 학습부진이나 무기력은 학교 내 기초학습 프로그램과 연계하고 개인 상담을 통해 지원할 수 있다.

어느 반에나 있는 힘든 아이. 그 아이는 지금 의미 있는 타자를 기다리고 있을지 모른다. 교사가 의미 있는 타자가 되어 아이를 돕는다면 언젠가는 그 마음을 알고 변화될 날이 올 것이다.

03 학교 업무는 이렇게

3. 학교 업무는 이렇게

　　　　　　　교사가 되기를 꿈꿀 때 아이들을 가르치는 모습을 상상했지 컴퓨터 앞에서 업무를 처리하는 모습은 별로 상상하지 못했다. 사람들이 교사를 생각했을 때 가르치는 사람이지 업무가 있다는 건 잘 모른다. 처음 교사가 되고 교사는 학생만 잘 가르치면 되는 줄 알았는데 업무도 해야 한다니 부담스러웠다. 특별히 대학교에서 수업과 교육과정 관련된 내용은 배웠어도 업무 관련된 내용은 다루지 않았기에 낯설기만 하다.

　그럼에도 불구하고 학교 업무는 교사에게 필연적인 것이다. 학교 업무는 학교에서 진행하는 교육활동을 계획하고 지원하고 정리하는 것이 대부분이기 때문이다. 교육활동을 계획하는 업무는 각종 계획서 작성, 회의, 자료 검색 등이 들어간다. 교육활동을 지원하는 업무는 예산 신청, 필요한 물품 구입, 교육활동 안내 등이 있다. 교육활동을 정리하는 업무는 보고서 작성, 교육활동 평가, 결산 등이 있다. 계획, 지원, 정리의 과정들을 통해 학급과 학년, 학교 전체의 교육활동이 이뤄지기 때문에 업무를 맡은 교사의 역할이 중요하다.

학교 업무를 처리하는 데 도움이 될 만한 몇 가지 조언을 안내한다.

『업무가 아이들보다 우선이 아니다』

가장 먼저 교사가 가져야 할 태도는 업무가 아이들보다 우선이 되어서는 안 된다. 앞에서 언급했듯이 업무는 학생들의 교육활동을 돕기 위해 생겨난 것이다. 학생들에게 도움이 되는 교육활동을 하기 위해 계획을 하고 필요한 것을 지원하고, 활동이 끝난 후에는 정리 및 평가를 하면서 효과성을 점검하는 것이다. 그런데 간혹 업무가 몰리거나 겹칠 때 아이들보다 업무를 우선시하는 경우가 있다. 아이들에게 집중해야 할 수업 시간에 업무를 처리한다든가 수업 준비보다 업무하는데 시간을 많이 할애하는 것이다. 상황에 따라 처리하는 데 시간이 오래 걸리는 업무도 있고 긴급하게 해야 하는 업무도 있지만 아이들에게 쏟아야 하는 에너지를 업무에 쏟다 보면 아이들에게 소홀해지게 된다. 또한 학교 업무 이외에 개인적으로 연구를 하거나 외부 단체의 업무를 하는 경우도 있다. 이러한 업무는 개인의 선택이기 때문에 최소한 아이들이 돌아가고 학교에서 해야 하는 업무들을 마친 후에 하는 것이 바람직하다.

초등학교 6학년 때 담임선생님은 교무부장 선생님이셨다. 남자 선생님이셨는데 전교에 무섭다고 소문이 난 선생님이셨다. 우리 반은 매일 쥐 죽은 듯이 조용히 긴장하면서 지냈다. 이렇게 무서운 선생님과 1년을 어떻게 보내나 생각했는데 의외로 선생님과 함께하는 시간보다 우리끼리 보내는 시간이 더 많았다. 선생님께서 교실을 자주 비우셨기 때문이다. 선생님의 수업은 칠판을 몇 번이고 썼다 지웠다 하는 필기가 대부분이었다. 수업 시간에 전화가 오면 선생님은 칠판 한가득 필기 거리를 주시고 교무실로 내려가셨다. 그때는 선생님이 자주 교실을 비우시는 이유를 몰랐는데 교사가 되고 보니 업무 때문이라는 것을 깨닫게 되었다. 옛날과 지금은 분위기가 많이 바뀌어서 교사가 업무 때문에 아이들을 교실에 남겨놓고 교무실로 가는 일은 별로 없다. 하지만 여전히 수업 시간에 전달되는 쪽지, 전화는 교직 사회가 아직도 업무를 아이들보다 중요하게 생각한다는 증거이다. 어릴 적 아이들을 남겨놓고 교무실로 내려가신 선생님을 생각하면 그런 분위기를 만든 학교 사회에 대한 쓸쓸한 마음이 든다. 지금부터라도 아이들이 가장 중요하다는 생각을 갖고 우리의 태도를 바꿔나가야 할 것이다.

『업무의 우선순위를 정하라』

스티븐 코비의 성공하는 사람들의 7가지 습관을 보면 시간관리 매트릭스가 나온다. 사람들이 쓰는 시간을 사분면에 나타낸 것이다.

사분면의 가로축은 긴급성, 세로축은 중요성이다. 1사분면은 긴급하면서 중요한 일들이다. 예를 들면 마감 시한이 임박한 프로젝트나 회의, 보고 등이다. 2사분면은 긴급하지는 않지만 중요한 것이다. 공부, 운동, 독서 등이다. 3사분면은 긴급하지만 중요하지 않은 것이다. 전화를 받거나 누군가 만나서 이야기를 나누는 일 등이다. 4사분면은 긴급하지도 중요하지도 않은 일이다. TV를 시청하거나 온라인 쇼핑을 하는 일 등이다. 스티븐 코비 박사는 2사분면에 있는 활동들이 우리 삶을 풍성하게 이끈다고 이야기한다. 공부나 운동, 독서같이 자기를 계발하는 활동들은 긴급하지 않기에 사람들이 뒤로 미루게 된다. 당장 급하지는 않지만 중요한 이 활동들에 우선순위를 두고 시간을 투자하여 자신의 실력을 키우고 가치를 높이는 것이 성공하는 사람들의 습관이다.

학교 업무에서도 시간관리 매트릭스와 비슷한 원리가 적용된다. 업무관리 매트릭스라고 이름을 짓고 가로축은 긴급성, 세로축은 아이들을 위한 것이라는 관점에서 업무를 나눌 수 있다. 1사분면은 긴급하면서 아이들을 위한 것인데 당장 해야 하는 활동 계획서, 회의를 통해 결정해야 할 일들이다. 2사분면은 긴급하지는 않지만 아이들을 위한 것인데 교육과정 재구성, 맡은 업무 돌아보고 개선해 나가기, 학교의 업무 체계 만들기 등이다. 3사분면은 긴급하지만 아이들을 위한 것이 아닌 것인데 교육청 보고 자료나 국회의원 요구자료

등이다. 4사분면은 긴급하지도 않고 아이들을 위한 것도 아닌데 교사 개인적인 업무가 여기에 해당된다. 이렇게 업무를 긴급성과 아이들을 위한 것인가 아닌가로 나누고 1,2,3사분면에 있는 업무 위주로 처리하면 효율적으로 일을 할 수 있다.

특별히 강조하고 싶은 것은 2사분면에 있는 업무들이다. 긴급하지 않지만 아이들을 위한 일들이 후 순위로 밀리는 경우가 있다. 이 업무들은 주로 시간이 오래 걸리면서 당장 하지 않아도 티가 나지 않는 일들이 대부분이다. 2사분면에 해당되는 업무들이 무엇인지 생각해보고 시간이 걸리더라도 해본다면 업무 처리하는 능력이 향상될 것이다.

『모방은 창조의 어머니다』

'거인의 어깨 위에 타라' 는 말이 있다. 이 말은 '그 분야에 뛰어난 성과를 얻은 사람들이 걸어간 길을 따라가라' 는 뜻이다. 내가 한 발자국 가는 것보다 거인의 어깨에 타서 한 발자국 가는 것이 빠르고 효율적이다. 그렇다면 거인의 어깨 위에 타는 방법은 무엇인가? 그것은 모방하기다.

모방하기는 사람들에게 부정적인 이미지로 다가온다. 모방하는 사람은 왠지 노력이 부족하고 능력이 없어서 다른 사람이 한 것을 따라 하는 느낌이다. 노력하면 충분히 새로운 것을 만들 수 있는데 그렇게 하려는 의지가 부족한 사람으로 비친다. IT 강국인 우리의 기술을 모방하는 중국을 비난하는 것도 같은 이유이다.

하지만 모방하기는 우리가 가진 기술, 문화, 지식을 전수하는 가장 기본적인 방법이다. 기술, 문화, 지식의 발전은 모방을 통해 기본이 갖춰진 후에 기대할 수 있는 것이다. 장인들을 보면 어렸을 때부터 보고 배울 수 있었던 스승이 있었다. 스승의 발자취를 보고 듣고 모방하면서 기본적인 실력을 갖추고 자기만의 색깔을 입혀서 새로운 것을 창조해 낸 것이다.

교사들도 적극적으로 배우고 모방해야 한다. 선배 교사가 했던 업무를 보면서 한번은 그대로 해 볼 필요가 있다. 모방을 하면서 그렇게 업무를 한 이유와 목적, 방법을 이해할 수 있기 때문이다. 맡은 업무의 전임자가 학교에 같이 있다면 더할 나위 없이 좋다. 전임자에게 업무에 대해 물어보고 조언을 받을 수 있기 때문이다. 전임자가 같은 학교에 없다면 전임자가 남겨 놓은 자료들과 전에 했던 기안문을 참고해서 보는 것도 도움이 된다.

모방을 통해 업무에 대해 이해를 하고 나면 다음은 창조이다. 창조를 위해 업무를 2년 이상 꾸준히 해보기를 권장한다. 매년 업무가 바뀌면 업무를 파악하다가 끝나기 때문에 새롭게 시도하기가 어렵다. 학년 말 업무분장을 할 때 지금 하고 있는 업무를 1순위로 신청해서 2년, 3년을 꾸준히 할 수 있으면 도움이 된다. 같은 업무를 하다 보면 문제점과 개선점이 발견된다. 교사에게는 문제를 개선해 나갈 역량이 충분히 있기 때문에 누구나 창조의 주인공이 될 수 있다.

마지막으로 자신이 했던 업무에 대해 기록해야 한다. 후임자가 업무를 파악하는데 걸리는 시간을 줄일 수 있기 때문이다. 업무를 어떻게 계획했는지, 어떻게 실행했는지, 하고 나서 좋았던 점과 개선할 점 정도로 요약해 놓으면 후임자에게 도움이 될 것이다.

04 동료 교사들과의 관계

'1년 동안 함께 하기로 계약된 관계'

어떤 부장님이 동 학년 관계를 이렇게 표현했다. 좋으나 싫으나 휴직하지 않는 이상 함께 해야 하는 관계가 동료 교사와의 관계다. 더 나아가 학교 전체로 보면 짧게는 몇 개월부터 길게는 5년까지도 함께 생활해야 하는 교사들도 있다. 그렇기에 동료 교사들과 관계를 잘 맺는 것이 중요하다. 평일에는 깨어 있는 시간에 절반 이상을 학교에 있고, 1년 중 200일 가까이 학교에 나오는데 거기에 있는 사람들과 어떤 관계를 맺는지는 우리의 행복과 관련되기 때문이다.

세상에 다양한 사람이 있듯이 교직 사회에도 다양한 사람들이 있다. 교직 경력, 지내 온 환경, 교육 수준, 교육철학, 가치관 등이 모두 다르기 때문이다. 어느 공동체나 마찬가지인데 다양한 사람들을 공동체로 연결하고 공동의 목표로 나아가게 하는 것이 중요하다. 특별히 학교는 우리 사회에 필요한 민주 시민을 길러내는 곳이기에 교사가 민주 시민의 모범을 보여야 한다. 민주 시민은 다양한 가치를 존중하고 이해하며 대화와 협력을 통해 문제를 해결해 나가는 사람들이기에 교사 공동체가 먼저 그런 모습을 갖춰야 한다. 교사 공동체 내에서 친밀한 관계 속에 서로를 존중하고 배려하며 협력하는 모습들이 갖춰지기 위해서는 어떤 노력이 필요할까?

『기쁨은 나누면 배가 되고 슬픔은 나누면 반이 된다』

사람과 사람을 끈끈하게 해주는 것은 서로에 대한 관심이다. 특별히 좋은 일, 힘든 일, 기쁜 일, 슬픈 일 등을 함께 겪으면서 관계는 더욱 깊어진다. 학교 내에서 그런 경험들을 함께 하면 전우애와 같은 감정이 생긴다. 대화 몇 마디만 나눠도 저 사람이 무엇을 원하는지 알 수 있는 관계가 되면 학교생활이 즐거워진다.

2018년 동 학년은 기억에 남는 동 학년이다. 좋은 관계를 위해 노력했던 부장님과 선생님들의 모습이 생각난다. 기쁜 일을 함께 축하했던 기억이 많이 나기 때문이다. 교직생활을 하면서 동 학년 선생님들의 생일을 챙겨주거나 생일 축하를 받아본 적이 있는가? 다 큰 어른이 뭐 생일을 챙기냐고 말할 수 있지만 생일인데 그냥 넘어가면 아쉬움이 남는다. 작년에는 부장님이 세심하게 생일을 기억해서 함께 축하하며 맛있는 걸 먹었다. 서프라이즈 파티처럼 챙겨주고 챙김을 받는데 기분이 좋았다. 어떻게 보면 작은 일이지만 서로를 향한 관심이 느껴지는 시간이었다. 생일 말고 또 기쁜 일이 있었는데 바로 결혼이었다. 나는 7월에 결혼을 했는데 신혼여행을 마치고 학교에 출근한 날 생각지도 못한 선물을 받았다. 교실에 들어갔더니 칠판에 아이들이 쓴 축하 메시지가 붙어 있었다. 6학년 전체 아이들이 포스트잇에 축하 메시지를 써서 칠판에 하트 모양으로 붙여 놓은 것이다. 이것 또한 동 학년 선생님들의 아이디어였다. 전체 아이들의 축하를 받으며 남의 일도 내 일처럼 기뻐해 주는 선생님들과 아이들이 고마웠다.

결혼 축하 메시지
6학년 전체 아이들이 포스트잇에 축하 메시지를 써서 칠판에 하트 모양으로 붙여 놓은 것이다.

신규 교사일 때는 또래 교사들과 일주일이 멀다 하고 모였다. 다들 나이대가 비슷하기 때문에 고민도 비슷했다. 반에 말 안 듣는 아이들, 업무의 어려움, 학부모와의 관계, 교사로서의 진로, 연애와 결혼 등 고민되는 문제들을 편하게 이야기할 수 있었다. 함께 모여 먹고 마시며 이야기하다 보면 스트레스도 풀리고 힘이 되었다. 그때 동료들은 어떤 일이든 함께 하고 끝까지 도와주는 관계였다. 지금도 가끔 만나면 반갑고 힘이 되는 사람들이다.

요즘 시대는 다른 사람의 일에 별로 관심을 갖지 않는다. 관심의 단절은 관계의 단절을 가져온다. 나와 함께 하는 동료에게 관심을 갖고 어떤 일이든 함께 하려고 노력하라. 그러다 보면 기쁜 일도 겪고 슬픈 일도 겪게 되지만 어떤 일이든 함께 하려고 노력하는 것이 좋은 관계의 시작이다. 주어진 상황에서 최선을 다해 함께 하기로 노력할 때 관계는 그만큼 가까이 다가올 것이다.

『함께 꿈꾸고 함께 계획하고 함께 실천하자』

신규교사였던 몇 년 전만 해도 동 학년 회의, 교직원 회의는 업무 전달 위주였다. 어떤 내용을 의논하기보다는 업무 전달과 연수 위주였다. 특히 교직원 회의는 강의식으로 배열되어 있는 의자에 앉아서 앞에서 이야기하시는 교장, 교감, 교무부장 선생님의 이야기를 듣는 게 전부였다. 회의에 집중하기 어려웠고 핸드폰을 보거나 딴 생각을 하면서 회의 시간을 보냈다. 동 학년 회의 때는 의견을 내기도 했지만 주로 선배 교사들의 의견을 듣고 따라가는 편이었다. 회의라고 했지만 논의 방법이나 의사결정 방법에 문제가 있어 함께 만들어나 간다는 생각보다는 주어진 것을 전달받는다는 느낌이 많았다.

이런 회의 상황에 익숙해지다 보니 교실 내에서 혼자 하는 것이 편하게 느껴졌다. 적어도 교실 안에서는 내가 하고 싶은 것을 아이들과 마음껏 할 수 있었기 때문이다. 그 무렵 학급 경영과 수업에 관심이 있어 관련된 책들도 읽고 연수도 들으면서 학급 안에서 다양한 것을 시도했다. 학급에서는 나름대로 나만의 색깔을 내서 즐거운 시간을 보냈지만 동 학년, 학교 전체가 함께하는 활동에서는 주인공이 아닌 들러리와 같은 느낌이 들었다.

중간 규모 학교로 옮기고 나서부터 동 학년, 학교 전체가 함께 한다고 느끼기 시작했다. 동 학년이 3명 밖에 없고, 학교 전체로 봐서도 18학급 밖에 되지 않는 학교라서 한 사람이 전체에 미치는 영향력이 커졌기 때문이다. 동 학년 협의를 할 때 내 목소리를 더 내게 되었고, 의견의 합의를 이뤄서 학년 교육과정을 이끌어 가는 것을 보며 뿌듯함을 느끼게 되었다. 전체 회의 문화도 조금씩 바뀌어서 동 학년에서 미리 회의 주제에 대해 이야기를 나눈 내용을 발표하고 협의 해나갔다. 회의 문화가 민주적으로 바뀌면서 학교에 대한 주인 의식이 생기고 함께 만들어간다는 생각이 들었다.

동 학년에서 함께 계획하고 실천했던 활동 중에 바자회와 동물 박람회가 있었다. 실과 수업에 자원의 재활용과 관련된 내용이 나와서 바자회를 하면 좋겠다는 생각이 들었다. 우리 반만 하려고 생각해보니 물건도 다양하지 않고 사고파는 사람이 적어서 재미가 없을 것 같았다. 부장님과 동 학년 선생님들에게 다 같이 바자회를 해보면 어떻겠는지 물어봤더니 모두가 동의해서 함께 진행하게 되었다. 학년으로 규모가 커지다 보니 준비하는 것부터 달랐다. 우드락에 메뉴판을 꾸미고 가격표도 적어서 붙이고 친구들의 관심을 끌기 위해 1+1, 경품 추첨, 흥정 등 마트에서나 볼 수 있는 아이디어들이 나왔다. '어느 반에 가면 어떤 물건이 있다더라.', '지금 세일을 하고 있다더라.' 서로 정보를 교환하면서 적극적으로 참여하는 아이들을 보며 함께 하길 잘했다는 생각이 들었다. '동물 박람회'도 실과 수업의 동물 단원에서 아이디어를 얻어 추진했다. 이건 부장님의 아이디어였는데 집에서 기르는 동물을 학교에 데려와서 같이 보고 경험해보자는 취지였다. 처음에는 안전에 대한 걱정과 동물을 데려오는 것이 번거롭고 고려해야 할 것이 많아 반대가 있었다. 하지만 동물에 대해 가르치는데 직접 보여주는 것만큼 좋은 방법이 없고, 안전이나 기타 다른 문제들은 해결할 수 있는 방법들이 있었기에 추진하게 되었다. 아이들은 집에서 키우는 동물을 학교에 데려온다는 것만으로도 들떠 있었다. 박람회 날 한 반에 3~4명씩 자신이 키우는 강아지, 고양이, 거북이, 새 등을 가져왔다. 동물들이 스트레스를 받을 수 있어 점심시간에 데리고 와서 1시간만 있기로 하고 아이들은 돌아다니면서 구경했다. 자기 애완동물을 소개해주는 아이들은 신이 나서 설명을 하고 다른 아이들은 신기한 듯 쳐다보며 설명을 들었다. 조금은 무모하다고 생각했던 동물 박람회를 하면서 함께 하는 것의 유익을 다시 한번 느낄 수 있었다.

**동물박람회,
알뜰 바자회**

동 학년에서
함께 계획하고
실천했던 활동 중에
바자회와
동물 박람회가
있었다.

『매 순간 서로를 소중하게 대하기』

우리가 만나는 모든 관계에 해당되지만 특별히 동료들에게 매 순간 소중하게 대해야 한다. 교사의 마음이 사랑으로 넉넉해야 아이들에게 그 사랑을 흘려보낼 수 있기 때문에 서로를 지지해주고 도와주는 것은 중요하다. 대부분의 교사들이 가정에서도 부모의 역할을 감당하기에 가정에서조차 에너지를 소모하지 공급받지는 못한다. 직장에서도 업무와 아이들로 인해 신경을 쓰고 에너지를 쓰다 보면 소진되고 채워지지 못한다. 우리가 서로를 소중하게 여기고 매 순간 진심으로 대한다면 서로를 통해 힘을 얻을 수 있을 것이다.

학기 말, 학기 초는 교사들에게 바쁜 시기이다. 반을 이동하고 업무와 학년이 바뀌기 때문이다. 학기 초에 해야 할 일도 많다. 이렇게 모두가 여유가 없는 시기에 동료 교사들을 도와주는 교사들을 봤다. 신규 젊은 남자 교사들이었는데 교실마다 돌아다니면서 물건을 옮기거나 정리하는 것을 도와줬다. 물론 담임이 아닌 전담이라 상대적으로 시간적 여유가 있어서 그렇게 했다고 하지만 추운 2월에도 땀을 뻘뻘 흘리며 동료 교사들을 돕는 모습이 감동적이었다. 후배 교사들의 수고와 헌신을 보면서 미소가 지어졌고 힘을 얻을 수 있었다.

서로를 소중하게 대하는 마음과 행동을 통해 함께 힘을 얻고 기쁘게 나가자!

05 학부모를 내 편으로 만들어라

교사들이라면 누구나 학부모에게 민원 전화를 받아봤을 것이다. 민원 전화는 대부분 내용이 교사나 학교에 대한 불만이나 요구 사항이다. 친구들 간의 다툼, 폭력, 안전 문제, 교사의 지도 방식, 학교 시설의 문제 등이 주요 내용이다. 전화의 내용 자체도 기분 좋은 내용이 아닌데 그것을 말하는 학부모가 화를 내거나 언성이 높아지면 교사도 기분이 나빠진다. 이런 전화 한 통이 교사에게는 상처가 되고 학부모에 대한 반감을 갖게 한다.

내가 지금까지 경험했던 대부분의 학부모들은 예의와 격식을 갖추고 대화를 했다. 교사가 나이가 어림에도 불구하고 존댓말을 써주셨고 교사의 이야기를 인정하며 존중해주셨다. 그런 분들과 대화를 하고 나면 그 아이를 바라보는 시선도 온화해지고 어떤 문제가 생겨도 함께 의논하고 풀어가고 싶은 마음이 생겼다. 반면 무례한 말투와 격앙된 목소리로 민원을 넣는 학부모와는 좋은 관계로 가기가 어려웠다. 민원의 내용이나 상황이 이해가 되어도 한번 닫힌 마음은 쉽게 열리지 않았기 때문이다.

여러 해를 거치면서 학부모를 내 편으로 만들어야 적극적으로 교육 활동을 할 수 있겠다는 생각이 들었다. 학부모의 지지와 신뢰가 힘이 되어 아이들에게 다양한 것을 시도할 수 있었기 때문이다. 그렇다면 학부모를 내 편으로 만드는 방법은 무엇일까?

『민원에는 신속하게 대응하자』

우리도 살다 보면 학부모들처럼 민원인 입장에서 민원을 넣을 때가 있다. 새로 지은 아파트에 살아보니 몇 군데 하자가 보였다. 세탁실 문은 힘을 세게 줘야 닫혔고, 주방 쪽 천장은 찍혀서 흠이 나 있었다. 아파트 카페에 들어가 보니 이 정도 하자는 아무것도 아니었다. 화장실 대리석이나 타일이 깨져있는 집, 벽지 마감이 안 되어 있는 집, 월패드가 고장 난 집, 마룻바닥에 흠집이 있는 집 등 온통 하자 글로 도배되어 있었다. 우리 집은 그나마 다행이다 생각하고 입주지원센터에 A/S 신청을 했다. 다행히 약속한 날짜에 A/S팀이 와서 하자를 보수해줬는데, 카페에는 A/S 신청을 해도 연락도 없고 몇 주가 지나야 왔다는 후기들도 있었다. 후기를 보며 새 집에 하자가 있는 것도 속상할 텐데 A/S가 늦어져 화나는 마음이 느껴졌다. 'A/S 센터가 재빠르게 대처했다면 사람들의 마음이 조금은 누그러지지 않았을까?'라는 생각이 들었다.

민원 해결은 빠르면 빠를수록 좋다. 특히 학부모들의 민원은 아이들과 직접적으로 연관된 것이 대부분이기에 신속하게 움직이는 것이 필요하다. 몇 년 전 여자아이들끼리 다툰 일로 민원이 들어온 적이 있었다. 6명 정도 아이들이 함께 다녔는데 그 안에서 다툼이 있고 편 가르기가 있어서 생활지도하는데 어려움이 있었다. 그러던 중 한 아이의 학부모가 민원을 넣었다. 아이들끼리 다툰 일을 알고 있는지, 무슨 일로 어떻게 다퉜는지 설명을 하며 이 문제를 해결해 달라고 했다. 학부모님이 방학 때 일부터 최근까지 일을 설명해서 내용이 많았다. 나는 아이들을 불러 대화를 나눠보겠다고 하고 전화를 끊었다. 그런데 민원 전화를 받은 날이 하필이면 현장체험학습 답사를 가는 날이었다. 그날 오후 출장을 가느라 아이들과 이야기를 하지 못했고 다음 날이 되었다. 6명 아이들 모두를 데려다 놓고 이야기를 하면 서로 싸움이 될 거 같아서 한 명씩 불러서 이야기를 했다. 쉬는 시간, 점심시간, 방과 후 시간까지 한 명씩 만나 이야기를 하다 보니 하루 만에 다 들을 수가 없었다. 다음 날도 똑같이 시간마다 아이들과 대화를 하고 내용의 진위를 가리다 보니 하루가 지나갔다. 그러는 사이 민원을 넣은 학부모는 교감 선생님에게 민원을 넣었다. 민원을 넣은 지 며칠이 지나도록 담임에게서 연락을 못 받았기 때문이었다. 나름대로 문제 해결을 위해 노력하고 있는데 교감 선생님께 민원 이야기를 들으니 속상했다. 결국 그 문제는 아이들끼리 대화로 풀기가 어려워 학부모들까지 학교에 와서 대화를 나누고 해결되었다. 문제가 해결되고 나서 교감 선생님께서 하신 말씀이 기억에 남는다.

"최 선생님. 다음부터는 이런 일이 있으면 교감한테 먼저 이야기하는 거예요. 혼자서 해결하려고 하지 말고 같이 머리를 맞대면 더 쉽게 문제가 해결돼요. 그리고 신속하게 연락하는 게 중요해요. 학부모는 어떻게 되고 있는지 기다리고 있는데 연락이 없으면 답답하잖아요."

민원을 빨리 처리할 수 없었던 나의 상황이 있었지만 교감 선생님의 말씀이 옳다고 생각했다. 먼저 교감선생님께 알렸다면, 그리고 학부모에게 빨리 연락을 했다면 좋았을 것이다. 그때의 일을 계기로 학부모의 민원이나 요청에 대해 신속하게 대응하려고 노력하게 되었다. 이런 노력들이 학부모와의 신뢰 관계에 도움이 될 것이다.

『공개하는 만큼 쌓이는 신뢰』

학부모들은 학교에 대해 아이들에게서 듣는 정보가 전부이다. 아이들의 말을 통해 교실 분위기, 선생님의 태도, 학교의 환경 등을 짐작한다. 학교 일에 적극적인 학부모들은 학교에 와서 직접 보고 듣는 경우도 있지만 대부분의 학부모들은 아이들을 통해 제한적인 정보만을 듣게 된다. 한 쪽의 이야기만 들으면 오해가 생기게 되는 것처럼 학부모들도 학교와 교실, 선생님에 대해 오해하게 된다. 이런 오해를 막기 위해 학부모들에게 학교, 교실 이야기를 들려주어야 한다.

대부분의 어린이집에서는 아이들의 생활 모습을 학부모들에게 보여주는 노력을 한다. 아이의 활동사진, 아이의 작품 등을 어린이집 홈페이지나 밴드에 공유한다. 아이가 어린이집에 다닐 때는 학부모들도 관심이 많아서 글 하나 올라오면 댓글이 주르륵 달린다고 한다. 아이들의 모습을 사진으로 남기는 것이 번거롭기는 하지만 아이들의 생활을 객관적으로 보여주고 교사와 학부모가 소통하면서 신뢰를 쌓아갈 수 있다는 것이 의미가 있다.

몇 년 전부터 학급 밴드와 블로그를 운영하고 있다. 밴드와 블로그를 운영하는 이유는 각각의 장점이 다르기 때문이다. 밴드는 대중적이어서 접근성이 좋고, 우리 반 학생 학부모만 가입할 수 있어 개인정보 보호에 좋다. 반면 블로그는 하는 사람들이 적어서 대중성이 부족하고 공개 범위를 전체 공개로 하면 누구나 글을 읽을 수 있는데 개인정보가 노출될 수 있다는 점에서는 부정적이지만 글을 정렬하고 편집하는데 유용하다. 밴드에는 주간 학습안내와 학급 공지사항 등을 올리고, 블로그에는 학급 이야기를 올리고 있다. (블로그에 학급 이야기를 쓸 때에는 아이들 사진과 작품을 함께 올리는데 개인정보 동의서를 받아서 동의하는 아이들만 얼굴이 노출되게 하고 있다.) 블로그에 올린 학급 이야기는 밴드에 링크로 공유해서 학부모님들이 볼 수 있게 하고 있다.

밴드와 블로그를 하면서 좋은 점은 학부모님들이 학교에서 아이들이 어떻게 지내는지 알게 된다는 점이다. 블로그에 학급 이야기를 올려주셔서 좋다는 피드백을 여러 번 받았다.

"아이들의 즐거운 학교생활을 볼 수 있으니 너무 좋네요. 밝은 모습들이 예쁘기만 합니다. 선생님의 정성과 열정에 감사드립니다."

"아이들이 6학년이 되어서 진지함도 보이고 활동적인 모습도 보여 즐겁게 지내고 있구나 싶습니다. 그렇게 지낼 수 있도록 해주신 선생님의 열정에 감사드립니다."

블로그에 학급 이야기를 쓰면서 학부모님들이 아이들과 나를 이해하게 되었다. 또한 학급에 다른 아이들이 누가 있고 어떻게 생활하는지 자신의 자녀들과 대화하기 시작했다. 자녀가 잘한 부분은 칭찬하고 격려하게 되었다. 이 모든 것이 학급 이야기를 공개하면서 시작되었다.

서로 간의 신뢰가 쌓이기 위해서는 서로를 알아가는 시간이 필요하다. 교사와 학부모는 서로를 알아가기에는 만날 시간도 소통할 시간도 부족하다. 그렇기에 신뢰 있는 관계를 원하는 사람이 노력해야 한다.

어떤 선생님들은 학부모들과 분기에 한 번 모임을 갖기도 한다. 어떤 선생님들은 매주 편지를 써서 보내기도 한다. 선생님 나름의 학부모와 소통하기 위한 노력이다. 나만의 방법을 찾아서 학부모들과 소통한다면 학부모는 분명 내 편이 되어 든든한 지원자가 되어 있을 것이다.

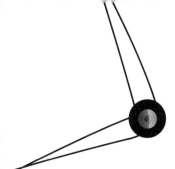

06 '무엇' 보다 '어떤' 사람이 되어라

실과시간에 옷이 만들어지는 과정에 대해 이야기를 나누다가 '기성복' 이야기가 나왔다. 어렸을 적 '기성복' 이라는 단어는 들어봤지만 그 뜻을 알려주는 사람이 없어 무슨 뜻인지 몰랐던 기억이 난다. 아이들에게 설명해주면 좋겠다는 생각이 들어 설명을 해줬다.

"얘들아. 기성복은 미리 만들어진 옷이라는 뜻이야. 영어로는 레디메이드라고 하지. 레디메이드라고 하니까 이해가 쉽지? 우리가 입고 있는 옷은 거의 대부분 기성복이야. 공장에서 똑같이 찍어서 나온 옷이지."

기성복 설명을 마치고 맞춤옷과 비교하며 설명을 이어갔다.

"맞춤옷은 사람의 체형에 맞게 만드는 거야. 맞춤 정장, 맞춤 한복 들어봤지? 나한테 맞게 만들다 보니 비용은 비싸지만 세상에 단 하나뿐인 귀한 옷이지."

레디메이드 인생' 이라는 단편 소설의 제목을 들은 적이 있다. 읽어보지는 않았지만 제목에서 느껴지는 분위기는 다른 사람들과 똑같은 인생, 정해진 인생에 대한 이야기인 것 같다. 사람들이 말하는 행복, 성공을 좇아 비슷하게 살아가는 인생이 레디메이드 인생인 것이다.

공립학교 교사인 우리의 삶은 레디메이드 인생이 되기 쉽다. 시간이 지나며 학교 체제에 익숙해져 나만의 색깔은 없어지고 주어진 교육과정으로 아이들을 가르치고 주어진 업무를 하게 되기 때문이다. 레디메이드로 살아도 불편함이 없는 상황 속에 점점 색깔을 잃어버린 교사는 회의감과 마주하게 된다. 교사로서 아이들을 가르치는 보람과 행복을 잃어버리게 된다.

우리의 인생은 레디메이드가 아니다. 우리의 인생은 맞춤옷처럼 특별하고 유일하다. 레디메이드로 빠져 나중에 삶을 돌아보면서 후회하는 것이 아니라 나만의 색깔을 내는 교사가 되어야 한다. 나만의 색깔을 가진 교사는 어떻게 될 수 있을까?

『자신이 좋아하는 것을 교육과 연결시켜라』

우리가 많이 듣는 말 중에 이런 말이 있다.

"천재는 노력하는 사람을 이길 수 없고, 노력하는 사람은 즐기는 사람을 이길 수 없다."

아무리 뛰어난 재능을 갖고 있어도 노력해야 발전할 수 있고, 노력하는 것보다 즐기는 것이 성공할 수 있는 비법인 것이다. 인생의 목표가 각자 다르지만 심리학자 매슬로우(A. H. Maslow)의 욕구이론에서 최상위의 욕구인 자아실현이 우리의 목표라고 한다면 이 말을 기억해야 할 것이다.

2015 개정 교육과정이 시작되면서 초등학교 5,6학년에 소프트웨어 교육이 들어왔다. 코딩 교육이라는 용어를 사용하기 시작했고, 태블릿 PC와 로봇 등 기존에 볼 수 없었던 기자재들이 생겼다. 관심을 갖고 있었던 교사들은 괜찮지만 그동안 관심이 없었던 교사들에게는 소프트웨어 교육이 부담으로 다가왔다. 이런 어려움을 해결하기 위해 학교마다 연수를 통해 교사들의 역량을 강화하고 있는 실정이다.

소프트웨어 연수 강사로 오시는 분들은 대부분 주변 학교 선생님이다. 전문 교육기관에서 오는 경우는 극히 드물다. 학교에서 수업 시간에 활용할 내용이기 때문에 현장을 잘 알고 있는 교사들이 강사로 오는 것이 도움이 된다. 강사님들의 연수는 실제로 도움이 많이 된다. 교육 자료도 얻고, 기기 활용법도 익히고, 수업할 때 다양한 팁을 얻을 수 있기 때문이다.

연수를 듣는데 문득 이런 생각이 들었다. '왜 저 사람은 나 같은 평교사인데 저기 앞에서 강의를 하고 나는 앉아서 연수를 듣고 있을까?' 연수를 하는 사람과 듣는 사람에 대한 궁금증이 생긴 것이다. 뻔한 이야기지만 강사는 그 분야에 대해 공부하고 연구하고 실천한 사람이고 수강생은 그 분야에 대한 정보를 얻고 싶은 사람이다. 그렇다면 저 사람이 왜 그 분야에 전문가가 되었을까? 그것은 바로 자신이 좋아하는 일이기 때문이다. 자신이 좋아하는 일을 깊이 파고들다 보니 연수를 할 만큼 전문가가 된 것이다.

연수를 들어보면 강사가 그 분야에 대해 얼마나 즐기고 있는지 느낄 수 있다. 강사의 말투와 표정, 강의 내용을 통해 느껴진다. 디지털 교과서 연수하러 오셨던 강사님이 이런 말을 했다.

"선생님. 저는 디지털 교과서가 우리 아이들이 경험할 수 없는 것을 경험할 수 있게 해주는 도구라고 생각합니다. 교과서에 나와 있는 내용 중에 그냥 읽고 넘어가는 내용들이 얼마나 많습니까? 그런데 디지털 교과서는 그걸 경험하게 해줘서 아이들의 경험을 넓혀주는 것입니다."

이 말을 들으면서 강사님의 생각 이면에 있는 애정을 느낄 수 있었다. 사명감이나 의무감에 할 수도 있지만 즐기지 않으면 이런 말을 할 수 없을 것이다.

소프트웨어 교육뿐만 아니라 다양한 분야에서 전문가로 인정받아 활동하고 있는 교사들은 자신이 좋아하는 일을 교육과 연결시켜 하고 있는 것이다. 수업, 학급 운영, 교육과정 운영, 독서 교육, 인성 교육, 체육 교육, 공간 혁신 등에서 활동하고 있는 전문가들이 있다. 이분들이 걸어가고 있는 길은 누구나 걸어가는 길이 아니다. 세상에서 유일한 나만의 길인 것이다.

'달지'라는 유튜버는 초등학교 교사이다. 이 선생님은 랩을 좋아해서 유튜브에 채널을 만들고 여러 영상을 업로드하고 있다. 래퍼들의 랩을 커버한 영상, 아이들에게 하고 싶은 말을 랩으로 표현한 영상, 학교생활을 랩으로 표현한 영상 등 다양한 내용으로 영상을 올리고 있다. 최근에는 경기도 교육청 홍보대사가 되어 홍보 영상도 찍었다. 초등학교 교사가 랩을 통해 세상과 소통하는 모습은 독특하고 유일한 모습이다.

우리도 각자가 좋아하고 즐기는 분야가 있다. 그것을 교육과 연결한다면 누구도 가보지 못한 유일한 길을 창조할 수 있을 것이다.

『한 분야의 전문가 – 1만 시간의 법칙』

군대에서 읽은 책 중에 가장 기억에 남는 책은 '독서 천재가 된 홍대리'이다. 이 책을 만나면서 독서량이 폭발적으로 늘게 되었고, 독서를 통한 자기계발에 눈을 뜨게 되었기 때문이다. 이 책에서는 한 분야에 전문가가 되기 위해서는 그 분야에 대한 책 100권을 읽으면 된다고 설명하고 있다. 이 구절을 읽으면서 교육 분야의 전문가가 되기 위해 군대에서도 교육 서적을 읽어야겠다는 다짐을 했던 기억이 난다. 그때부터 7년이 지난 지금까지 전문가가 되기 위해 교육 서적을 꾸준히 읽고 있다. 권수를 세어보지 않아 얼마나 읽었는지 알 수는 없지만 전문가가 되기 위해서는 부단히 노력해야 한다는 걸 기억하며 한 걸음씩 나아가고 있는 것이다.

나만의 브랜드를 갖고 있는 사람에게는 인고의 시간이 필요하다. 자신의 실력을 갈고닦으면서 준비하는 시간이다. 말콤 글래드웰은 「아웃라이어」라는 책에서 전문가가 되는 시간을 '1만 시간의 법칙'으로 표현한다. 1만 시간을 노력한 사람이 그 분야의 뛰어난 전문가가 된다는 것이다. 1만 시간을 채우는데 10년을 목표로 잡는다면 하루에 3시간씩 노력해야 한다. 매일 3시간씩 10년이라는 시간은 생각만 해도 전문가가 되기에 충분한 시간이다.

우리는 누구나 1만 시간의 법칙을 달성할 수 있다. 단지 속도의 차이가 있을 뿐이다. 어떤 사람은 매일 3시간씩 노력해서 10년이 걸리는 사람도 있고, 어떤 사람은 매일 1시간씩 노력해서 30년이 걸리는 사람도 있을 것이다. 중요한 건 속도가 아니라 노력하고 있느냐이다. 자기가 관심 있는 분야에서 매일 한 걸음씩 나아가기 위해 노력하고 있다면 분명 우리는 전문가가 되어 있을 것이다.

『기회가 오면 잡아라』

1정 연수를 받을 때 김성현 선생님 강의를 들을 기회가 있었다. 김성현 선생님은 예전에 평택에 오셔서 강의하신 적이 있는데 연수를 듣고 신선한 충격을 받은 기억이 있다. 그 후로 온라인 연수와 책을 통해 선생님의 창의적인 교수 방법들과 활동들을 배워 지금까지도 교실에서 사용하고 있다.

선생님은 강의를 이렇게 시작하셨다.

"선생님. 헬라어로 시간을 나타내는 말에는 크로노스와 카이로스가 있습니다. 크로노스는 누구에게나 주어진 흘러가는 시간을 뜻합니다. 반면 카이로스는 의미 있는 순간, 특정한 시간을 뜻합니다. 그런데 그리스 로마 신화에 나오는 기회의 신 이름이 '카이로스'입니다. 카이로스의 생김새는 앞머리는 숱이 있지만 뒷머리는 대머리입니다. 양발 뒤꿈치에는 날개가 달려 있고, 양손에는 저울과 칼을 들고 있습니다. 앞머리만 숱이 있는 것은 기회는 알아보면 잡기 쉽지만 지나가고 나면 잡을 수 없다는 뜻입니다. 뒤꿈치에 날개가 있는 것은 기회가 쏜살같이 지나간다는 의미이고, 저울과 칼은 기회가 오면 그것을 재어보고 칼처럼 결단하라는 의미입니다. 선생님들에게 오늘은 크로노스의 시간이 될 수도 있고 카이로스의 시간이 될 수도 있습니다. 지금 여기 앞에 있는 성장의 기회를 잡으시기를 바랍니다."

선생님의 말을 들으면서 내 앞에 찾아오는 기회를 놓치지 말아야겠다는 다짐을 했다.

최근 몇 년 동안 학교에서 인성부 관련 업무를 맡고 있다. 학생자치회, 학교폭력 업무를 맡으면서 인성지도에 관심을 갖게 되었는데 마침 올해 인성부장 제의가 들어왔다. 아직 부족하다고 생각해서 부장 자리가 부담스러웠지만 기회가 왔을 때 잡아야 한다는 말이 떠올

회복적 생활교육 사례 발표

라 부장을 맡게 되었다. 부장을 해보니 확실히 일은 많고 더 바쁘지만 학교를 보는 시야가 넓어지고 책임감도 생기는 것을 느끼게 되었다. 또한 그동안 지나쳤던 각종 규정이나 인성 관련 연수, 프로그램에 관심을 갖게 되었다. 나름대로 학급에서 아이들 인성교육을 위해 여러 노력을 하던 찰나에 교육청 장학사님에게 연락이 왔다. 교육부에서 주관하는 학교폭력 예방교육 포럼에서 회복적 생활교육 관련 사례 발표를 해줄 수 있냐는 연락이었다. 회복적 생활교육에 관심이 있어서 3~4년 정도 실천하고 있었고, 학교 차원에서도 함께 하고 있는 부분들이 있었는데 사례 발표를 하기에는 부족해서 고민이 됐다. 고민하던 중에 다시 한번 기회를 붙잡아야겠다는 생각이 들었다. 결국 사례 발표를 하겠다고 했고 여러 선생님들 앞에서 발표할 수 있는 기회가 있었다. 발표를 준비하면서 그동안 실천했던 것을 정리하다 보니 학년별로 계열성을 가져야겠다는 생각도 들었고 학교 구성원 모두가 다 같이 연구해서 실천해보고 싶은 마음도 들게 되었다. 이 모든 것이 내가 인성부장과 발표라는 기회를 잡지 않았더라면 나에게 일어나지 않았을 일들이다.

기회가 왔을 때 적극적으로 잡는 자에게 성장이 있다. 아무것도 하지 않으면 아무 일도 일어나지 않지만 내 꿈을 향해 선택하고 노력하는 사람에게는 그 길이 비록 힘들지라도 보람과 기쁨이 있을 것이다.

07 스물일곱 이건희처럼
– 자기계발에 힘쓰자

　　교사로서 맞이하는 스물일곱 살은 아름다운 시기이다. 빠르면 스물넷, 다섯에 교사가 되고 군대를 다녀오거나 다른 대학에 다니다 교사가 된 사람은 스물일곱 정도 된다. 이 시기의 교사가 아름다운 이유는 신규 교사의 풋풋함과 열정이 느껴지기 때문이다. 여름 철 싱그러운 풀처럼 생기 있고 건강한 모습은 보는 사람들로 하여금 미소를 짓게 한다.

　스물일곱 살의 나는 남는 시간이 많았다. 그때 나는 학교 지킴이라는 별명을 갖고 있었다. 학교에서 늦게 퇴근하기로 유명했기 때문이다. 어떤 사람들은 칼퇴를 못하는 사람에게 우스갯소리로 능력이 부족해서라고 말하는데 나는 능력이 부족하기도 했지만 늦게 퇴근하는 게 좋았다. 여유롭게 수업 준비하고 업무하고 이것저것 하다 보면 밖이 어둑어둑해질 때가 많았다. 다들 퇴근한 조용한 학교에서 혼자 연수도 듣고 책도 읽고 기타도 쳤는데 그 시간이 매일 기다려질 만큼 좋았다. 퇴근해서 할 일도 없고 혼자 심심해서 보낸 시간인데 지금 돌아보니 소중한 시간이었다. 그때 연수를 통해 배운 내용들, 책 읽으며 얻었던 지식들, 혼자 노래 부르며 연습했던 기타가 교직생활에 도움이 되었기 때문이다.

당시 들었던 연수 중에 정유진, 김성효 선생님의 연수가 기억에 남는다. 정유진 선생님은 행복교실을 운영하고 계신데 행복교실 책과 함께 들었던 연수가 학급의 규칙과 틀을 잡는 데 도움이 되었다. 김성효 선생님의 학급경영 멘토링 연수는 내 학급의 스토리를 만들어야겠다고 다짐하는 계기가 되었다. 책을 통해서도 도움을 받았다. 내가 근무하는 평택에는 교육 관련 모임이 없어서 한계가 있었는데 책을 통해 관심을 갖고 생각하는 것만으로도 도움이 되었기 때문이다. 학급 긍정 훈육법, 회복적 생활교육을 만나다, 독서토론수업, 학급 운영 시스템 등 교육 서적을 읽으면서 학급 운영과 수업에 자신감을 갖게 되었다. 마지막으로 기타는 아이들과 특별한 경험을 만들어줬다. 학급 학예회 때 한 아이와 듀엣으로 기타 반주에 맞춰 노래를 부르고 전체 아이들과 기타 반주로 합창을 했다. 음악 시간에는 컴퓨터 소리 대신 기타 반주에 맞춰 노래를 부르고 신청곡을 기타로 부르며 매시간 콘서트를 했다. 지나고 보니 남는 시간에 좋아서 했던 일들이 도움이 되는 걸 보면서 자기 계발의 중요성을 다시 한번 생각하게 된다.

스물일곱이라는 상징적인 의미의 시간은 자기계발에 좋은 시기이다. 사회 초년생으로서 안정적인 수입이 있고, 결혼 전이라면 여유로운 시간도 있고, 가정을 이끌어야 하는 책임도 크지 않다면 자기계발의 최상의 조건 3가지를 갖춘 것이다. 이 시기에 공부, 독서, 운동 등 자기계발을 하는 사람은 자신의 미래를 바꿀 수 있다.

『나를 위한 공부를 하라』

자기계발의 첫 번째는 '공부'이다. 지금까지 평생을 교사가 되기 위해 공부하며 살았는데 또 무슨 공부냐고 묻는 사람이 있을 것이다. 그런데 애석하게도 우리의 인생은 공부의 연속이다. 교사가 되었지만 공부해야 할 것이 여전히 많지 않은가? 매년 교육정책은 조금씩 바뀌고 교육과정도 바뀌며 각종 규정과 법이 바뀌고 있다. 변화하는 학교 시스템을 공부하지 않으면 살아남을 수 없다. 이런 공부를 우리는 생존을 위한 공부라고 한다. 생존을 위한 공부는 말 그대로 하지 않으면 살 수 없기 때문에 해야 하는 것이다.

우리는 생존을 위한 공부뿐만 아니라 나를 위한 공부도 해야 한다. 그동안 우리는 생존을 위한 공부만 해왔다. 대학교에 가기 위해서, 학점을 따기 위해서, 시험에 합격하기 위해서 필요한 공부만을 한 것이다. 생존을 위한 공부를 하면서 보람을 느낀 적이 있는가? 배움의 기쁨을 느낀 적이 있는가? 없다고 말할 수는 없지만 있다고 말하기도 애매하다. 우리는 지금까지 내가 배우고 싶어서 배운 것이 아닌 사회가 필요하다고 말하는 것을 머릿속에 집어넣는데 급급했다. 이제는 이런 공부 말고 내가 하고 싶은 공부를 해야 한다.

교사가 되고 처음으로 내 돈을 주고 배운 것은 예배 인도이다. 교회에서 찬양 인도를 하는데 독학으로 하다 보니 한계를 느끼게 되었다. '어떻게 하면 자연스럽게 인도할 수 있을까?', '곡을 어떻게 시작하고 어떻게 마쳐야 할까?', '멘트는 어떻게 해야 할까?' 라는 고민들이 있었다. 이런 생각을 하다가 서울에서 하는 '예배 인도자 학교' 라는 것을 알게 되었다. 매주 월요일마다 12주 정도 하는 학교였는데 비용보다는 거리가 고민이 되었다. 그 수업을 수강하려면 기차를 타고 서울로 올라가서 듣고, 막차를 타고 집에 돌아와서 한 주의 시작이 피곤할 것 같았다. 그렇지만 지금이 아니면 언제 다닐 수 있을지 모르고 배우고 싶은 열망이 커서 등록을 하고 다니게 되었다. 12주 동안 몸은 피곤했지만 가서 배울 때마다 알아가는 기쁨이 컸다. 내가 배우고 싶은 것을 듣다 보니 그 과정이 즐거웠고 큰 도움이 되었다.

지금부터는 나를 찾는 공부를 해야 한다. 내가 하고 싶은 것, 배우고 싶은 것을 찾고 공부할 때 진정 배우는 기쁨을 누릴 수 있을 것이다. 더 나아가서 배우는 기쁨을 아는 교사만이 아이들에게 배움의 기쁨을 선물할 수 있다. 배움의 기쁨을 누리는 교사가 되길 바란다.

『독서는 무조건 남는 장사다』

학교마다 아이들에게 독서를 강조한다. 책을 읽으면 지식도 쌓이고 간접 경험도 할 수 있고 생각의 폭도 깊어져서 좋다고 하며 책 읽기를 시킨다. 우리 학교도 2년 전부터 아침 독서 시간을 운영하고 있다. 하루 10분 만이라도 책을 읽자는 취지로 아침에 10분 일찍 등교해서 전교생이 책을 읽고 있다. 개정 교육과정에서는 독서 단원이 들어와 책 고르는 방법, 책 읽는 방법, 읽은 내용 나누는 방법 등 독서를 효과적으로 할 수 있는 방법을 가르치고 있다. 이렇게 교육과정에도 독서 관련 내용을 넣는 걸 보면 이미 대부분의 교사와 학부모들이 독서 교육의 중요성은 알고 있는 듯하다.

문제는 독서의 중요성을 알고 아이들에게는 독서를 시키지만 정작 책을 읽지 않는 어른들에게 있다. 교사들, 학부모들이 책을 읽지 않으면서 아이들에게 책을 읽으라고 하는 것은 어불성설이다. 어른들이 책을 읽지 않으면서 아이들에게 책이 좋다고 어떻게 이야기할 수 있겠는가? 교사는 컴퓨터 앞에 앉아서 업무를 하고 있고, 부모님은 소파에 앉아서 TV를 시청하고 있는데 어떻게 아이들이 책을 펼수 있을까?

아이들은 교사와 학부모의 등을 보고 자란다. 학교에 있는 시간만큼은 교사가 아이들이 유일하게 경험하는 어른이기에 책을 읽는 모습을 보여야 한다. 나도 학교에서 10분 독서할 때만큼은 무조건 책을 읽으려고 노력한다. 급한 일이 아닌 이상 모두 제쳐두고 책 읽기에 몰입한다. 밑줄 치면서 필사하면서 읽고 좋았던 문구는 칠판에 써놓기도 한다. 아이들은 교사의 책이 바뀌는 것을 보면서 '선생님이 책을 많이 읽으시는구나.' 하고 느끼게 된다. 학급에서 독서마라톤을 하면서 서로 책을 얼마나 읽는지 점검하는 것도 도움이 된다. 권수를 목표로 두는 것이 아니라 쪽수를 목표로 두고 마라톤처럼 읽어 나가는 것이다. 각자 능력에 맞게 풀코스 42,195쪽, 절반 코스인 20,000쪽, 단축 코스인 10,000쪽 중 선택해서 기간을 정해놓고 그만큼 읽는 것이다. 보조 칠판에 자신의 목표와 지금까지 읽은 쪽수를 적어놓고 읽을 때마다 가서 숫자를 바꾸면 서로 경쟁도 되고 동기부여가 된다. 나도 단축 코스를 선택해서 아이들과 함께 읽어 나가고 있는데 혼자 읽을 때보다 같이 읽으니 도움이 된다.

책을 읽어야 하는 이유가 아이들에게 모범이 되기 위해서만은 아니다. 책을 읽어야 하는 이유는 나 자신에게 무조건 남는 장사이기 때문이다. 책은 작가가 살아온 인생을 배우는 것이다. 작가가 살아오면서 배우고 경험한 것들, 생각한 것들을 책에 쓰는데 그것을 단돈 몇 만 원에 사서 읽는 것이다. 책을 쓰기로 마음먹고 글을 써보니 책이 얼마나 값진 보물인지 깨닫게 된다. 책에는 작가의 인생 중에 엑기스를 담기 때문에 책을 읽는 것은 약재를 넣어 달인 약을 먹는 것과 같다. 나에게 맞는 보약을 찾아 먹는다면 내가 들인 돈과 시간보다 훨씬 남는 장사가 독서다. 교사로서 책의 맛을 알고 책을 통해 성장해 나가길 바란다.

『운동은 삶의 활력소』

사람들이 살아가면서 가장 바라는 것 중에 하나가 건강일 것이다. '건강이 최고다.', '건강을 잃으면 모든 것을 잃는다.' 는 말도 있듯이 건강은 우리 삶의 가장 중요한 요소이다. 건강하기 위해서는 바른 식습관과 운동, 스트레스 조절 등이 필요하다. 특별히 여기서는 운동을 강조하고 싶다.

학교생활을 하다 보면 지칠 때가 온다. 주로 학기 말로 갈수록 어디가 아프거나 체력적으로 힘든 교사들이 많다. 학기 말에는 성적 처리, 각종 회의 등으로 바쁘기도 하고 학생들의 마음이 들떠서 수업도 안 되고 생활지도도 어렵기 때문이다. 이때는 아무리 맛있고 건강한 음식을 먹고 잠을 많이 자도 피로가 풀리지 않는다. 지난 학기에 나도 그랬다. 하루 종일 몽롱한 상태로 있다 보면 놓치고 실수하는 부분이 나왔다. 더 쉬어도 나아지지 않아 운동을 통해 체력을 키워야겠다고 생각했다. 저녁에는 약속도 있고 변수가 많아 아침 시간을 내서 운동을 시작했다. 동네 주변을 한 바퀴 뛰기 시작했다. 3km 정도 되는 거리였는데 20분 정도가 걸렸다. 약간 땀이 날 정도의 속도로 뛰고 나면 상쾌한 기분이 들었다. 그렇게 방학 때까지 아침마다 뛰었더니 매일을 힘차게 시작할 수 있었다.

자기에게 맞는 운동을 찾아 꾸준히 하면 삶의 활력소가 된다. 걷기도 좋고 달리기도 좋고 수영도 좋다. 헬스나 필라테스, 요가로 몸을 가꾸는 것도 좋다. 축구나 배구, 배드민턴, 테니스, 탁구 등 구기 종목도 좋다. 자기가 좋아하는 운동을 하며 에너지를 발산하는 것이 오히려 가만히 쉬는 것보다 체력 향상에 도움이 된다. 나는 축구를 좋아해서 발령받았을 때부터 지금까지 축구 모임에 나가고 있다. 일주일에 한 번 2시간씩 축구를 하는데 그날이 기다려진다. 축구를 하면서 마음껏 뛰고 공을 차면서 땀을 흘리면 스트레스가 풀린다. 함께 하는 선생님들과 친목을 다지는 것도 장점 중에 하나이다.

힘들고 지칠 때마다 움직이려고 노력하기를 바란다. 운동을 통해 체력을 기르면 더욱 건강하게 학교생활을 할 수 있을 것이다.

08 멀리 가려면 함께 가라

이 이야기는 도덕 교과서에 실린 이야기이다.

어느 겨울 한 남자가 눈보라를 맞으며 산길을 걷고 있었다. 날이 갈수록 눈보라는 심해지고 어두워져 길을 잃게 되었다. 추위와 배고픔과 길을 잃은 두려움에 헤매고 있을 때 우연히 다른 남자를 만나게 됐다. 둘은 서로를 의지하며 보이지 않는 길을 헤쳐 나갔다. 그러던 중 추위에 쓰러져 있는 한 사람을 발견했다. 가까이 가서 그 사람을 만져보니 몸에 온기가 남아있고 호흡도 붙어 있었다.

"우리 이 사람을 업고 같이 갑시다. 아직 살아 있어요."

"지금 우리 몸 가누기도 힘든데 어떻게 이 사람을 데리고 갑니까? 어차피 이 사람은 가망이 없어요."

다른 남자는 주저하고 있는 남자를 두고 먼저 길을 떠났다. 남겨진 남자는 그 사람을 업고 길을 따라갔다. 사람을 업고 간 남자는 무거워 온몸에 땀이 흘렀다. 힘들게 길을 따라 간 남자는 저 멀리 마을을 발견했다. 기쁜 마음으로 마을을 향해 가는데 먼저 출발했던 남자가 쓰러져 있었다. 가까이 가서 보니 이미 숨이 멎은 상태였다. 쓰러진 사람을 업고 갔던 남자는 서로의 체온 덕분에 추위를 이겨내며 살 수 있었지만 혼자 갔던 남자는 추위에 쓰러져 죽게 된 것이다.

'팀 호이트'를 들어봤는가? 팀 호이트는 아버지 딕 호이트와 아들 릭 호이트 부자를 일컫는 말이다. 아들 릭 호이트는 태어날 때 탯줄이 목에 감겨 산소 공급이 되지 않아 뇌성마비를 얻게 된다. 말도 못하고 몸을 가누기도 힘든 릭은 컴퓨터를 통해 사람들과 소통하는 법을 배운다. 릭이 열다섯 살 때 컴퓨터로 처음 한 말은 '달리고 싶다.'이다. 아버지 딕 호이트는 아들의 달리고 싶다는 소원을 들어주기 위해 휠체어를 탄 아들을 끌고 달리기 시작한다. 달릴 때 장애가 사라지는 느낌이라고 고백하는 릭을 보며 아버지 딕 호이트는 더 큰 도전을 하게 된다. 바로 마라톤 출전이다. 혼자서도 완주하기 어려운 마라톤을 휠체어 탄 아들을 끌고 완주한다는 것은 불가능에 가까운 일이다. 그러나 수많은 연습과 도전으로 마침내 마라톤 완주에 성공하게 되고 팀 호이트라는 이름으로 보스턴 마라톤에 출전해서 2시간 53분 20초에 완주하게 된다. 팀 호이트는 여기서 멈추지 않고 철인 3종 경기, 미국 대륙 횡단 등 불가능해 보이는 일들을 해내며 한계를 뛰어넘는 모습을 보인다. 그들은 서로에게 이렇게 말한다.

"아버지가 없었으면 할 수 없었을 거예요."

"릭, 네가 없었다면 아버지는 하지도 않았을 거야."

우리의 인생은 이처럼 누군가와 함께 할 때 거대한 에너지가 생긴다. 공동체의 작은 단위인 부부, 가정을 생각해보면 그 사이에서 사랑받고 위로받으며 얻는 힘이 크다는 것을 알 수 있다. 학교에서도 마찬가지이다. 반에서 혼자 하는 것보다 동료 교사와 함께 할 때, 학교 전체가 함께 할 때 추진력과 영향력이 크다는 것을 알 수 있다. 1998년 IMF 때 금 모으기 운동, 2002년 월드컵 거리응원 등 하나된 대한민국의 위대한 힘도 우리는 기억하고 있다. 그러므로 우리는 혼자가 아닌 함께 하기 위해 노력해야 한다.

『학교 밖 모임 이야기 – 리딩으로 리드하라』

'리딩으로 리드하라'는 이지성 작가의 책 이름이다. '리딩으로 리드하라'는 책에서는 인문고전 독서를 통한 자기계발을 강조한다. 인문고전은 당대의 천재라고 불리는 사람들이 쓴 책이고, 지금까지 시대를 초월하는 지혜가 담겨 있기 때문에 자기계발에 효과적이라는 내용이다. 이 책의 메시지처럼 독서가 우리 삶을 변화시킨다는 생각에 동의하는 교사들이 만든 모임이 바로 '리딩으로 리드하라'이다.

처음 이 모임을 알게 된 건 블로그를 통해서였다. 수업 준비를 위해 인터넷 검색을 하다가 우연히 '밀알샘' 블로그를 알게 되었다. 남자 선생님이신데 블로그에 학급 운영하는 것을 일기 형식으로 올리시고, 독서 감상과 감사 일기를 꾸준히 올리시는 걸 보면서 열정을 느꼈다. 이 선생님을 꼭 한 번 뵙고 싶다는 마음이 있었지만 어느 지역에 계신지 알 수 없어 연락을 하지는 않았다. 그런데 어느 날 블로그를 자세히 보다 보니 나와 같은 평택 지역에 있다는 것을 알게 되었다. 학교도 멀지 않고 마침 그 학교에 아는 선생님이 있어 밀알샘을 알고 있는지 물었다. 신기하게도 그 선생님은 밀알샘과 교내에서 작은 모임을 하고 있다고 했다. 선생님을 만나보고 싶은 마음에 모임에 함께 해도 되는지 물어봤고 그렇게 인연이 시작됐다.

사실 학교 밖 모임에 참여하려면 용기와 희생이 필요하다. 학교 끝나고 모임에 참여하는 것이 피곤하기도 하고 낯선 사람들과 친해지려면 시간이 걸리기 때문이다. 나 역시 '리딩으로 리드하라' 모임이 어색했지만 다행히 아는 선생님도 있었고 밀알샘이 친근감 있게 대해주어 모임에 잘 적응할 수 있었다. 모임은 한 달에 한 번 있었고 5시 반부터 시작해서 9시 전에는 마쳤다. 늦게 끝나는 것이 부담이 될 수도 있었지만 함께 이야기 나누며 배우는 것이 좋아서 감수할 수 있었다.

'리딩으로 리드하라' 모임은 이제 3년 정도가 되었다. 첫해에는 그 학교 선생님들과 주변 학교 선생님들 몇 명 정도가 다녔는데 두 번째 해에는 모임을 확장해서 경기도에서 모이는 모임이 되었다. 밀알샘이 독서교육 연구회로 모임을 계획하고 페이스북과 블로그를 통해 홍보를 했는데 경기도 전역에서 관심 있는 선생님들이 모이게 되었다. 약 15명 정도의 선생님이 함께 하게 되었고 다양한 지역에서 모이다 보니 날짜를 토요일로 잡게 되었다. 모임에서는 책을 읽고 나누기도 하고 강의를 듣기도 했다. 강의는 독서의 동기부여를 주는 작가님이나 선생님들로 모셔서 진행했다. 책 나눔과 강의를 통해 독서에 대한 동기부여가 되고 글쓰기까지 분야가 확장되었다. 그때 밀알샘의 제안으로 공저를 쓰게 되었다. 15명의 선생님들이 2~3개씩 글을 쓰면 한 권의 책이 될 수 있다는 말에 함께 책을 쓰게 된 것이다. 52가지의 미덕을 주제로 잡고 각각의 미덕과 관련된 일화를 이야기로 풀어가는 식으로 글을 썼다. 글을 쓰는 과정은 힘들고 어려웠지만 십시일반 하나씩 글이 모여 책이 완성됐는데 그 책이 바로 '선생님 마음의 온도'이다. 처음 책을 받았을 때 내 글이 책이 되어 나왔다는 사실이 신기하고 감격스러웠다. 이 모임이 아니었으면 책을 쓸 생각도 못 했을 텐데 함께 책을 낼 수 있어서 감사했다.

세 번째 해는 모임의 범위를 평택으로 축소해서 운영하고 있다. 작년과 멤버가 많이 바뀌었지만 같은 지역에 있다 보니 할 이야기들이 많다. 올해는 특별히 모임에 선생님들을 강사의 자리로 세우고 있다. 작년에는 외부 강사가 많았는데 올해는 우리 안에서 서로 강사가 되어보며 역량을 키우고 있는 것이다. 학교에서 각자가 관심 있고 잘할 수 있는 부분들을 준비해서 강의하고 있는데 준비하는 사람이 가장 많이 도움을 받는다는 것을 모두가 느끼고 있다. 공저 글쓰기도 함께 진행되고 있다. 작년에 한번 글을 써봤던 선생님들이 올해 새로 글 쓰는 선생님들에게 동기부여를 하고 있다. 각자 교실에서 겪었던 의미 있고 기억에 남길 이야기들이 어떻게 엮어지게 될지 기대가 된다.

내가 경험했던 학교 밖 공동체는 장단점이 있다. 우선 장점으로는 뜻이 맞는 선생님들이 모였기 때문에 목표가 확실하다. 독서를 통한 자기계발과 학급 운영에 관심이 있기 때문에 그런 이야기를 마음껏 할 수 있다. 또한 여러 학교가 모여 있기 때문에 우리 학교나 교실의 어려움을 솔직하게 나눌 수 있고 조언을 받을 수 있다. 때로는 나와 가까이 있는 사람보다 적당한 거리를 두는 사람에게 마음속 이야기를 할 수 있는 것이다. 그러면 지금까지 생각해보지 못했던 조언과 해답을 얻을 수 있다. 단점으로는 앞에서와 같이 시간과 노력이 필요하다는 것이다. 모임 장소까지 가야 하는 부담과 퇴근 후에 만나야 한다는 어려움이 있다.

선생님이 지속 가능한 성장을 하고 싶다면 공동체를 찾길 바란다. 혼자 하는 것보다 힘이 나고 꾸준히 할 수 있을 것이다. 선생님 주변에 뜻이 맞는 공동체가 있는지 찾아보고 용기를 내어 한번 참여해보라. 몇 번 참여해보고 나랑 맞지 않으면 또 다른 곳을 찾아보면 된다. 그래도 없다면 모임을 만드는 것도 생각해보자. 이미 선생님 안에는 그렇게 할 수 있는 충분한 역량이 있다. '혼자보다 함께'를 기억하라!

09 머리보다 손을 믿자

"내가 자료 줄 테니까 외장 하드 가져와."

같이 근무하던 부장님이 자기가 지금까지 모은 자료를 주겠다고 외장 하드를 갖고 오라고 하셨다. 20년 가까이 근무하셨기 때문에 모아 온 자료가 몇 백 기가가 될 정도로 많았다. 이 자료가 언젠가 도움이 될 거라고 말씀하셨다. 막상 외장 하드에 잔뜩 자료를 받아 왔지만 정작 활용은 별로 못 했다. 어떤 자료가 있는지 잘 모르고 내 자료라는 생각이 들지 않았기 때문이다. 부족하더라도 내 손으로 만든 자료, 내가 한 번이라도 써 본 자료가 기억에 남는 법이다.

그렇다면 선생님은 선생님만의 자료가 있는가? 나는 지금까지 매년 활용했던 수업 자료, 업무 자료를 모아오고 있다. 5년 치 이상 들어 있는 나만의 보물창고이다. 외장 하드에 저장해 놓았는데 검색만 하면 원하는 자료를 찾을 수 있는 게 장점이다. 연도 별로, 자료 별로 정리를 해놓은 것도 자료를 찾는 데 도움이 된다.

그런데 시간이 지나면서 이 방법도 한계를 느끼게 되었다. 일단 파일 제목을 잘못 치거나 생각이 나지 않으면 검색이 되지 않았다. 비슷한 키워드로 몇 번 쳐야 겨우 파일을 찾아낼 때가 있었다. 또 파일을 찾아도 그때 어떻게 사용했는지 기억이 안 날 때가 있었다. 아무리 좋은 학습지가 있고 지도안이 있어도 활용 방법을 모르면 다시 공부해야 한다. 특히 다른 선생님들로부터 받은 자료나 인터넷에서 찾은 자료는 어떻게 활용하는지 모를 때가 있다. 기껏 모아 놓은 자료인데 기억 저편으로 잊히는 게 아쉬웠다.

한 가지 더 아쉬웠던 건 시간이 지나도 발전한다는 느낌이 없던 것이다. 매번 수업, 생활지도, 업무를 고민해서 하지만 한 해가 지나고 나면 처음으로 리셋되는 느낌이 들었다. 나만의 노하우를 바탕으로 성장해 나가야 하는데 남는 게 별로 없으니 밑 빠진 독에 물 붓는 느낌이었다. '올 한해 무엇을 했고 무엇을 남겼을까?' 나 자신에게 물었을 때 별로 생각나는 게 없었다. 어떻게 하면 내가 활용했던 자료에 쉽게 접근하고 기억을 잘할 수 있을까? 어떻게 하면 나만의 노하우가 쌓이고 성장하는 느낌이 들까? 이 두 가지 질문에 대한 답을 찾던 중에 '블로그'를 만나게 되었다.

『블로그에 남기는 교실 이야기』

블로그에 교실 이야기를 기록하는 선생님들을 알게 되었다. 생각보다 많은 선생님들이 블로그를 활용하고 있었다. 대표적으로 나승빈 선생님이 있다. 나승빈 선생님 블로그를 보니 약 10년 가까이 블로그를 운영해 오고 계셨다. 나승빈 선생님 교실은 함행우(함께 있어 행복한 우리)라고 부르는데 교사 초창기부터 기록해 오신 글이 4천 개가 넘는다. 대부분 교실에서 수업했던 것들과 생활지도한 것을 일기 형식으로 쓴 글이다. 1정 연수를 받으러 갔을 때 허승환 선생님께서 수업 일기를 매일 쓰라고 하신 말이 생각났다. 허승환 선생님도 '예은이네'를 운영하면서 매일 수업 일기를 작성하셨는데 수업 일기를 통해 수업을 성찰한 것이 큰 도움이 되었다고 말씀하셨다. 허승환, 나승빈 선생님은 지금 대한민국 초등 교사들의 멘토 역할을 하고 계신데 그 원동력이 꾸준한 글쓰기라는 생각이 들었다.

처음 블로그에 교실 이야기를 쓰는 일은 어색하고 부담스러웠다. 우선 우리 교실을 공개하는 것이 두려웠다. 수업에 대한 자신감도 없었고 누가 봐도 평범한 일상이었기 때문에 굳이 글로 남겨야 하나 생각이 들었기 때문이다. 인터넷에 올리는 글이지만 누군가 볼 수 있다는 생각에 문체와 내용에 신중을 기해야 하는 것도 부담이 됐다. 처음 교실 이야기 한편을 쓰는데 30분 이상이 걸렸다. '매일 숙제처럼 교실 이야기를 쓸 수 있을까?'

교실 이야기를 올린 지 이제 만 2년이 되어 간다. 처음 쓴 글과 지금의 글을 비교하면 문체도 매끄러워지고 내용도 풍성해졌다는 것을 느낀다. 처음에는 사진도 몇 장 없고 수업을 어떻게 했는지 짧게

올렸는데 시간이 지나면서 사진도 많아지고 설명도 자연스러워졌다. 가장 크게 바뀐 부분은 예전에는 자료를 활용하고 느낀 점을 올렸었다면 지금은 자료를 개발해서 활용한 느낌을 올린다는 것이다. 지난 몇 년은 연수나 인디스쿨에서 다른 선생님들이 만든 자료를 찾아 적용해보는데 중점을 뒀다. 그렇게 하다 보니 자료를 찾는 시간이 많이 들었고 우리 반에 맞게 자료를 수정하는 데 노력을 기울였다. 그런데 시간이 지나면서 기존의 자료를 조금 수정하거나 새로 만드는 게 효과적이라는 생각이 들었다. 그렇게 만든 자료를 블로그에 설명과 함께 올리게 되었다. 자료 소비자에서 자료 생산자로 성장한 것이다. 아직은 간단한 자료들이지만 꾸준히 발전해 나간다면 많은 선생님들에게 도움이 되는 자료를 개발할 수 있을 거라는 기대감이 생긴다.

교실 이야기를 쓰면서 내 수업도 발전해 나가고 있다. 매일 글을 쓰면서 오늘 했던 수업을 반성하고 다음에 이렇게 해야지 생각하게 되기 때문이다. 또 블로그에 올리기 위해 조금 더 준비된 수업, 재미있는 수업을 계획하게 된다. 한 번이라도 더 책을 들춰보고 아이디어를 생각하기 때문에 수업을 준비하는 시간이 늘었다. 수업은 준비하고 적용하는 노력만큼 자라기 때문에 매일 성장하고 있는 것이다.

교실 이야기를 통해 아이들과의 관계도 좋아지고 있다. 교실 이야기를 쓰려면 아무래도 아이들에게 관심을 가질 수밖에 없기 때문이다. 아이들이 쓴 글, 만든 작품, 아이들의 사진을 글에 실으면서 한 번 더 아이들을 생각하게 된다. 아이들에 대한 이런 관심이 대화로 이어지고 선생님의 사랑이 아이들의 마음속에 고스란히 전해진다. 우리 반 아이가 '최성민 선생님 사용 설명서'에 이런 말을 적었다.

'블로그 청지기샘 운영, 노력하는 끈기파. 후배들아! 최성민 선생님은 정말 잊지 못할 선생님이야. 잘해드리렴'

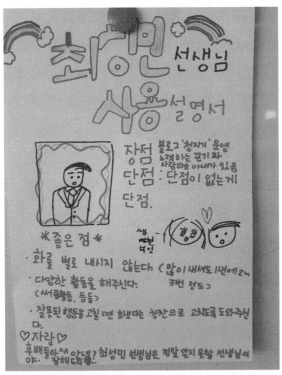

선생님 사용 설명서

철학을 가진 교사로 살기

교실 이야기를 매일 쓰는 열심을 아이들도 알아준다.

교실 이야기를 쓰면서 가장 좋은 점은 키워드만 치면 추억을 꺼내볼 수 있다는 것이다. 교실 이야기에는 아이들과의 추억과 그날의 느낌이 고스란히 저장되어 있다. 언제든지 궁금하면 관련 키워드를 치면 된다. 예를 들어 작년 수학여행 때 무엇을 했는지 찾아보려면 내 블로그에 '수학여행'이라고 치면 그날의 사진과 설명들이 나온다. 업무에 있어서는 나이스 업무포털에서 검색하면 계획서랑 관련 서류들이 나오지만 그날의 사진과 했던 일들이 자세하게 나오지는 않는다. 블로그는 사진과 글을 통해 그날로 돌아갈 수 있다. 가끔 제자들이 오면 블로그를 통해 옛날 사진을 보여주고는 한다. 블로그가 있다고 아이들에게 이야기해주지만 실제로 들어와서 보는 아이들은 적은데, 나중에 커서 초등학교 시절을 추억할 때 선생님의 블로그가 도움이 될 수 있을 것이다.

블로그에 다양한 분야의 글을 쓰면 교사 개인의 포트폴리오가 될 뿐 아니라 사람들과 소통의 장이 된다. 나는 블로그에 독후감, 여행 기록, 신앙 이야기 등을 함께 올리고 있다. 독후감은 책을 읽고 기억에 남는 구절이나 느낀 점을 위주로 작성하는데 책 내용을 기억하는 데 도움이 된다. 또 독후감이 연결 다리가 되어 전혀 모르는 사람과 책으로 대화를 나누기도 하고 누군가에게 동기부여를 주기도 한다. 여행 기록은 내가 추억하려는 의미도 있지만 누군가 그곳으로 여행을 갔을 때 도움을 주기 위해 자세히 기록하는 편이다. 여행지의 숙소, 식당, 교통수단, 비용 등을 안내하고 유용한 사이트나 다른 블로그를 링크해 놓기도 한다. 신앙 이야기 또한 그때의 묵상이나 은혜들을 적어 놓아 글을 읽는 사람들에게 힘을 주려고 노력하고 있다. 이런 글들이 모여 결국 나를 나타내고 나를 이해할 수 있게 해준다. 또한 다른 사람들에게 정보를 나눠주어 도움을 준다.

'나는 네가 지난여름에 한 일을 알고 있다.'를 바꿔서 '나는 작년에 내가 했던 수업과 생활지도, 아이들과의 추억을 알고 있다.'로 말하고 싶다. 누군가에게 공개하는 게 부담스럽다면 자기만 볼 수 있는 공책에 학급 일지부터 시작하는 것도 괜찮다. 자기에게 맞는 방식을 택해서 매일 꾸준히 성찰해 나간다면 나만의 자료와 노하우가 쌓이는 것을 경험할 수 있을 것이다. 머리보다 손이 더 오래 기억한다는 사실을 잊지 않길 바란다.

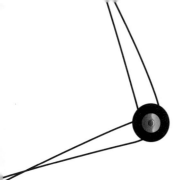

10 좋은 교사는 만들어진다

'좋은 교사'라는 이미지를 생각하면 떠오르는 선생님이 있다. 예전에 1박 2일 프로그램에 나왔던 국사 선생님이다. 직접 아는 것도 아니고 TV를 통해 본 선생님을 왜 좋은 선생님이라고 생각했을까? 그 선생님은 학교에서 별명이 '미친개'였다. 잘못 걸리면 물린다고 학생들이 지어준 별명이다. 1박 2일 선생님 올스타 편에 나왔던 이 선생님은 여행 내내 요즘 젊은 선생님들과는 다른 모습을 보여준다. 프로그램 내내 똑같은 와이셔츠에 면바지를 입고 나왔고, 장기자랑 시간에는 설운도의 '누이'를 부르고, 연예인 씨스타가 왔을 때도 좋아하기보다는 입고 온 바지가 너무 짧다며 당황하는 표정을 짓는다. 선생님의 솔직하고 고지식한 모습이 시청자들의 호감을 샀는데 시간이 지나면서 진짜 매력이 드러났다. 마지막 날 선생님의 인터뷰 장면에서 이런 말을 한다.

"선생이 편하면 아이들이 망가져요. 선생이 편하면 안 돼요."

"저는 아이들이 어디 가서 출세하는 거 바라지 않아요. 남의 눈에 피눈물 내면서 출세하는 사람들 많지 않습니까? 그건 싫어요. 그럼 또 당한 사람들이 똑같이 남의 눈에 피눈물 낼 거 아닙니까."

이 인터뷰 장면을 보는데 '선생님이 편하면 아이들이 망가진다.'는 말이 공감됐다. 아이들을 올바르게 지도하려면 교사의 수고와 노력이 반드시 필요하기 때문이다. 그리고 이어지는 장면에서 선생님은 아이들을 향해 이렇게 이야기한다.

"말 좀 잘 들어라. 너희들이 사회에 나가서 인정받으려면 기본적으로 지켜야 할 것이 있다. 첫째, 종 친 후에는 자리에 앉아 있어라. 둘째, 말투, 표정 윗사람한테 함부로 하는 거 아니다. 셋째, 수업 시간에 휴대폰 하지 마라. 넷째, 책상 위에는 아무것도 올려놓지 마라. 다섯째, 가방 메고 청소하지 마라. 잘 좀 해라, 제발 잘 좀 해라."

이 말을 마치고 선생님은 출석번호와 아이들 이름을 하나씩 말했다. 그 순간에 반 아이들 전체의 이름을 부르고 내려온 선생님을 보면서 아이들을 향한 진심 어린 애정을 느낄 수 있었다. 아이들에게 관심이 없다면 그런 이야기를 하지도 않았을 텐데 선생님의 사랑이 느껴져 감동적이었다.

당신이 생각하는 좋은 교사는 어떤 교사인가? 수업을 잘하는 교사? 업무를 잘하는 교사? 생활지도를 잘하는 교사? 사람마다 기준이 다르겠지만 나는 이렇게 정의하고 싶다. '아이들 인생에 의미 있게 남는 교사' 내가 만나는 수많은 아이들 중에 어떤 한 명이라도 나를 좋은 선생님, 내 삶에 의미 있는 선생님이라고 생각한다면 좋은 교사가 되는 것이다. 내 기억 속에 좋은 선생님으로 남은 분들은 나에게 영향을 주었던 선생님이다. 나에게 미소 지어줬던 선생님, 내 진로와 꿈에 대해 관심을 가져주셨던 선생님, 좌절하고 방황할 때 응원해주셨던 선생님, 나의 마음을 헤아려 주시고 인격적으로 대해 주셨던 선생님이다. 선생님들이 보여주셨던 사랑이 따뜻한 기억으로 남아있고 그 기억이 힘이 되어 교사의 길을 가게 된 것이다.

그렇다면 좋은 교사는 어떻게 되는 것일까? 처음부터 좋은 교사와 그렇지 않은 교사로 나눠져 있는 것일까? 아니다. 좋은 교사는 반드시 만들어지는 것이다.

『좋은 교사는 노력을 통해 만들어진다.』

백조의 물 위 모습은 우아하지만 물속에서는 계속 발버둥 치고 있다는 사실을 아는가? 아름다운 모습과 달리 물속에서는 끊임없이 발을 흔들며 뜨기 위해 노력하고 있는 것이다. 우리가 알고 있는 유명한 연예인이나 운동선수들도 화려한 모습 뒤에는 피나는 연습과 노력의 시간이 있다. 노력 없이 얻는 것은 없기 때문이다.

좋은 교사의 모습을 갖추기 위해서는 끊임없이 노력해야 한다. 아이들을 위한 수업과 생활지도, 업무 능력 등 좋은 교사가 갖춰야 할 덕목들을 발전시켜 나가야 한다. 주변 선생님들을 보면 노력하는 선생님들이 많다는 것을 알 수 있다.

작년 동 학년이었던 한 선생님은 학교에 남들보다 1시간 일찍 출근한다. 일찍 와서 무얼 하는지 물어봤더니 아이들과 재미있게 수업하고 싶어서 미리 준비한다고 했다. 실제로 오며 가며 창문 넘어 수업하는 모습을 보면 아이들이 즐겁게 수업에 참여하는 모습을 볼 수 있었다. 그 반 창문과 복도 벽에는 아이들의 작품과 글이 가득했는데 신선하고 재미있는 것들이 많았다. 좋은 아이디어가 있으면 공유해 준 덕분에 도움을 많이 받았다.

연구회 활동을 하는 선생님도 있다. 회복적 생활교육, 소프트웨어, 동화책 읽기 등 다양한 분야에서 연구회가 조직되어 운영되고 있다. 아무래도 혼자서 공부하고 연구하는 것보다는 연구회에 가입해서 정보도 공유하고 함께 성장해 나가는 것이 효과적이다. 연구회 활동을 통해 자기 계발도 하고 아이들에게 더 나은 교육을 하게 된다면 금상첨화일 것이다.

이 밖에도 아이들을 위해 보이지 않는 곳에서 노력하고 있는 선생님들이 많다. 수많은 선생님들의 수고와 노력이 더 나은 학교를 만들어 가고 있는 것이다.

선생님이 아이들을 위해 하는 모든 노력은 옳다. 노력의 방향이 각기 다르지만 아이들을 위한 것이라면 분명 어디에선가 쓰이게 될 것이기 때문이다. 다만 노력을 중단하지는 말아야 한다. 더 이상 배우기를 포기하고 현실에 안주하며 주어진 것을 전달하는 역할로 그치고 있다면 좋은 선생님 소리를 듣기는 어려울 것이다. 아이들을 위해 끊임없이 노력하는 선생님이 되길 바란다.

『좋은 교사의 롤 모델을 정하라』

선생님은 좋은 교사의 롤 모델이 있는가? 교사가 되고 나서 롤 모델이 있으면 좋겠다는 생각이 들었다. 주변에 좋은 선생님들은 많았지만 나랑 비슷한 상황에 가치관이 맞는 선생님은 찾기가 어려웠다. 남자 선생님이면서 기독교 신앙이 있고 수업이나 학급경영에서 배울 점이 있으며 아이들과 교실에서 행복하게 지내는 선생님을 만나고 싶었다. 책도 쓰시고 연수도 하시는 유명한 선생님들이 있지만 그분들과는 교제할 수 없기에 가까이에서 자주 만날 수 있는 그런 선생님을 만나고 싶었다. 그러다가 만난 선생님이 밀알샘 김진수 선생님이다.

선생님을 롤 모델로 세운 데에는 두 가지 이유가 있다. 첫 번째는 엄청난 에너지이다. 학교에서 부장도 하시고 집에서 육아도 하느라 바쁠 텐데 거의 매일 새벽 블로그에 책을 읽고 사색한 내용을 글로 올리신다. 글에서 느껴지는 깊이와 한결같이 노력하는 선생님을 보면서 엄청난 에너지가 느껴졌다. 두 번째는 학부모와 아이들에게 선한 영향력을 미치고 있기 때문이다. 선생님 스스로가 독서를 통해 삶이 바뀌었다고 고백하는데 그 에너지를 학부모들과 아이들에게 전하고 있다. 아이들에게는 책에서 만난 문구들을 이야기해주며 꿈을 심어주고 용기를 북돋아 주고 있다. 아이들이 인생 선생님이라고 고백할 정도로 아이들의 마음도 잘 헤아려주신다. 학부모들에게는 독서 강의를 통해 동기부여를 하고 있는데 학부모들이 강의를 듣고 스스로 독서 모임을 만들어 운영할 정도로 영향력이 크다. 이렇게 누군가의 삶에 영향을 주는 모습은 교사로서 꿈꾸던 모습이다.

　선생님을 롤 모델로 삼고 하나씩 따라 하기 시작했다. 매일 밀알 이야기를 블로그에 쓰시는 선생님을 보면서 블로그에 열매 맺는 이야기를 쓰게 되었다. 열매 맺는 이야기를 쓰면서 나만의 교실 스토리가 생기고 수업과 학급 운영에 더욱 집중하게 되었으며 아이들의 글과 작품에 관심을 갖게 되었다. 풍부한 독서를 통해 자기계발을 하는 선생님을 보면서 1년에 50권 독서마라톤을 시작하게 되었다. 독서의 중요성을 알고는 있었지만 구체적인 목표가 없어 흐지부지 될 때가 많았는데 목표가 생긴 다음 더 노력하게 되었다. 가장 특별했던 선생님의 모습은 바로 글을 써서 책을 낸 부분이다. 내 이름으로 된 책을 내는 것은 내 버킷리스트 중 하나였다. 하지만 나중에 큰 업적을 이루고 책을 쓸 만한 사람이 되었을 때 써야겠다고 생각했다. 그런데 누구나 책을 쓸 수 있다는 선생님의 말에 용기를 얻어 책 쓰기에 도전하게 되었다. 2017년부터 매년 한 권씩 책을 내는 선생님의 모습은 나에게 큰 도전이 되고 있다.

좋은 교사가 되기 위해서 롤 모델을 정하기를 추천한다. '저 선생님처럼 되어야지.'라는 롤 모델이 있으면 어떤 노력을 해야 할지 알게 되기 때문이다. 롤 모델처럼 되고 싶다는 생각을 갖고 그분이 걸어간 길을 따라간다면 분명 좋은 교사의 모습을 조금씩 갖추게 될 것이다.

"교사의 삶, 그것은 경이를 넘어선 행복입니다"

이 책을 쓰면서 상상 속의 독자를 혼자 정했다. 그 독자는 바로 우리 학교 후배 교사들이다. 나는 후배들을 잘 챙기는 선배가 아니다. 나 혼자 살기 바빠서 후배들 밥 한 번 제대로 사준 적이 없다. 그런 후배들에게 어떤 말을 해주면 좋을지 고민하며 적었다. 글이 막힐 때면 상상의 공간에 후배를 앉혀 놓고 대화를 했다. 후배가 나에게 물어볼 수 있는 것, 내가 후배에게 꼭 알려주고 싶은 내용을 생각하다 보면 쓸 이야기들이 생각났다. 그 후배들과 이 책을 통해 나를 만날 사람들에게 몇 가지를 당부하고 싶다.

먼저 선생님만의 철학을 갖길 바란다. 누군가 당신에게 왜 이렇게 사느냐고 삶의 이유를 묻는다면 대답할 수 있는 철학이 있어야 한다. 교실에서 아이들을 대하는 선생님의 모습, 수업, 아이들과의 관계 등을 묻는 사람들의 질문에 이유를 말할 수 있어야 한다. 나만의 철학을 가진 사람은 자신감이 있다. 내 삶에 대한 확신이 있기 때문이다. 나의 말과 행동에 자신감이 있을 때 주변 사람들의 신뢰를 얻게 된다.

두 번째로는 선생님의 철학이 교실에 드러나도록 연구하고 실천하길 바란다. 누구나 아름다운 교실을 꿈꿀 수 있지만, 그 교실을 실제로 구현해 내는 것은 실천하는 사람의 몫이다.

교사의 삶을 디자이너에 비유할 수 있다. 디자이너는 구매자들의 욕구를 충족할 수 있는 물건을 만들기 위해 고민한다. 구매자의 필요가 무엇인지, 구매자의 어떤 어려움을 해결할 수 있을지 생각해서 필요한 물건을 만들어내는 것이다. 마찬가지로 교사는 교실 내에 있는 문제들, 아이들의 필요를 해결하기 위해 고민한다. 그리고 교사 자신이 실천할 수 있는 것을 통해 아이들의 문제를 해결하고 필요를 채워준다.

지금 현재 우리 교실은 나의 철학이 곳곳에 녹아 있다. 강의식 수업을 지루해하는 아이들을 위해, 그리고 아이들이 주체가 되는 수업을 위해 협동학습, 프로젝트 학습을 시도하고 있다. 자기 마음에 맞는 친구 외에는 대화를 나누지 않아 어색한 아이들의 관계 회복과 공동체성을 위해 회복적 생활교육을 통한 생활지도를 하고 있다.

마지막으로는 끊임없이 노력하는 선생님이 되길 바란다. 사회가 변화하면서 학교와 교사에게 요구하는 것이 많아졌기 때문이다. 지금까지 우리가 배워왔던 지식과 기능 중에 앞으로는 쓸모없게 되는 것들이 분명히 있을 것이다. 철학이라는 뼈대 위에 배우기를 힘쓰는 노력이 덧붙여진다면 선생님만의 아름다운 색깔을 내는 교실을 만들 수 있을 것이다.

교사의 철학은 교실을 비추는 등대와 같다. 철학을 가진 교사의 말과 행동이 아이들이 나아갈 방향을 은은하게 비춰주기 때문이다. 깊은 어둠 속에서 갈 길을 밝혀주는 등대처럼 선생님이 있는 교실 곳곳에서 나만의 철학을 갖고 마음껏 아이들의 길을 비추는 선생님이 되길 응원한다.

이 책이 나오기까지 여러분들의 도움을 받았다. 나를 거쳐 간 수많은 제자들, 함께 고민하고 노력했던 동료 선생님들, 지지와 응원을 아끼지 않은 학부모님까지 모두가 이 책의 주인공이다. 특별히 책쓰기에 꿈을 갖게 해주시고 교사로서 본이 되어 주신 김진수 선생님께 감사드린다. 또한 직접 뵙지는 못했지만 좋은 책으로 이 땅에 많은 교사들에게 선한 영향력을 끼치고 계신 김성현 선생님, 정유진 선생님, 허승환 선생님, 김성효 장학사님, 서준호 선생님, 나승빈 선생님, 이영근 선생님께도 감사를 드린다. 동 학년을 하면서 많은 것을 느끼게 해주신 송수한 선생님, 이은정 선생님, 임채희 선생님, 이종화 선생님, 유현상 선생님, 정다혜 선생님께도 감사드린다. 나를 위해 늘 기도해 주시는 드림교회 문영길 목사님과 성도님들께도 감사드린다. 나를 이 땅에 태어나게 해주신 사랑하는 부모님과 언제나 넘치는 사랑을 부어주시는 장인 장모님께도 감사드린다. 이 글을 완성할 수 있도록 목표가 되어 준 우리 아들 이음이와 옆에서 할 수 있다고 격려해주고 힘이 되어준 사랑하는 아내에게도 감사드린다. 마지막으로 이 책을 쓸 수 있는 지혜와 용기의 근원되신 하나님께 모든 영광을 올려드린다.

나만의 철학은
나를 사랑하는 마음에서 시작되었다.
────────

아이들과 선생님들, 학부모들과 지내면서
나에게 가치 있는 것, 나에게 소중한 것,
내 가슴을 뛰게 하는 것을 생각했기 때문이다.
이제 나는 나만의 철학을 갖고
흔들리지 않는 교직 생활을 하고 있다.
어떤 상황에서도 나만의 철학에 따라
소신껏 결정하고 행동할 수 있는
자신감이 생겼기 때문이다.